청소년 연극 대본집

우리 '연극 해요,②

청소년 연극 대본집

'우리
연극
해요,②

제1판 제1쇄 발행 2016년 2월 9일
제1판 제3쇄 발행 2017년 12월 25일

지은이   전국교사연극모임
엮은이   이인호
펴낸이   강봉구

펴낸곳   작은숲출판사
등록번호   제406-2013-000081호
주소   10880 경기도 파주시 신촌로 21-30(신촌동)
서울사무소 04627 서울시 중구 퇴계로32길 34
전화   070-4067-8560
팩스   0505-499-8560
홈페이지   http://cafe.daum.net/littlef2010
이메일   littlef2010@daum.net
페이스북   http://www.facebook.com/littlef2010

ⓒ 전국교사연극모임

ISBN 978-89-97581-90-0   44810
ISBN 978-89-97581-88-7   44810(세트 / 2권)
값은 뒤표지에 있습니다.

작은숲
청소년
0 1 1

청소년 연극 대본집

'우리 연극 해요, 2

차례

푸르게 넘실댈 숲을 꿈꾼다

속초, 부산, 진주, 창원, 광주, 청주, 인천, 천안… 최근 2년 동안 전국
교사연극모임 교사극단들의 공연을 보러 찾아다닌 곳들이다. 가장 흐뭇
하고 뿌듯한 시간이기도 했다. 교사, 학생, 학부모, 지역주민이 어우러진
교육가족 축제를 넘어 지역의 잔치로 점점 자리 잡아가는 모습이 찡했다.
이렇게 만들어진 작품들이 다른 지역이나 학교에서 공연이 되기도 하고,
연극반 학생들과 만든 작품이 교사극단 정기공연 무대에 올려지기도 한
다. 서로를 풍성하게 해 주는 보기 좋은 순환이고 소통이다.

학생연극제 공연 며칠 전에 다리를 다친 학생이 있었다. 목발을 짚고
출연하는 것으로 캐릭터를 바꿔 무사히 공연을 마쳤다. 맹장 수술을 미루
고 공연에 참가한 학생도 있었고, 공연 전날 입원한 학생을 대신해 스태
프를 맡았던 학생이 갑자기 무대에 서기도 했다. 이렇듯 학생들의 열정은
대단하고 눈물겹다. 야간자습에, 학원에 하루 열네 시간 이상을 저당 잡
힌 학생들이 작품을 올린다는 건 어찌 보면 기적 같은 일이기도 하다. 그

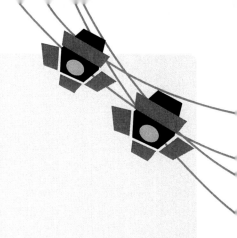

래서 청소년 연극이 끝난 후에는 더욱 뻐근한 감동을 공유하게 되는 것이다. 연극이 갖는 몰입의 즐거움과 십 대들의 열정적 에너지가 행복하게 만나는 청소년 연극의 매력이다.

청소년 연극을 하면서 가장 어려운 점이 '대본 선정'이다. 직접 만들어 가는 과정이 소중하긴 한데 시간상 어려움도 있고 작품의 완성도도 스스로 만족하지 못하는 경우가 많다. 상투성과 잦은 장면 분할이 문제되기도 한다. 이런 고민을 조금이라도 덜어주고자 청소년 연극 대본집을 발간하게 되었다. 학교나 청소년 연극제 공연으로 검증된 작품, 50분 내외의 분량, 무대나 조명 등을 단순화시킬 수 있는 작품, 학생들의 삶이 담긴 작품을 우선적으로 선정했다. 교사극단 선생님들이 즉흥과 놀이, 마음을 연대화를 통해 끌어낸 이야기, 기존 희곡뿐 아니라 문학작품이나 고전, 실화, 만화를 바탕으로 만든 작품, 청소년들이 바라본 세상의 모습, 중·고등학생들이 공연할 수 있는 내용을 담은 17편의 작품이 두 권의 책에 녹

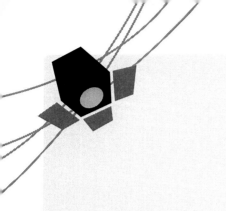

아 있다. 특히 각 학교 실정이나 공연 상황에 따라 변형이 가능한 작품들을 우선 엮었는데, 연출자의 말이나 사진을 보면 무대 설치나 각 작품에서 어떤 점을 더욱 살려 표현할지 도움이 될 것이다. 교사나 학생들과의 작업 과정에서 부분적으로 다른 작품을 참고한 점도 있는데, 교육적 목적으로 활용한 것이니 양해해 주시리라 믿는다. 초등에서도 전래동화나 옛이야기를 연극으로 풀어낸 작품들이 많은데, 다음 기회에 어린이를 위한 연극대본집도 만들어질 것으로 기대한다.

여름방학, 겨울방학 일주일 정도씩 숙식을 같이 하며 10년 넘게 이어져 온 전국교사연극모임 연수, 전문가들에게 배우고 나누는 학기 중 사랑방 연수, 지역모임별 자체 연수와 청소년 연극 캠프가 이 작품들이 탄생하고 공연할 수 있는 밑거름이 되었다. 또한 국립극단 어린이청소년극연구소의 작업들도 영양가 높은 거름이 되어 주었다.

20년 넘게 함께 해온 분들은 물론, 새롭게 연극으로 학교를 즐겁고 풍

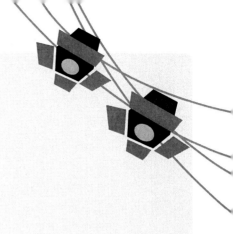

성하게 하는 일에 뛰어든 젊은 교사들이 이제 전국 곳곳에 뿌리를 내리고 있다. 무엇보다 학교 현장까지 그 뿌리를 뻗는 전교연 선생님들의 즐거운 수고와 온몸과 마음을 던져 함께한 청소년들에게 깊이 감사드린다. 여기 수록된 작품들은 이 모든 것이 어우러져 지금도 자라고 있는 나무들이다. 특히 교정과 전체틀을 같이 살펴준 초록칠판 임선명 선생님의 수고도 컸다. 아울러 정성껏 편집해 주신 편집자님과 오래 기다려 주고 큰 도움 주신 작은숲의 조재도, 강봉구 님께도 고마움을 전한다.

연극으로 우리가 심은 나무들이 더욱 울창한 숲을 이루어 이 땅의 청소년들과 교사들에게 신선한 공기가 되고, 그늘이 되고, 푸르게 넘실대는 희망이 되길 바란다.

2015년 12월 끝자락에

엮은이 이인호

우리 동네 사람들

박영실(조명이 있는 교실) / 천안청수고 청연

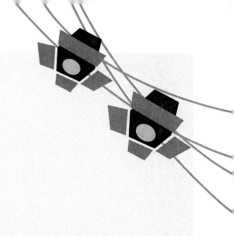

연출의 말

2013년, 경남 양산의 시민단체인 "양산외국인노동자의집"에서 인권행사를 준비하던 중, 부산교사극단 "조명이 있는 교실"에 연극공연을 의뢰했다. 그해 인권행사의 큰 주제는 바로 '우리 동네 사람들'이었는데, 이 주제를 잘 전달할 수 있는 공연을 하나 만들어 달라는 것이다. 이주노동자, 이주여성, 장애인, 아르바이트노동자, 비정규직노동자, 돌봄노동자, 청소년… 어쩌면 모두 다 '우리 동네 사람들'일 이들의 고단한 삶을 담담하게 보여줌으로써, 우리가 서로 다르지만 함께 어우러져 살아야 한다는 메시지를 전하고 싶었다.

무대는 좌우로 구분하여 두 개의 공간을 동시에 보여준다. 왼쪽은 버스정류장 옆 편의점 야외테이블 공간, 오른쪽은 편의점 내부 공간이다. 이 공연의 주된 관객이 이주민이었기에 대사를 최대한 간단하게 만들었고, 사전지식이 필요한 에피소드나 복잡한 갈등은 피했다. 만약 이 작품의 주 관객층이 바뀐다면, '우리 동네 사람들' 속에 다른 연령대, 다른 직업군의 사람들이 다채롭게 들어갈 수 있을 것이다. 여기에 수록된 대본은 학생공연용으로 천안청수고 연극동아리가 개작한 것이다.

할머니	여중생
알바	사장
백수청년	이주노동자
이주여성	다문화 아이
요양간호사	취업준비생
여고생	여고생 엄마
쌍둥이1	쌍둥이2

오프닝

무대는 어느 작은 도시의 마을버스 정류장. 정류장 옆에 바로 편의점이 있고, 편의점 앞에는 사람들이 앉아 쉬거나 간단한 음식을 먹을 수 있는 야외용 테이블, 의자가 놓여 있다.

음악이 나오면 배우들 한 명씩 등장해서 조각상을 만들고, 각자 한 마디씩 대사를 한다.

취업준비생	(넥타이를 조이며) 이번에는 꼭, 붙겠지?
여고생엄마	학원 끝나면 데리러 갈게. 이 홍삼 꼭 챙겨먹어라.
여고생	(단어장을 외우며) 오늘 영어단어시험, 만점 못맞아 1등급서 밀리면 어쩌지?
백수 청년	(희망에 찬 목소리로) 로또만 되면 말이야….
요양간호사	(속상한 듯이) 딸래미 밥도 제대로 못 채려주고 이게 뭐 하는 기고?
사장	오늘은 애들이랑 통화가 되려나?
이주여성	(아들 머리를 쓰다듬으며) 친구들이랑 절대 싸우면 안 돼. 알겠지?
할머니	요즘은 새벽에 나와도 빡스가 없어. 오늘은 빈병도 없네.
쌍둥이1	(샌드위치를 들고) 엄마가 이거라도 먹으래.
쌍둥이2	빨리 와. 8시까지 못가면 벌점야.
여중생	(시계를 보며) 아, 또 지각하겠네.
이주노동자	(출발하는 버스를 향해) 버, 버스! (손을 감싸 쥐며) 아야….

모두 정지한 상태에서 알바 등장, 무대 앞으로 나오며 "어서 오세요!" 한다. 음악 커지고 조각상이던 배우들, 바쁜 걸음으로 퇴장. 무대에는 편의점을 청소하고 있는 알바만 남는다.

1장 아침

알바가 편의점 청소를 마치고 카운터에 자리를 잡는다. 편의점 문 열리는 소리 들리고 백수 청년이 어슬렁거리며 편의점에 들어온다.

백수 청년	(편의점 알바에게 아주 반갑게 인사한다) 굿모닝~~~
알바	(건성으로 대답하며) 아, 네.
백수 청년	(겸연쩍어 하며) 늘 찾던 걸로!
알바	저… (냉장고 방향을 가리키며) 셀프거든요.
백수 청년	아, 맞제? (냉장 코너로 가서 다섯 개짜리 요구르트를 가지고 온다) 계산! (알바가 계산하는 동안 계속 말을 건다) 이름이 뭐예요?
알바	빨대는 여기 있습니다.
백수 청년	(돈을 쓱 밀어 주면서) 전화번호 뭐예요?
알바	1000원입니다.
백수 청년	이름은 빨대고 전화번호는 1,000원이고. (빨대를 가지고 나가며) 여기는 다 좋은데, 알바가 까칠해. (요구르트 다섯 개 중 한 개에 빨대를 탁 꽂고 마시며 편의점을 나선다. 이주 노동자를 발견하고 그쪽으로 다가가서 또 수다를 떤다) 하우 아~르 유~? 네팔 형! 오랜만~ 며칠 안 보

이더니, (손을 툭 건드리며) 어, 손은 왜 그래요? 다쳤어요? 어쩌다가? 왜? 언제? 많이 다쳤어요?

이주노동자   아야! 하나씩 물어요. 손대지 말고.

백수 청년   어쩌다 다쳤어요? 일단 여기 좀 앉아 봐요.

이주노동자   안 돼요. 앉을 시간 없어요. 손가락 하나 잘렸어요.

백수 청년   근데 출근해도 되는 거예요? 아직 성하지도 않구만~

이주노동자   사장님 자꾸 빨리 와서 일하라고 해요.

백수 청년   너무 하네. 내가 가서 말해 줄까요?

이주노동자   우리 사장님 너무해요. 나서지 마세요. 앗, 버스다. 먼저 갑니다. (퇴장)

백수 청년   아, 형님~ 조심하이소~ (혼잣말로) 그 사장 새끼 그거 냉정하네. 인간미가 없어 인간미가. (전화 벨소리) 여보세요? 어, 동일아! 오랜만이네. 내야 뭐, 늘 그렇게 살지. 어? 오늘? 시간은… 어… (놀라며) 뭐? 서 있기만 하면 10만원? 엄청 쎄네. 콜! 어디로 가면 되지? 천안역? 오케이! 좀 이따 보자.

백수 청년 퇴장하고 할머니 등장.

할머니   (편의점 앞 종이박스를 뒤적이며) 아고 힘들어라, 아고 힘들어. 한 걸음 디딜 때마다 한 숨씩 엉겨 붙어 입에서 단내가 나네. 칼바람 걷히고 꽃 터온다고 좋아하던 때가 엊그제데 이젠 한 바퀴 도는 데 땀으로 멱을 감네. (조금 전 겪은 일에 새삼 분이 차올라 와서) 아니 근데 이놈의 영감탱이가 감히 누구 밥그릇에다가 숟갈질이여 숟갈질이.

늙을려면 곱게 늙을 것이지, 아니지 곱게 늙은 게 탈이라면 탈이지, 어디 그 반반한 상판때기로 가겟방 할마씨들을 홀라당 녹여 갖구서니 남의 구역의 파지랑 빡스를 또 각또각 따 먹는겨. 그려 구역은 지키라고 나눠 논겨. 나의 구역은 버들육거리에서 남파오거리까지. 그렇게 한 번 정했으믄 무신 일이 있어도 지켜야지 그런 식으루다가 남으 구역을 넘보면 안 되지. 그 장단에 놀아나는 가겟방 할마씨들 빡스란 빡스는 죄다 챙겨 그 할바씨 가슴팍에 안겨 주고는 뭐 나보고는 뭐이가 어쩌고 어째, 뭔 조환지 그 많던 빡스가 요 며칠 도통 보이지를 않는다고? 물에 젖고 발에 치인 박스 몇 쪼가리 겨우 내밀며 이거라도 아순대로 가져가라고? 그려 아숩다, 나 무지 아숩다. 이 못된 심사들아. 사람이 그러면 못 쓰는겨. 이 바닥의 상도덕은 개가 물어갔나. 수채 구녕에 밀려들어 갔나. 내 이런, 곱씹을수록 열통이 뻗쳐 못살겠네. 이런 모가지를 뱅글뱅글 돌려서 손톱깎이로 똑 끊어버려도 션찮을 상놈의 도둑영감 같으니라고. (팔을 걷어붙이며) 그려 어디 오늘 너 죽고 나 살아보자. 그 놈의 높낮이 분명한 상판대기를 확 쓸어갖고 평면티비맨크롬 만들어 버릴라니까. 그려 기다려라 이 오일좔좔 느끼만땅 영감탱이야. 제삿밥을 차려줄란 께. (씩씩거리며 퇴장한다)

취업준비생 등장한다. 양복을 쫙 빼입고 편의점으로 들어간다.

알바   어서오세요! (취업준비생을 발견하고) 오셨네요! (준비된

바나나우유와 샌드위치를 계산대에 올린다) 저기요, 늘 드시는 바나나우유랑 샌드위치요. 총 3,200원입니다.

취업준비생이 돈을 꺼내는 사이, 그의 복장을 유심히 본다.

알바	오늘….
취업준비생	네?
알바	양복을 쫙 빼입으셔서요. 뭐 특별한 날이신가 봐요.
취업준비생	(돈을 내며) 오늘, 면접 보는 날입니다.
알바	정말요? (주위를 두리번거리다가) 잠시만요. (매대에서 포장된 초콜릿을 한 상자 가지고 온다. 바코드를 찍고 CCTV를 보며) 사장님! 이거 좀 이따 제가 계산할 거예요! 훔쳐가는 거 아니에요! (부끄러운 듯이 취업준비생에게 초콜릿을 내민다) 저… 면접 잘 보고 오세요.
취업준비생	(미안해하며) 아이고, 뭐 이런…. 면접 한두 번 보는 것도 아닌데. 암튼, 고맙습니다.
알바	(취업준비생의 뒷모습에 대고) 파이팅!
취업준비생	(다시 돌아서서) 파이팅! (퇴장)
알바	(자기 지갑을 꺼내 금고에 넣으면서 다시 CCTV를 바라보고) 사장님, 보셨죠? 계산했어요! CCTV 확인해 보세요.
사장	(편의점으로 들어오며) 보긴 뭘 봐?
알바	오셨어요?
사장	야간에 별 일 없었나? 계산 맞는지 함 보자. 유리창에 손자국 엄청 찍혀 있더라. 마른 걸레 가지고 좀 닦아라.
알바	네. 근데 사장님, 애들이랑은 통화 되셨어요? 계속 연락

	안 된다고 그러셨잖아요?
사장	아직 못했다. 필리핀이 그래 통신 상태가 안 좋나? 내 참…. (다시 생각난 듯이 화를 내며) 아, 그래 멍하니 서 있지 말고 할 일 없으면 매대 정리나 좀 해라. 바닥도 걸레로 함 닦고.
알바	아~~ 사장님. 아직도 오전 알바 못 구하셨어요?
사장	그래, 아직 새 알바 못 뽑았다. 새로 들어올 때까지 니가 좀 더 해라.
알바	너무 힘들어요. 밤 샜는데 계속 어떻게 해요? 빨리 좀 구해주세요.
사장	남의 돈 버는 기 쉬운 일이 아이다. 알겠나? 내 은행에 좀 갔다 올게.
알바	다녀오세요.

UV의 노래 "편의점"이 흘러나오면 청소하는 알바. 노래가 흘러나오는 가운데 혼잣말로, "아, 빨리 학교로 돌아가고 싶다. 돈 걱정 없이 공부하고 싶다." 그리고 가끔 노래에 맞춰서 율동을 하거나 립싱크를 한다. 잠시 음악이 줄어드는 사이

알바	(시계를 보며) 쓰리, 투, 완, 짠. 와, 삼각김밥 유통기간 끝. 이 우유도 13시! (삼각김밥과 우유를 먹는다. CCTV를 보며) 사장님, 이거 반품해야하는 거예요. 오늘 점심 해결!

다시 음악 커지며 알바 하던 춤동작 이어간다. 여중생 등장하여 백댄서를 하고 있다.

2장 오후

알바	(여중생을 발견하고) 벌써 마쳤나?
여중생	(발끈하며) 벌써라뇨? (온장고를 향해 달려가며) 언니, 내 핫바 먹어요~ (핫바를 꺼내며) 앗싸~ 한 개 남았고~~
알바	뭐? 안 돼!
여중생	(놀라서) 네? 왜요?
알바	하나 남은 거, 그거… 예약돼 있는 거다.
여중생	(멈칫하다가) 헐 에바~ 핫바에 무슨 예약? 뻥카! (다시 핫바로 손이 간다)
알바	스톱! (직접 가서 핫바를 빼앗아 넣는다) 아무튼 안 된다, 이거는. 니 오늘은 그냥 천하장사 먹어라.
여중생	(천하장사 소시지를 까며) 뭐 이래. 핫바 먹고 싶었는데. (스마트폰을 꺼내며) 언니, 어제 EXO 오빠들 엠카 나온 거 봤어요? 완전 멋져. (이후, 여중생이 스마트폰으로 뮤비를 보며 노래를 따라 부르고 춤을 추는데 여중생의 폰으로 전화가 온다)
여중생	아~ 삽됐다. 이 타이밍에 전화가 오고 난리야? 어? 엄마네? (전화기를 귀에 대고) 엄마!
엄마	(전화 목소리) 보영아, 학교 마쳤나?
여중생	어.
엄마	(전화 목소리) 오늘 영어 말하기 시험 쳤제? 우째 됐노? 잘 쳤나?
여중생	그게 말이야. 내가 주제를 딱 두 개 찍어서 그거만 연습했

거든?

엄마	(전화 목소리) 아이고 어르신! 어르신 드시라고 채려놓은 거를 와 봉다리에 주워담고 그랍니꺼? 아, 아드님 꺼는 제가 나중에 다 챙겨드릴게요. 어르신 드세요.
여중생	(전화기를 보며) 헐. 내 누구랑 얘기함?
엄마	(전화 목소리) 보영아, 끊었나? 보영아!
여중생	(화내며) 안 끊었어!
엄마	(전화 목소리) 그래, 오늘 영어 시험 우째 됐냐고.
여중생	(한숨 쉬며) 아, 그러니까, 내가 어젯밤에 예상 주제를 두 개 찍어서….
엄마	(전화 목소리. 화를 누르며) 아야~~~ 할매요, 이거 놓고 얘기하이소. 머리 다 뽑힙니더~ 큰일 보고 싶다꼬예? (보영에게) 보영아, 엄마 지금 바빠가 통화 더 못하겠다. 또 삼각김밥 같은 걸로 때우지 말고, 공부방 빼먹지 말고 가라!
여중생	(말을 끊으며) 아 됐다. 끊는다. (전화를 끊고는) 아, 빡쳐. (편의점을 나가다가 다시 돌아보며) 언니! 내일 핫바 하나 예약요!

여중생, 편의점 앞 테이블에 앉아 열을 식히고 있다. 다문화 가정 어린이가 마을버스에서 내려 엄마를 기다린다. 오늘따라 엄마가 늦다.

여중생	너~ 엄마 기다리니?
다문화아이	(고개를 끄덕인다)
여중생	좋겠다. (아이가 물끄러미 바라보자) 엄마한테 고마워하

라고! 버스에서 딱 내리면 엄마가 늘 기다렸다가 니 데리고 가시는 거 말야. 뭐, 오늘은 좀 늦으시지만.

다문화아이　(말없이 고개를 숙인다)

여중생　마중 나온 엄마랑 손잡고 집에 들어가고, 집에 가면 엄마가 스팸 구워서 따뜻한 밥에 얹어 주고, 같이 밥 먹고, TV 보고…. 얼마나 좋을까? (아이에게) 너, 깜깜한 집에 혼자 불 켜고 들어가는 기분 아니? 하긴, 내가 어린애한테 뭔 소리를…(한숨)

다문화아이　(말없이 고개를 숙이고 있다)

여중생　(아이의 얼굴을 살피며) 혹시, 학교에서 애들이 너 놀리거나 괴롭히니?

다문화아이　(말없이 여중생을 쳐다본다)

여중생　그럴 때는 눈에 힘 딱 주고 이렇게 말해. "아우, 빡쳐!"

다문화아이　빡쳐? 그게 뭐예요?

여중생　열 받았다는 거지. 내 건드리면 폭발한다잉~ 조심해라잉~ 이런 뜻. '졸짱' 이런 것도 괜찮다. '졸라 짜증나.' 요즘 좀 노는 누나 형들이 많이 하는 말이니까 잘 연습해서 써라. (뭔가 생각난 듯) 엄마 기다리는 동안 언니가 좋은 말 몇 개 더 알려줄까?

다문화아이　(고개를 끄덕인다)

여중생　(가방에서 연습장과 볼펜을 꺼낸다. 혹은 따라해 봐) 자, 여기다 써봐. 이응이응

다문화아이　(시키는 대로 연습장에 받아쓰며 소리를 낸다) 이응이응

여중생　예, 알겠어요, 이런 뜻이야. 알겠나?

다문화아이　이응이응.

여중생	(아이의 머리를 쓰다듬으며) 잘 했으~~~ 그 다음에… 졸귀.
다문화아이	(연습장에 쓰면서) 졸귀… . 뭐예요?
여중생	존나 귀엽다는 뜻. 아, 니는 이걸 더 많이 쓰겠다. 존잘.
다문화아이	(연습장에 쓰면서) 존잘… . 무슨 뜻이에요?
여중생	졸라 잘생겼다는 뜻. 너희 반에 멋있고 잘생긴 남자애 있잖아? 그러면 이렇게 말해. 오~ 존잘!

어느덧 옆에 아이의 엄마가 와 있다.

이주여성	무슨 그런 말을 가르쳐요? 아직 어린 애한테.
다문화아이	어, 엄마 왔네? 오~ 졸귀!
여중생	(아이의 입을 막으며 아이에게만 들리게) 어른한테는 쓰면 안 돼~~~ (아이 엄마에게) 안녕하세요! 전 공부방 가야 해서요. (아이에게) 언니 간다. 안녕!
이주여성	(아이의 머리를 쓰나듬으며) 그런 말 쓰지 마. 알겠지?
다문화아이	이응이응.
이주여성	쓰지 마. 배고파? 뭐 좀 사줄까?
다문화아이	(고개를 끄덕인다)

이주여성, 편의점으로 들어가서 빵과 우유를 사온다. 그 사이, 편의점 사장이 와서 아이와 이야기를 나누고 있다.

사장	너 필리핀 말 할 줄 아냐? 안녕하세요, 필리핀 말로 해봐. 어떻게 말하는데?

다문화아이	(대답이 없다)
이주여성	저, 베트남에서 왔어요. 필리핀 아니구….
사장	그래요? 뭐, 베트남이나 필리핀이나. 아, 새댁! 여기 시집 올 때, 얼마 주고 왔어요? 돈 많이 필요해요?
이주여성	(대답이 없이 그냥 물끄러미 바라본다)
사장	남편이 잘 해줘요? 때리고 욕하고 안 그라나?
이주여성	(아이가 들을까봐 신경 쓰며, 약간은 언짢은 듯이) 아닙니 다. 잘해줍니다.
사장	그래요? 다행이네. 그 나라에도 이런 편의점, 있어요? 아, 거기는 뭐 먹지? 쌀 먹어요?
이주여성	(기분이 상해서) 아니요, 돌멩이 먹습니다. 됐습니까?
사장	(잠시 놀라다가) 아, 농담도 잘하시네. 하하하.
이주여성	한국, 베트남, 다 같은 아시아입니다. 생활 풍습, 거의 비 슷해요. (아이를 일으키며) 집에 가자.
다문화아이	(엄마를 따라 나가며 사장에게) 졸짱~
사장	졸짱? 필리핀 인사말인가? (쓸쓸하게 쳐다보다가 다시 폰 을 만지작거린다) 다 같은 아시아. 근데 필리핀은 왜 이리 통화가 안 돼? 애들 목소리 좀 들어 볼랬더니. 에이씨. (사 장 퇴장)

이주여성 노래. '집으로 가는 길'

노래하는 동안 알바, 외국인노동자 일하는 장면, 백수 용역으로 일하는 장면, 취업준비생 면접 장면 보여진다.
노래 끝나면 퇴장.

한눈에 봐도 무거워 보이는 가방을 메고 낑낑대며 여고생, 편의점에 들어온다. 에너지음료를 4~5개 챙긴 후 힘없이 컵라면을 하나 들고 계산대에 올려놓는다

알바생 (걱정하는 목소리로) 오늘도 라면이랑 에너지음료만 사가는 거야? 이러다가 큰일나겠다. 집에서 밥 먹지.

여고생 (기운 없는 목소리로) 바로 학원 가봐야해서요. 얼마에요?

알바생 (에너지음료와 라면을 봉투에 담으며) 6000원. (계산대에서 빠져나오며) 잠시만! (반찬코너에서 삼각김밥을 하나 꺼내오며) 이건 언니가 주는 서비스 삼각김밥! 맨날 라면만 먹지 말고 밥도 챙겨먹고 그래야지. 한창 클 나인데.

여고생 고맙습니다. 앞에서 먹고 가도 되죠?

알바생 당연하지. (웃으며) 뭐 더 필요하면 말해.

여고생, 컵라면에 물을 붓고 의자에 앉는다. 에너지 음료를 벌컥벌컥 마시다 갑자기 걸려온 전화에 놀란다.

여고생 (살짝 겁먹은 목소리로) 어, 여보세요?

여고생엄마 어디니? 학교 끝나고 전화하랬잖아! 오늘 영어수행평가, 틀린 것 없지?

여고생 (당황하며) 괘⋯괜찮게 본거 같아요.

여고생엄마 (화를 내며) 괜찮게 본거같아요가 아니라 잘 봐야지! 엄마가 오늘 너 영어학원 원장님하고 점심식사를 했는데 점수 떨어졌다고 걱정하시더라. 요즘 무슨 생각을 하길래 점수가 점점 낮아지니? 응? 좋은 대학, 좋은 직장가려면 지금

	부터가 중요하다고 엄마가 맨날 얘기하잖아, 응?
여고생	(한참 듣다가) 죄송해요⋯.
여고생엄마	곧 학원 갈 시간 아니니? 엄마가 데려다 줄게. 지금 어디니?
여고생	아, 지금 학원 다 와가요.
여고생엄마	아침에 챙겨준 도시락이랑 홍삼이랑 챙겨 먹었니??
여고생	아. 그게⋯.
여고생엄마	엄마가 너 생각해서 비싼 돈 주고 홍삼원액으로 준비한 거니까 맛없어도 먹어. 너도 언니처럼 서울에 좋은 대학교 가야지, 응?
여고생	네. 알아요.
여고생엄마	오늘도 졸지 말고 수업 잘 들어. 이따가 열한시에 끝나는 시간에 맞춰서 데리러 갈게.
여고생	(한참 있다가) 네.
여고생엄마	사랑한다, 우리딸~~ (전화를 끊는다)
여고생	(한숨을 쉬며 폴더를 닫는다) 라면 다 불었네. (탁자 주위를 쓰는 알바생을 보며) 언니도 저를 보면 답답해요? 엄마가 맨날 저한테 그러거든요. 저만 보면 답답하다고. 엄마가 하나부터 열까지 다 챙겨줘야 하는 거냐고.
알바생	답답하긴.
여고생	엄마가 아침에 일어나서부터 잠들 때까지 하나하나 다 체크하시거든요. 내가 애기도 아니고, 나도 다 할 줄 아는데⋯
알바생	그래도 너는 엄마가 그만큼 챙겨주는 게 좋은 거 아니야? 여기서 맨날 삼각김밥 사먹는 여중생은 엄마가 너무 바빠

서 잘 못챙겨 주거든.

| 여고생 | 차라리 그게 나아요. 솔직히 제가 지금 뭘 어떡해해야 할지를 모르겠어요. 엄마가 저를 믿고 좀 맡겨줬으면 좋겠어요. 언니가 봐도 제가 혼자서 아무것도 못할 거 같아요? |

여고생의 핸드폰이 또다시 울린다.

여고생	여보세…
여고생엄마	(말이 끝나기 전에) 지금이 몇 신 줄 알아? 너 지금 어디니? 너 아직 학원 안왔다고 전화 왔어!
여고생	아 지금 잠깐 편의점…
여고생엄마	(또 말을 끊으며) 학원에 가있어야 할 시간에 무슨 편의점이니? 빨리 학원가고 이따가 얘기 하자! (전화를 끊는다)
여고생	(한숨을 깊게 쉬고) 저 가볼게요. 학원 늦었어요.
알바생	조심해서 가. 너 쓰러지겠다. 라면도 못먹고 갔네.

취업준비생이 지친 모습으로 등장. 알바, 준비한 핫바를 들고 나간다.

알바	벌써 끝나셨나 봐요? (핫바를 내밀며) 취향대로 30초 간 데웠어요. 근데 오늘 면접 어땠어요? 이번에는 붙을 거 같아요?
취업준비생	(의자에 앉으며) 아, 망했어요, 완전.
알바	(안타까워하며) 질문에 답을 잘 못하셨나 봐요.
취업준비생	질문을 받아야 대답을 하죠. 출신 대학 이야기 하더니 그 뒤로 내한테는 질문을 하나도 안 하는 겁니다. 아니, 그럴

거면 아예 응시자격에 '무슨 대학 이상을 졸업한 사람'이
라고 제한이라도 하든지. 학벌을 안 보고 '사람'을 보네 어
쩌네 하면서 기껏 기대하게 만들어 놓고, 사람을 그렇게
똥 만들어요? 에이씨, 이모~ 소주 한 병만 갖다 주세요.

알바　이모? (마음 상해서 사무적으로) 셀프거든요. 그리고 계산
을 먼저 하시고 드셔야 합니다.

취업준비생　아, 그렇죠? (알바와 함께 편의점으로 들어간다)

그 사이 백수청년이 흥분하여 전화 통화하며 등장한다. 취업준비생 소주
병 들고 테이블에 앉는다.

백수 청년　(테이블 의자에 앉아 용역조끼를 바닥에 내동댕이치며)
야, 니는 사람을 뭘로 보고 그런 일을 소개하는기고? 다
우리 어매 같은 분이더구만. 내보고 우짜라고? 뭐? 아무
리 일당이 세다 해도 그건 아이지. 가만히 서 있으면 된다
드만 힘없는 아줌마들한테 그게 말이 되나? 아무리 돈이
좋다지만, 청소하다 도시락 먹을 장소 좀 내달라며 시급
최저 맞춰달라는 청소아줌마들 쫓아내라니… 니가 내를
그런 놈으로 봤나? 그래. 난 니가 그런 안 줄 몰랐다. 이런
일이나 소개할 거 같으면 다시는 전화하지 마라. 끊는다!

이주노동자가 퇴근하여 힘없이 등장. 옆 자리 앉아 있던 취업준비생이 술
잔을 권하고 백수청년 원샷.

이주노동자　동생, 왜 그래요? 화났어? 화내면 안 돼.

백수 청년	어, 형님도 한 잔 받으소. 한잔 하면서 피로 풀어야죠. (취업준비생 소주를 따라서 건넨다)
이주노동자	아직 술 마시면 안 돼요. 손 많이 아파요.
백수 청년	아, 맞네. 그나저나 왜 다친 건지 한번 들어나 봅시다.
이주노동자	저 손 프레스 기계 들어갔어요.
취업준비생	기계에 센서 같은 거 없어요? 요새는 그런 거 다 단다던데.
이주노동자	센서 불편해요. 작업속도 안난다고 회사에서 그냥 때요. 회사 우리 사람 안전 생각 안 해요.
취업준비생	아직 많이 아픈 것 같은데 일해도 돼요?
이주노동자	아픈데, 병원에서 이틀 있었어요. 일하러 빨리 안 오면 쫓겨나요. 그래서 일하러 가야 돼요.
백수 청년	나쁜 놈들. 너무 하네.
이주노동자	사장님, 진짜 나빠요. 월급 두 달 밀렸어요.
백수 청년	형님, 다쳤을 때는 알콜로 소독해야 해요.
이주노동자	진짜에요?
취업준비생	자, 쏘주 한 잔!
이주노동자	네, 그럼 먹고 죽어요.
백수 청년, 이주노동자, 취업준비생	(건배하며) 먹고! 죽자~!
백수 청년	여기서 이러지 말고 우리 2차 갑시다.
이주노동자	좋아요. 우리 란단주점 가요.
백수 청년	란단주점? 아, 단란주점. 형님, 그런 거 어디서 배웠어요?
이주노동자	사장님이 가르쳐 줬어요.
백수 청년, 취업준비생	(웃으며) 사장님 나빠요. 하하하

취업준비생, 백수 청년, 이주노동자가 서로 어깨동무하고 퇴장. 노래 "달팽이"가 나온다. 암전.

3장 저녁

조명 커지면 다시 편의점.
할머니 등장한다.

할머니   (흥얼거리며) 나는 가슴이 두근거려요. 가만히 오씨요. 일흔아홉살이에요. 아 냐 거 요상한 할바씨네. 몇 마디 쏘아붙이며 지대루 본때를 보여주려 하는데 뭐야 이건 뭐 싸움이 되야 싸움을 걸지. 남은 시비 걸러 갔는데 저는 수작을 거나. 아 물론 내가 야간 어필형이긴 혀. 그렇다고 그런 식으로 시방 나한테 첫눈에 반했다는겨 뭐여. 나는 그렇게 티미한 사람이 아니여. 따질 건 따지고 바로잡을 건 바로잡아야 직성이 풀리는 사람이라구. 근데 뭐여 무조건 잘못했으니 지발 마음을 푸시라고 그냥 그렇게 납작 엎드리면 나는 뭐가 되는겨. 그리고 이건 또 뭣이여 (옆구리에 낀 폐지 상자 몇 개를 들여다보며) 선물? 아 냐 참 이 바닥, 선물? 이걸 또 선물이라고 여기다 찔러주고, 약소하지만 성의로 받으라고 여기다 꽂아주고. 아 그리고 건 또 뭐여 날 밝으면 한 번 더 만나 구역 껀에 대해서 좀 더 심도 깊게 단도직입적으로다가 얘길 해보자고? 아니 그럼 오늘 저녁내 했던 얘긴 뭐여. 아, 구역 나눠져 있겄다, 선쭉 갈라서 이짝은 이녘이 저 짝은 그녘이 넘나들지 않고 하믄 될 것을. 뭘 또 심도 깊은 대화가 필요하다고 만나자 는겨 (주머니에서 꽃무늬 손수건을 꺼내 목에 걸며 매무 새를 만지며) 나가 누구여 엉겁결 병수발에 허둥지둥 영 감 먼저 앞세우고 혼자 남은 이십하고도 오륙년 그 긴 세 월 남정네 눈길 한 번 주지 않고 꼿꼿이 살아온 나여. 여 즉껏 살아서 나온 사리만으로도 맘보공기를 하게 생겼는 디 그런 나를 감히 흔들어? 어딜 흔들어! (몸을 흔들며) 얼 레 흔드니까 흔들리네 요것 좀 보소 나가 흔들린당께 (흔 들흔들 걸어가며) 에라 모르겠다. 그래 좋다 흔들려라 까 짓 흔들리지 않고 피는 꽃이 워디 있었어. 할매꽃도 꽃이 라고 한 번 흐드러지게 피어나 보드라고. 이 밤이 가면 날 이 밝는겨? 그럼 우리가 심도 있게 만나야 하는겨. 워매 겁나게 흔들리네. 누가 내 가심에 방망이질을 하는가 가 심에 불이 오르네. (엉덩이를 흔들고 흥얼거리며 퇴장하 며) 내 나이가 어때서, 사랑하기 딱 좋은 나이지.

할머니 퇴장하자, 요양간호사가 땀을 뻘뻘 흘리며 들어온다.

요양간호사   저, 스팸 있어요?
알바   네, 저 안쪽으로 들어가시면 제일 아래쪽에 있어요. 근데,
             왜 이렇게 땀을 많이 흘리세요?
요양간호사   아, 집까지 갔다가 다시 뛰어왔잖아요. 오랜만에 딸내미
             저녁 해 줄라고 장 봐왔는데, 스팸을 딱 까먹고. 우리 딸
             내미가 이걸 그래 좋아해요. 몸에도 안 좋은 거를.

알바	(계산하며) 4600원입니다. 따님은 참 좋으시겠어요. 우리 편의점 단골손님 중에 여중생이 있는데, 걔는 맨날 여기서 삼각 김밥이랑 천하장사로 요기하고 공부방 가거든요. 어머니가 너무 바쁘셔서….
요양간호사	스팸 구워주는 게 뭐 대수라고요. 저도 늘 정신없어서 제대로 못 챙기다가 오늘에야 이래 챙깁니더.

이때 편의점 앞에 여중생 나타난다.

여중생	(요양간호사를 보고) 엄마! 이 시간에 여긴 웬일?
요양간호사	(스팸을 들고) 이거 사러 왔지. 편의점에서 사니까 와이래 비싸노! 4,600원이나 한다. 니는 또 뭐 사먹을라고 이 시간에 여기 왔노?
여중생	천하장… 아니고, 밖에서 엄마 보고 들어온 거다.
요양간호사	우리 딸 오늘 뭐 먹고 싶은 거 없어? 아이스크림 사줄까?
여중생	에이, 엄마 돈도 별로 없잖아?
요양간호사	아니다. 오늘 내가 2년 째 돌보는 할머니 딸이 와서 너 맛있는 거 사주라고 3만원이나 줬다. 됐다고 암만 사양해도 간병인이 한 달 넘긴 분이 없는데 2년 씩이나 너무 감사하다며 막무가내로 내 가방에 집어넣더라. 딸인 자기보다 낫다고….
알바	그럼요, 목욕시키고 기저귀 갈아드리고 그게 쉬워요? 오늘 오피스빵 나왔어요. 신상이니 하나 사주세요.
여중생	됐어, 엄마. 난 엄마랑 같이 밥 먹으면 그게 최고 맛있더라. (엄마와 다정하게 나가며) 오늘은 할매, 할배 사고 안

	쳤어?
요양간호사	(꿀밤을 때리며) 가시나야, '사고 안 쳤어?'가 뭐꼬? 또 할매, 할배라니. 어르신이라고 해야지.
여중생	봉다리 이리 줘. 내가 들고 갈게. 맨날 손목 아프다면서···.
요양간호사	(봉지를 건네고 흐뭇하게 웃으며) 오늘 오필순 할머님께서 말이다 홍시를 하나 숨겨났다가 나만 부르더니 주면서 자기 딸 모르게 먹으라고 하더라.

둘이 퇴장하면 쌍둥이 캐치볼을 하며 등장.

쌍둥이1	진철아, 새벽에 왜 문자했어?
쌍둥이2	잠이 안와서
쌍둥이1	걱정 있어?
쌍둥이2	아니
쌍둥이1	불면증 생겼나?
쌍둥이2	아니, 수업시간에 너무 잤나봐.

쌍둥이1	너 아까 편의점에서 뭐 샀어?
쌍둥이2	쭈쭈바
쌍둥이1	얼마냐?
쌍둥이2	1000원.
쌍둥이1	왜 저 아래 마트에서 안사?
쌍둥이2	너무 멀어.
쌍둥이1	마트에선 얼만지 알아?

쌍둥이2	몰라.
쌍둥이1	900원야, 이 된장남아.

쌍둥이1	진철아, 넌 나중에 뭐가 되고 싶어?
쌍둥이2	거위
쌍둥이1	왜?
쌍둥이2	꿈이 있잖아. 진규, 너는?
쌍둥이1	갈매기
쌍둥이2	와우! 갈매기의 꿈?
쌍둥이1	(공을 위로 던지며) 머얼리~~ 높이~~~

음악 나오며 암전.

엔딩

조명 켜지고 음악이 나오면 배우들 다시 무대에 오프닝 정지동작으로 있다가 서로 인사하며 말을 건넨다. 오프닝 때와 달리, 서로에게 따뜻하게 질문을 던지고 대답한다. 꿈에 대한 이야기다.

알바	연진아! 넌 꿈이 뭐야?
여중생	빨리 어른이 되고 싶다 언니야. 내가 취직해서 돈을 벌고, 엄마 편하게 해드리고 싶거든. 아, 그러려면 대학부터 가야 되는데, 공부하기 싫은데… 엄마는?
요양간호사	일하는 거랑, 니 챙기는 거랑 같이 할 수 있으면 좋지. 어르신들도 소중하고, 내 딸래미도 소중하니까. 취업준비생

	에게) 총각은 소원이 뭐고?
취업준비생	저요? 그냥… 평범하게 사는 거요. 남들처럼 일하고, 가정 꾸리고, 그렇게 소소하게, 행복하게, 살고 싶어요. (이주노동자에게) 아저씨는요? 네팔 가시면 뭐 하실 거예요?
이주노동자	나? 음… 네팔 가면 버스 살 거야. 버스 사서 그거 운전하며 지낼 거야. 나중에 네팔 오면 연락해! (백수 청년에게) 동생은?
백수 청년	로또! 무조건, 로또죠! 하하하. 농담이고요. 그냥 돈 좀 벌어서, 부모님 모시고 농사지으며 살려고요. 저는 도시 체질이 아닌가 봐요. (사장을 보며) 사장님도 꿈이 있을 거 같은데?
사장	필리핀에 있는 자식들하고 다 모여사는 거지. 참, 어제 통화 됐잖아. (이주여성을 보며) 새댁! 집에 전화 함 해봐라. 필리핀 인제 통화 잘 되드라.
이주여성	저 베트남에서 왔어요, 필리핀 아니구. (잠시) 저, 베트남 이름 쑤언이에요. 한국말로 봄. 한국의 봄, 정말 좋아해요. 저를 쑤언이라고, 이름을 불러주세요.
다문화아이	아우 빡쳐. 나도 이름 불러 주세요. '다문화' 말고. 강. 다. 미. 친구들 많이 생겼으면 좋겠어요.
쌍둥이1	나는 평일에도 가족들이 같이 밥을 먹는 게 꿈이에요.
쌍둥이2	통일 되어 군대도 희망자만 가면 좋겠지만… 그냥 야자만이라도 진짜 희망자만 했으면 좋겠어요.
여고생 엄마	우리 딸 입시 끝나고 홀가분하게 가족여행 다녀오는 거?
여고생	나는 엄마가 행복했으면 좋겠어요. 그리고 엄마 꿈이 아닌 내 꿈을 찾고 싶어요.

할머니	꿈? 좋지. 오늘은 내가 처음 살아보는 날이니까 오늘도 내 몸 움직여 사는 게 내 꿈이라면 꿈여. 이렇게 한 발 움직일 수 있다는 게 그저 고맙지,
알바	뭐야, 꿈들이 왜 이렇게 다들 소박해요?
여중생	그러는 언니는? 꿈이 뭐야?
알바	내 꿈? (생각하는 사이)
여중생	(취업준비생과 알바를 번갈아 보며 의미심장한 웃음을 짓는다) 나는 아는 데….
백수 청년	(눈치를 채고) 뭐? 안 된다!
할머니	됐고, (이주노동자를 끌어안으며) 내가 그 영감을 그냥 확~~!
이주노동자	(손을 감싸며) 아야!

다함께 웃는 사이, 엔딩음악 We go together 울려 퍼지며 모두 춤을 춘다. 암전. 끝.

꿈꾸지 않으면

강병용(전국교사연극모임) / 천안청수고 청연

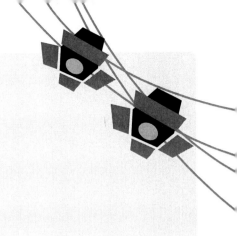

연출의 말

〈꿈꾸지 않으면〉은 전국교사연극모임 주최의 연수 과정에서 공동 창작으로 만든 작품을 부산 교사극단 '조명이 있는 교실' 회원들과 함께 새롭게 다듬어 정기 공연으로 올린 작품이다. '자유로운 영혼을 추구하는 교육'을 실천하는 교사(안선생)가 현실에서 부딪히게 되는 여러 어려움을 실제 사례를 바탕으로 만든 것이다.

이 작품은 교육 문제를 현실적으로 그려낸 작품인 만큼 작품을 만드는 과정에서 많은 고민과 토론이 있었던 작품이다. '주인공 교사(안선생)의 행동이 교사로서 올바르다고만 할 수 있는가?', '제자 연진은 어떤 이유로 은둔형 외톨이가 된 것인가?', '작품의 결말은 어떠해야 하는가?' 등등을 놓고 제작 과정 내내 논쟁이 이어졌다. 특히 절망적인 현실에서 절망하지 않고 희망의 메시지를 현실적이면서도 설득력 있게 전달하는 방법에 대해 머리를 쥐어짜며 고민을 하였다. 결국 완성된 대본은 그 고민에 대한 우리 역량의 현 주소를 보여주는 것이라 하겠다. 수록된 대본은 천안 청수고 연극동아리가 학생공연용으로 개작한 것이다.

등장인물

안선생	연진
강선생	교감
미연	영실
의주	준화
은실	연진모
연진여친	연진친구
편의점 사장	편의점 손님
사회자	학생1
해설	학생2
학생3	

프롤로그

무대 한 구석에 연진이 웅크리고 앉아 있고, 다른 편에 안선생이 서 있다.

안선생   지금부터 보여드릴 이야기는 날개가 꺾여 어둠 속에 웅크
          리고 있는 연진이란 아이의 이야기입니다. 아니, 이 이야
          기는 보이지 않는 커다란 힘에 의해 소중한 것들을 하나
          씩 잃어가는 우리 모두의 이야기입니다.

암전.

1장 교무실

무대에는 안선생이 앉아있고 그 앞에 학생 미연이 서있다. 좀 떨어진 곳
에서 강선생이 이들을 한심한 듯 쳐다보고 있다.

안선생   그러니까, 콘서트 보러 가야 해서 야자를 못하겠다는 거
          지?
미연   네 선생님. 넬 콘서트요.
안선생   내일? 내일이 콘서튼데 왜 오늘 야자를 못해?
미연   아~ 그게 아니구요 샘. nell 넬이요!
안선생   아~ '기억을 걷는 시간'. (노래를 흥얼거린다. 미연도 함께
          따라 부른다) '길을 지나는 어떤 낯선 이의 모습 속에도~
          바람을 타고 쓸쓸히 춤추는 저 낙엽 위에~도' 그렇게 가

	고 싶어?
미연	네! 오빠들 군대 가기 전 마지막 콘서트거든요. 꼭 가야해요.
안선생	좋아. 대신 조건이 있어.
미연	뭔데요?
안선생	콘서트 장에서 찍은 인증샷이랑 따끈따끈한 콘서트 스무 자 평. 내 폰으로 보낼 것!
미연	당연하죠!
안선생	그리고
미연	또 뭐요~~~
안선생	싸인 받아와. 샘 이름으로.
미연	샘 이름으로요? 네. 알겠어요. 그럼, 가도 되죠?
안선생	그래
미연	그럼, 샘 9교시 끝나고 가요.
안선생	재밌게 보고 와!
미연	네~~~ 쌤 짱!!!

미연 퇴장. 강선생, 한심하다는 듯 보고 있다.

강선생	아니, 콘서트 보러간다고 야자를 빼줘? 그런 이유로 애들 다 보내고 언제 공부시키려고 그래?
안선생	야자가 의무는 아니잖아요. 그리고 학교 밖에서 배우는 것도 있구요.
강선생	어제 보니까 안선생 반은 딱 11명 남아서 야자하더라? 교감 선생님 돌아보시는데 내가 민망하더라니까. 월드컵 시

즌이라구 축구팀 만들려는 거야? 아무리 그래도 후보선수는 있어야지, 딱 11명이 뭐야, 11명이.

안선생, 대꾸 없이 앉으며 커피를 한 잔 마신다. 영실 등장.

영실	선영~ 선영~
안선생	영실이 왔어?
영실	(어리광부리며) 쌤~. 나 눈 빨간 거 좀 봐~.
안선생	진짜 빨갛네. 왜 이런 거야?
영실	나 완전 밤 샜잖아. (안선생의 커피 잔을 들며) 어, 커피다! (커피를 마신다)
강선생	(자리에서 일어서며 한심하다는 듯이) 야, 너 말버릇이 그게 뭐니? 어디서 선생님한테 말을 반토막으로 해. 그리고 버릇없이 선생님 마시는 커피를 홀짝홀짝 마셔? 선생님이 니 친구야?
안선생	괜찮아요. 선생님. 영실이가 워낙 사교성이 좋아서 그래요.
강선생	아무리 그래도 지킬 건 지켜야지. 수업 시간에는 만날 엎어져 자고, 혼내면 따박따박 말대꾸하고, 말은 또 잘해요. 너 우리반 안 된 거 천만다행인 줄 알아. (퇴장)
영실	(퇴장하는 강선생의 뒷모습에 대고) 나도 다행이다~

안선생, 영실에게 가볍게 눈치를 준다.

영실	(포스터를 보여주며) 짠~ 어때요? 이번 인권한마당 포스

	터.
안선생	벌써 완성했어?
영실	응. 포스터 완성되고 나니까 진짜 실감나는 거 있죠? 완전 떨려~
안선생	멋있다. 포스터만 봐도 느낌이 팍 오는데? 영실이 감각 있다~
영실	그죠? 이거 하면서, 나한테 이런 재주가 있다는 걸 첨 알았다니까요. 히히
안선생	그래, 준비는 잘 돼가?
영실	서명받는 거랑 공연하는 거 준비 착착 잘 돼가고 있구… 이제 마지막에 발언할 사람 신청받아야 해요.
안선생	발언…? 아, '가슴으로 외쳐라!' 이거?
영실	응. 마지막 무대에서, 우리가 하고 싶었던 얘기를 맘껏 하는 거예요. 괜찮죠?
안선생	좋은데~
영실	아싸! 참, 근데 샘이 도와줄 게 있어. 다른 학교에 포스터 붙이려니까 허락 받아야 된대. 샘이 그거 좀 해줘요.
안선생	그거야, 당연하지. 나한테 맡겨. 근데, 학생인권조례 서명받는 건 안 힘들었어?
영실	그거, 의주가 맡았는데… 애들 왜 안 오지? 잠시만… (전화를 건다) 야, 빨리 안 와?
의주	어, 다 왔다.
영실	뺑치지 말고, 어디야?
의주	다 왔다니까!
영실	아, 어디~~~

의주	니 뒤에. 히히.
아이들	선생님~~~
안선생	어서 와, 어서 와.
영실	서명은?
의주	야, 말도 마라. 서명 받는다고 온 교실을 다 돌았잖아. 개 피곤하다.
안선생	학생들 반응은 어땠어?
의주	애들이 학생인권조례가 뭔지를 모르더라구요. 그래서 제가 체벌이랑 두발규제 없애는 거라고 하니까 다 서명하던데요. 진짜 장난아니었어요. 특히, 두발 자율화는 꼭 해야 하는데요. 제 구레나룻은 소중하니까요~
안선생	으이구~
은실	선생님~ '가슴으로 외쳐라!' 이 제목이요, 제가 지었어요.
안선생	이야… 제목 멋있다. 역시 은실이구나.
준화	야, 나도 말 좀 하자. 선생님, 이번 인권한마당에서 연극하려구 제가 대본도 썼어요. 읽어 보실래요? (대본을 주고 혼자 신이 나서 설명한다) 이게요, 배우가 세 명이 무대에 딱 나와서요~~~~~
안선생	준화야! 샘이 먼저 읽어보면 안 될까? (사이) 고딩탐구생활. (대본을 훑어보며) 이야… 너희들의 생활을 잘 담아냈네. 연극 기대된다.
준화	그죠? 칭찬해 주세요.
안선생	잘했어요. 모두 수고했어.
은실	근데요 선생님… 우리 이런 거 그냥 해도 돼요? 허락 받은 거예요?

준화	그러게. 이사도라가 가만히 안 있을텐데….
안선생	너희들은 꿈도 허락받고 꾸니? 젊은 놈들이 기껏 그런 걱정이야. 허락은 내가 받을 테니까 너희들은 너희가 원하는 세상을 마음껏 꿈꿔 봐.
의주	역시, 우리 선생님이 다 카바해 준다니깐.
영실	이런 게 진짜 공부죠 선생님?
안선생	그럼! 이런 게 진짜 공부지.
아이들	역시 우리 선생님!

아이들 왁자한 사이, 교감 등장.

교감	머가 이렇게 시끄러워~ 여기가 시장 바닥이야 뭐야 도대체?
준화	호랑이도 제 말하면 온다더니….
교감	뭐라구?
아이들	안녕하세요.
교감	지금 영어듣기 시간아냐?
안선생	얘들아, 점심시간에 보자.
아이들	네, 안녕히 계세요. (퇴장한다)
영실	(퇴장하며) 도라도라 이사도라~
교감	저거 저거, 영실이 아냐? 머리 꼬라지 하고는. 쯧쯧… 자퇴한다고 그렇게 난리를 피우더니, 공부도 안 하고 대학도 안 가겠다는 녀석이 괜히 인문계 와가지고 학교 성적이나 떨어뜨리고 말이야. 근데, 도대체 저 꼴통들 모아놓고 지금 뭐하는거요?

안선생	인권 한마당을 준비 중입니다.
교감	인권 한마당?
안선생	인권에 대한 다양한 프로그램을 축제 형식으로 만드는 거예요.
교감	그거 교장샘 결재는 받고 하는거예요?
안선생	결재요? 곧 받을 겁니다.
교감	뭐? 곧 받을 겁니다? 이 사람이… 이봐요, 안선생. 다음주에 성취도 평가 있는 거 몰라요? 애들 목숨걸고 공부를 시켜도 모자랄 판에…
안선생	누가 애들 공부 안시킵니까? 그리고, 이런 것도 다 공부 아닙니까.
교감	아, 인권도 좋지. 좋지만, 지금은 일단 대학 보내는 게 더 급한 일 아니요. 좋은 대학 나오면 권리가 제 발로 찾아오는 법이예요.
안선생	그건 권리가 아니라 권력이죠. 자기밖에 모르는 이기적인 권력. 인권의식, 사회의식도 없이 공부만 한 아이들이 판검사 되고 국회의원 되고 높은 자리 차지하고 있으니까 지금 우리 사회가 이 모양 아닙니까?
교감	안선생 말도 맞지. 맞지만 현실을 똑바로 봐야지. 학부모들이 진짜 원하는 게 뭐겠습니까? 인권이니 뭐니 해서 간에 바람만 잔뜩 넣어놓는 게 아니라, 애들 좋은 대학에 보내주는 거 아니요.

(강선생 등장, 인사하려다 놀라며 눈치 본다)

안선생	관리자들 생각이 그러니까 학교가 이렇게밖에 안 되는 겁니다.
교감	뭐라고? 이 사람이, 학교가 머~ 학교가 어때서~ 안선생이 관리자 되면 맘대로 될꺼 같애? 어디서 막말이야? 새파랗게 젊은 선생이, 누구 앞에서 훈계요?

강선생, 급히 두 사람을 말린다.

강선생	교감선생님, 진정하세요.
교감	어쨌거나, 교장샘 허락 없이는 절대 안 돼! (퇴장)
안선생	교육을 결재로 하나! 교육관이라고는 눈곱만치도 없이. 도대체 교육을 하자는 거야, 학부모를 상대로 장사하자는 거야!
강선생	안선생…말이 좀 심하다… 교감도 위에서 시키니까 그러는 거지. 자기가 하고 싶어서 그러는 거 아니잖아… 안 선생이 좀 참아…
안선생	그렇게 하나씩 내주다보면 정말 중요한 것까지 잃어버린다구요.
강선생	그런다고 교장, 교감이 바뀌겠어? 학교가 바뀌겠어? 해줄 것 해주고 받을 것 받아야지. 뭘 그렇게 힘들게 살아….

전화가 걸려온다.

안선생	여보세요? 네, 안선영인데요… 아, 연진이 어머니? 안녕하세요? 네… 그럼요. (사이) 뭐라구요? 연진이가

요?

음악과 함께 안선생 나레이션.

안선생   연진이는 졸업한 제 제자입니다. 저를 많이 따르고, 저처
럼 살고 싶어했던 아이였어요. 재작년 가을, 연진이가 여
행을 간다며 저를 찾아왔습니다. 암전.

2장 교내 등나무 (안선생과 연진의 만남)

연진, 안선생을 기다리고 있다.

연진   야자한다고 아직 불빛이 환하네. 니들이 고생이 많다~ 밖
에서 보면 이런 느낌이구나. (시계를 보며) 샘은 바쁘신
가?

안선생, 연진을 보고 살금살금 다가간다.

안선생   연진아!
연진   쌤~~~
안선생   얼마만이야~. 졸업하더니 얼굴이 환하네.
연진   정말요? 선생님은 잘 지내셨어요?
안선생   아니~ 힘들어.
연진   왜요? 애들이 속 썩여요?

안선생	애들은 너무 예쁘지. 교무실에 있는 누구누구 때문에….
연진	교무실에 있는 누구? 아~ 여전하신가 보네요?
안선생	그러게. 여전하지. 참 언제 출발이라구?
연진	내일요. (여권을 꺼내들고) 쌤. 보세요. 여권!
안선생	우와~. 이게 이연진 인생 최초의 여권이라 이거지. (심각하게) 근데 연진아, 이 여권으론 공항 입국 심사대 통과 못하겠는데…
연진	왜요? 이거 시청 가서 제대로 만든 건데…
안선생	사진이 너무 멋있게 나왔잖아. 넌 줄 몰라보겠다.
연진	아~ 샘! 깜짝 놀랐잖아요~
안선생	처음 가는 여행, 기분이 어때?
연진	음, 추파춥스 있잖아요. 그러니까 그 통에서 사탕을 고르는 느낌이랄까? 무슨 맛이 나올지 궁금하기도 하고, 그걸 맛볼 생각에 설레기도 하구요.
안선생	그래~. 어디 어디 가는데?
연진	인도도 가고, 네팔도 가고, 유럽도 가려구요. 자유롭게 다니면서 많은 거 보고 싶어요.
안선생	인도, 네팔, 유럽? 멋진 곳들이구나. 혼자서 그런 결정하기 힘들었을 텐데, 대견한데?
연진	저 여행 결심할 때, 선생님 영향이 제일 컸던 거 아세요?
안선생	내 영향?
연진	(자리에서 일어나며) 태양을 향해 뛰어오르거라. 물론 태양에 닿을 순 없을 거야. 하지만 적어도 땅에서 발을 떼어볼 수는 있지 않겠니? 우리 다같이 한 번 뛰어볼까? 우와~
안선생	어쩜 그걸 다 기억하니?

연진	제가 그 때 얼마나 감동받았다구요. 그 때 제가 무슨 말을 했는데….
안선생	선생님, 이카루스를 아세요?
연진	어머, 선생님. 부끄럽게 그걸 기억하세요?
안선생	나도 너한테 감동받았었거든.
연진	그때 결심했어요. 내가 살고 싶은 데로 살아보겠다고…
안선생	그랬구나. 용케 부모님 허락은 받았네?
연진	안 그래도 그것 때문에 힘들었어요. 부모님은 당연히 남들처럼 대학가서 취업하라고 하시죠. 하지만 저는 그게 맞는 건지 모르겠어요. 그래서 일단 떠나보려구요.
안선생	그래. 남들과 똑같이 인생을 사는 건 내 인생이 아닌 것 같아. 우리가 공장에서 찍어내는 물건도 아니구 말야. 니 생각대로 사는 게, 진짜 니 인생이지. 부모님도 니가 즐거워하는 걸 보면 좋아하실거야.
연진	고마워요. 선생님! 선생님 덕분에 항상 힘이 나요.
안선생	나도 네 덕분에 늘 힘이 났는 걸!
연진	(시계를 보며 일어난다) 이제 가 봐야겠어요.
안선생	벌써?
연진	짐을 덜 쌌거든요.
안선생	그래. 참, 이거 선물이야.
연진	뭐예요? 엠피쓰리네요?
안선생	응. 내가 좋아하는 노래, 네가 좋아할 만한 노래를 넣었어. 우리가 수업 시간에 함께 들었던 비틀즈의 '렛잇비'도. 여행 다니다보면 '아! 외롭다' 느끼는 순간이 있을 거야. 그럴 때 이 음악들, 들으면서 네 자신에 대해 많이 생각해

	보고 와.
연진	와~ 정말 고마워요. 선생님. 여행하면서 편지도 하고 전화도 할게요.
안선생	그래. 건강하게 잘 다녀와.
연진	선생님도 건강하세요.
안선생	잘 가.

연진 퇴장하고, 안선생은 벤치에 앉는다. 무대에서는 연진의 여행 장면이 전개된다.

엽서1)
선생님. 전 지금 갠지스 강가에 앉아 아름답게 지는 노을을 보고 있답니다. '렛잇비'를 들으며 앉아있으니 마치 바로 옆에 선생님께서 계신 것 같아요. 삶과 죽음이 공존하는 갠지스 … 많은걸 생각하게 해요. 살아있음에 감사하며 주어진 시간동안 열심히 여행하려구요. 선생님도 건강하세요~ 보고싶어요~
엽서2)
선생님. 여기는 안나푸르나 봉이 보이는 네팔의 어느 작은 마을이에요. 며칠째 계속 걸으니 힘드네요. 그래두 좋은 공기 마셨더니 몸과 마음 모두 맑아지는 기분이에요. 이 긴 산책을 끝낼 쯤엔 저도 더 멋진 어른이 되어 있겠죠? 설산이 너무 아름다워서 저 높은 안나푸르나봉 어딘가에 제 마음의 집을 지었어요. 놀러오세요~ 선생님도 반하실거예요~
엽서3)
선생님 너무나도 아름다운 나라 터키에 도착했어요. 이젠 많이 지쳤지만 동서양의 조화가 만들어낸 터키의 아름다움이 그런 마음도 잊게 만드네요. 제가 항상 날아보고 싶다고 했던 말… 기억하세요? 그렇게 원하던 소원을 이뤘답니다. 하늘을 날며 잠깐이나마 이카루스의 마음이 되어보았어요. 이제 2주 후면 한국으로 돌아가요. 여행하면서 느낀 즐거움과 설렘만큼 한국에 돌아가서도 잘 지낼 수 있겠죠? 선생님… 우리 곧 만나요.

여행 장면 암전

안선생 나레이션 연진이는 대학을 가는 대신에 여행을 떠났습니다. 그렇게 연진이는 점점 자신만의 색깔을 내기 시작했습니다. 그런데…. 뭐가 잘못된 것일까요?

암전

3장 연진의 집

무대 한 쪽에 연진의 방. 연진이 방구석에 웅크리고 앉아 먼 데를 바라보고 있다. 무대 다른 쪽에는 연진 어머니가 있다.

어머니 (건드리지도 않은 밥상을 치우며) 손도 안 댔네. (방을 향해) 연진아, 왜 또 밥을 안 먹었어? 굶어죽으려고 그래? (혼잣말로) 아이고, 정말… (방을 향해) 부엌 찬장에 컵라면 사 놨어. 나중에 들고 들어가서 먹어, 알았지? (실내 건조대에 빨래를 널며 한탄한다) 내가 지한테 명문대 가라고 했어, 대기업에 취직하라고 했어. 대학 안 가고 여행 간다기에, 그래, 니 하고 싶은 대로 한 번 해봐라, 하면서 보내줬으면, 보란 듯이 잘 살아야 될 거 아냐. 지 친구들은 다 대학 가서 연애도 하고 공부도 하고 그러는 구만. 지가 모자란 게 뭐 있어서 저러고 살아. 으이그….

초인종이 울린다.

어머니	누구세요?
안선생	연진이 어머니, 저 안선생입니다.
어머니	(문 열며) 아이고, 선생님….
안선생	맘 고생이 많으시죠?
어머니	(눈물을 흘리며) 말을 해서 뭣합니까.
안선생	얼마나 됐나요?
어머니	한 6개월 됐을 거예요. 저렇게 방에 틀어박혀서는 나오지를 않으니…
안선생	방으로 좀 안내해 주세요. 제가 한 번 말해 볼게요.
어머니	아이고, 선생님만 믿습니다. (방 앞에서 연진을 부른다) 연진아, 안선영 선생님 오셨어. 알지?

대답은 없으나, '안선영 선생님'이라는 말에 연진이 반응한다.

안선생	연진아, 나 안선영이야. 안선영 알지? 연진이 만나려고 일부러 왔어. 얼굴 한 번 보자. (사이) 연진아, 문 좀 열어봐. 얼굴 좀 보자. (사이, 문을 두드리며) 연진아! 너 그 안에서 도대체 뭐 하고 있는 거니? 응?

연진	거짓말, 다 거짓말이었어!
안선생	뭐라구?
연진	(방문을 향해 외치듯) 당신을 믿은 게 잘못이었다구.
안선생	(자신의 귀를 의심한다) 뭐… 라구?
연진	(큰 소리로) 다 당신 때문이야!

암전

4장 연진의 알바와 집

연진의 알바 장소. 편의점. 손님이 등장했다가 나가면 연진이 친구에게
전화를 건다.

연진	어서 오십시오.
편의점 손님	맥콜~어딨나?
연진	아~ 저기 있습니다. 바로 앞에 있습니다.
편의점 손님	어디여~어. 맥콜이여 맥콜!
연진	아~하 죄송합니다. 다 떨어졌습니다.
편의점 손님	아니~ 없으면 없다고 하지 왜 찾게 만들어. 그러면 보름 달은 어딨어?
연진	저쪽 문 위에 있습니다.
편의점 손님	뭐야 이거! 유통기한이 어제까지 아냐? (화를 내며) 이걸 어떻게 사람한테 먹으라고, 진짜 웃기는 가게네. 사장 나 오라고 그래. 아이고 정말.

연진	죄송합니다, 손님. 정말 죄송합니다. (겨우 손님을 보낸다) 휴~
(핸드폰 벨 소리)	여보세요?

연진의 대학생 친구가 전화를 받는다.

연진 친구	어, 연진이니?
연진	응, 민호야, 나야.
연진 친구	오늘 저녁에 우리 만나기로 한 거 말이야. 못 나가겠다~ 못 나가겠어.
연진	뭐야~아?
연진 친구	우리 교수님이 갑자기 프로젝트 같이 하자고 그래서.
연진	프로젝트?
연진 친구	어? 어? 아~ 프로젝트라고 가끔 대학생이 쓰는 말이 있어. 넌 대학생 아니라 모를 거야. 야~ 다음 주에도 내가 그 또 스터디 그룹미팅… 아~ 넌 대학생이 아니라 모를 텐데…. 아씨, 아무튼 넌 친구도 없냐? 왜 꼭 나한테만 이러냐? 아아야, 나 바쁘니깐 그만 끊어.
연진	민호야, 김민호…(전화 끊기자 연진 한숨을 쉰다)

알바 편의점사장 등장

연진	사장님 오셨습니까?
편의점 사장	연진아, 청소했나?
연진	예 사장님.

편의점 사장	청소 했나?
연진	오늘 아침에 했는데요.
편의점 사장	야~ 니 눈에는 이게 안보이나? 내 눈에는 보이는데 (연진이 위아래를 처다본다) 왜 니 눈에는 아니냐? 너 아르바이트한지 오래 됐잖아. 아이씨 정말. (봉투를 꺼내며) 자, 월급!
연진	(급료를 확인하고) 뭐야 이거. 사장님, 이거 최저 임금도 안 되지 않습니까?
편의점 사장	하아~ 뭐?
연진	최저임금이요~! 최저임금~!
편의점 사장	뭐? 최저 임금? 니가 무슨 일을 했노! 어? 여기서 무슨 일을 했어? 응? 그리고 니가 고졸여도 써줬잖아. 근데 이건 뭐 일도 제대로 안 하고 말이야. 니가 뭐 법대생이야?
연진	이게 법대하고 무슨 상관이 있습니까?
편의점 사장	그럼, 니가 원하는 돈이 얼만데~? 뭐야? 알았다. (돈을 던지듯 건네주며) 됐지? 니 말 잘했다. 앞으로 이런 식으로 가게 할 거면 내일부터 나오지 마. 어차피 대학생들 줄 쫘악 섰으니까.
연진	(돈을 받아 물건을 들고서) 이거 얼맙니까?
편의점 사장	뭐?
연진	이거 얼마냐구요? 이만오천원입니까? (물건을 들고 나가며) 잘 먹고 잘 사슈. 사채 쓰는 주제에.
편의점 사장	이놈의 새끼 봐라. (사장 연진 뒤를 따라간다)

연진이 여자 친구를 만난다.

연진	어 민지야, 왔니?
연진 여친	응 그래.
연진	선물이야.
연진 여친	어 그래. 고마워
연진	오늘 실은 나 오늘 힘든 일 있었어. 아르바이트도 그만 두고. 친구한테도 연락이 안 되는 것 같고 가면 갈수록 나 혼자 외톨이가 되는 것 같아. 민지야, 나한텐 너 밖에 없는데. 한 번만 위로해 주면 안되겠니?
연진 여친	연진아~, 나 오늘 너한테 할 말 있어서 왔어.
연진	무슨 말?
연진 여친	나, 처음엔 너의 그 자유로운 생각이 좋았어. 다른 아이들과 달리 너는 인생이나 사회에 대해서 자유롭고 진지하게 생각하는 친구였거든. 근데 나 요즘 힘들어. 나도 솔직히 다른 아이들처럼 같이 엠티도 가고 싶고, 여행도 해보고 싶단 말이야. 근데 넌 항상 알바 때문에 바쁘고. 그리고 니가 말하는 그런 자유란 것도 이제는 불분명하고 불투명한 이야기로밖에 생각되지 않아. 연진아, 너 그냥 다시 대학 가면 안돼? 그냥 대학에 입학 하면 안돼?
연진	민지야~ 대학은 포기한지 오래야. 나에게 자꾸 대학을 요구하지마. 내가 더 열심히 일할게 더 열심히 노력할게. 그래서 먹고 싶은 거 다 사주고 좋은 곳에도 여행가고. 더 열심히 노력할게. 난 너밖에 없어, 제발.
연진 여친	나도 너무 힘들어. 넌 다른 애들이랑 너무 다르고 이젠 지

첬어, 미안해.(선물 놓고 퇴장)

연진 선물을 물끄러미 보다가 들고 집으로 간다.

연진	(연진 집에 들어서며) 다녀왔습니다.
엄마	연진이 왔냐? 아니~ 이 시간에 니가 왠 일이냐? 아르바이트 할 시간인데.
연진	짤렸어요.
엄마	아이고. 또 짤렸어? 도대체 몇 번째여~ (사이) 연진아, 지금 늦기는 했지만 대학 안 가볼래? 저기 엄마 친구 아들 태화가 순천향대 갔다더라. 옆집 창구는 천안대 올해 들어간다더라. 힘들면~ 집에서 가까운 선문대라도 가 봐. 아이고, 그것도 싫으냐? 이게 네가 말한 자유냐? 그게 니가 말하는 자유여? 딱 굶어 죽기 좋다!

암전

5장 안선생의 꿈

무대 한 쪽에는 안선생이 의자에 앉아 고개를 숙이고 있고, 다른 한 쪽에는 연진이 서 있다. 연진의 목소리가 들리면 안선생이 고개를 든다.

연진	(발표하듯) 선생님 이카루스 이야기 아세요? 이카루스의 아버지는요, 이카루스에게 높이 올라가면 안 된다고 위험하다고 말했어요. 하지만 이카루스는 저 높은 곳에 뭐가

있는지 너무 궁금했어요. 그래서 조금씩 조금씩 태양을 향해 날아올라갔어요. 결국 날개가 녹아내려 이카루스는 추락해버렸어요. (사이) 이 얘길 하면서 어른들은 우리에게 날지도 못하게 해요. 나는 꿈조차 못 꾸게 해요. 그건 잘못된 거잖아요.

안선생 (안타까운 목소리로) 연진아…!

연진 (역동적으로 움직이며) 그렇죠 선생님! 전 저 높은 곳에 뭐가 있는지, 저 높은 곳에서 바라보는 세상은 어떨지 너무 궁금해요. 그래서 한번 날아보려구요. 제 날개루요. (조금씩 높은 곳으로 향한다)

안선생 연진아…!

연진 (기쁜 얼굴로) 선생님~ 정말 좋아요. 저 빛나는 푸른 초원, 시리도록 파아란 바다, 세상을 다 가진 기분이에요. (조금 더 높은 곳으로 향한다) 선생님, 왜 사람들이 제게 손가락질 하죠? 날아오르는 게 잘못인가요? (조금 더 올라가며) 선생님… 무서워요…외로워요…(더 오르며 추락)

안선생 (쓰러지는 연진을 보며) 연진아!

6장 교무실

무대에 교감이 등장해 있다.

교감 (포스터를 보며) 가슴으로 외쳐라 두발규제 철폐? 일제고사 반대? (머리 아프다는 듯이) 아이고… 내가 그렇게 알아들게 이야기했으면, 적어도 교장선생님 결재는 받고 일을 추진해야 될 거 아니야~ 도대체 몇 신데 출근도 안하고 있는 거야! 이 사람, 정말. 아… 나 정말, 이렇게 부적응하는 선생은 처음 보네. 학교가 지 놀이터야 뭐야.

안선생, 초췌한 얼굴에 암울한 표정으로 등장.

교감   어이, 안선생! 나 좀 봅시다.

안선생, 교감을 흘끗 보고는 자리에 앉는다.

교감   이봐요 안선생~ (안선생에게 다가가서) 지금이 몇 신데
             이제 출근하고 있는 거요? 교실은 엉망으로 해놓고 말
             이야. 그리고, (포스터를 꺼내며) 뭐야, 이거. 포스터부
             터 먼저 붙여놓고! 이런 포스터 누구 맘대로 붙이라고 했
             어요! (포스터를 보며) 이렇게 해서 애들이 대학 가겠어
             요? 어?
안선생   (교감 말을 자르며) 안 합니다.
교감   뭐요?
안선생   안 한다구요! 안 하면 될 거 아닙니까?
교감   안 한다고? 아니, 이 사람이… 진작에 안한다고 할것이지
             ~학교를 발칵 뒤집어 놓고 지금 뭐하는 거요? (사이) 분
             명히 안 한다고 했지요? 한다고 했다가 안 한다고 했다가
             지금 장난하나? 나중에 딴소리 하기만 해봐라. (포스터를
             내동댕이치고는 퇴장)

안선생, 포스터를 주워들고는 비통한 심정에 빠진다. 이내 포스터를 치우고, 다른 일에 몰두하려 애쓴다. 아이들, 교무실로 들어온다.

영실	선생님, 저 이상한 얘기 들었어요. 학생부장샘이 우리 인권한마당 안 하기로 했다는데 그거 진짜예요?
준화	아니죠? 헛소문이죠?
안선생	그거, 하지 말자.
아이들	(깜짝 놀라) 네?
은실	선생님, 무슨 일 있으세요?
의주	왜요? 갑자기 왜 그러시는데요?
안선생	학교에서 결재도 안 났고, 나도 힘들어. 우리가 이런 거 한다고 학교가 달라질까?
준화	그래서 안한다구요? 와~ 너무 비겁한 얘기 아니에요?
의주	이런게 선생님이 말한 자유였어요? 아무 생각 없이 대학 가는 것보다 자기가 하고싶은거 하면서 사는게 더 소중하다고 하셨잖아요.
준화	설마, 그게 다 거짓말이었어요?
안선생	그래, 난 사기꾼이야. 그러니까 나 믿지마. 니들도 남들처럼 공부해서 대학 가.
아이들	선생님~!
안선생	종쳤잖아. 얼른 교실로 가!

아이들 머뭇거리며 각자 가슴 속에 있던 말을 한다.

안선생	내 말 안 들려?

의주	아이씨, 선생님! 실망이에요. (준화를 향해) 가자.
은실	(나가는 의주, 준화를 보며) 얘들아⋯ (따라 나가다가 다시 안선생에게 돌아서서) 선생님, 저 솔직히요, 그거 꼭 하고 싶었어요. 그치만 선생님이 힘드시면 안 해도 돼요. (사이) 힘내세요.

은실 나가고 나면, 안선생 흐느낀다.

영실	도대체 왜 이래요? 진짜 안 할 거예요?
안선생	미안해.
영실	남들처럼 공부해서 대학 가라구요? 그래서, 교실에서 죽은 듯이 앉아있으면 내가 행복할 거 같아요? 너같은 꼴통이 무슨 학교를 다니냐고, 때려치우라고 했을 때, 솔직히 다 때려치우고 싶었어요. 학교도 맘에 안 들고 공부도 하기 싫고, 아무것도 하기 싫었다구요. 근데 선생님이 가르쳐줬잖아요. 꿈꾸는 법을 가르쳐줬잖아요.
안선생	그러다 니가 다칠지도 몰라!
영실	꿈꾸지 않으면 사는 게 아니라면서요! (사이) 자기 의지대로 사는 선생님 보면서 얼마나 좋았는데⋯ 나도 선생님처럼 살고 싶다고 생각했는데⋯ 근데 이제 와서 이러면⋯ 나보고 어쩌라고⋯ (울면서) 첨부터 몰랐으면 모르겠지만, 이미 다 알게 됐는데 나 절대 포기 못해. 나 할 거라고⋯.
안선생	(영실을 안아주며) 영실아⋯.
영실	혼자서 힘들면, 같이 하면 되잖아요.

안선생	그래… 그래….

암전.

7장 인권한마당

어둠속에서 학생들 목소리

은실	아, 떨려
준화	의주는?
의주	(헐레벌떡 달려와) 미안. 긴장해서 화장실에…
준화	자, 너무 긴장하지 말고 연습처럼만 하자.
아이들	그래, 알았어.
다같이	하나둘셋 화이팅!

조명 들어오면, 무대에서 '고딩탐구생활' 공연.

〈고딩탐구생활〉

해설	중딩 고딩몰라요~ 대딩 고딩 잊은지 오래에요. 고딩들만 안다는 고딩탐구생활!
학생들	(잠자는 동작)
해설	오늘도 시끄러운 엄마 목소리에 잠이 깨요. (학생들 : 잠에서 깬다) 이런 우라질레이션.(학생들 : 짜증스럽게 시

계를 본다) 늦잠을 잤어요. 밥을 포기할까 (학생들 : 밥 먹는 동작에서 정지) 간지나는 헤어스탈을 포기할까 (학생들 : 머리 만지는 동작에서 정지) 잠깐 고민을 해요. 난 소중하니까~ 결국 간지 헤어스탈을 선택했어요. (학생들 : 머리 만지는 동작 후, 제 자리에서 어른쪽으로 한 바퀴 돈 후 자리에 앉아 공부하는 자세) 레알 울트라 캡숑 서스펜스 스릴러 따위 없는 수업이 시작돼요. 1교시, 2교시. (학생들 : 각자 졸거나 공부하는 동작) 오늘 3교시는 체육이에요.

학생들	와~ (운동장에 나갈 준비를 한다)
해설	오마이 갓! (학생들 : 각자 동작 멈추고, 정면 응시) 체육 샘이 편찮으시데요. 교실에서 자습이래요.
학생들	에이 씨~ (공부 자세로 정지)
해설	4교시. 4교시 마치기 5초전, 누구도 따라올 수 없는 나만의 준비가 시작돼요.
학생들	(공부하는 자세에서 서서히 발을 뒤로 빼고 양 옆을 의식하며 준비한다) 5,4,3,2,1 땡!

(음악)

학생들	(땡, 하는 순간 음악에 맞춰 달리다가 음악이 멈추면 한 명씩 배식을 해 자리로 돌아온다)
해설	오늘 메뉴는 초특급 레스토랑 쉐프도 흉내 내기 어렵다는 라면 맛 부대찌개예요.
학생들	(한 숟가락 떠 먹고는 오묘한 표정을 짓는다) 레알 오묘한

맛이 대박이에요.

| 학생들 | 애들아, 축구 한 판? 고고! |
| 해설 | 오마이 갓! 그때 들리는 방송 "학생들! 오늘부터 운동장 사용 금집니다. 다음 주가 시험인데, 지금 공찰 때야?" |

학생들	(머리를 헤딩하듯이 부딪치며) 에이 씨~ 썩었다.
해설	이런 비타민씨 포도씨같은 시츄에이션하고는. 다시 시작되는 5교시, 6교시, 7교시, 8교시, 쩔어요. 9교시도 있어요.
학생들	(서서히 무너지는 동작) 드디어 석식시간.
학생들	(다시 달릴 준비 태세) 이 장면은 점심시간이랑 똑같아요. 그냥 패~스~!
학생들	(민망한 표정으로 다시 야자 동작) 석식을 마치고 나면 야자가 시작돼요. 자율학습인데 아무도 집에 못가요. 그래서 자율적으로 모두들 딴짓을 해요.
학생들	(자거나, 종이를 구겨 친구에게 던지거나) '퍽!퍽!퍽!'
학생들	(3단계로 쪼는 표정) 어디선가~ 누군가가~ 터지는 소리가 들려요. 누가 또 재수없게 걸렸나봐요. 내가 아니라서 다행이에요.
학생들	(안도하고 다시 공부) 8시 59분 55초 (음악) 56초 57초 58초 59초 땡!
학생들	(비장한 표정으로 육상 스타트 자세를 취한다) 이 순간만큼은 빛의 속도로 움직여요. 우사인 볼트 부럽지 않아요.
학생들	(음악에 맞춰 비장하게 달림) 결국 도착한 곳은 학원. 자

학생들	다 졸다 자다 공부하다 기말고사 특강을 들어요.
학생들	(자다 졸다 공부하는 동작) 이미 정신은 안드로메다로 떠난 지 오래예요. 밤 12시!
학생들	(지친 표정으로 천천히 시계를 본다) 몸은 천근만근, 집으로 가요.
학생들	(제 자리를 왼쪽으로 한 바퀴 돌며 힘없이 걷는다) 씻고 방에 들어가 다시 책상 앞에 앉으면, 시간은 벌써 내일이에요.
학생들	(씻고 자리에 앉아 책을 펴 공부하다가 존다) 하지만 판타스틱 버라이어티 네버엔딩한 나의 오늘은 아직 끝나지 않았어요.
학생들	(서서히 엎드려 잔다) 지금까지 고딩 탐구생활 이었어요. 보너스편 따위 없어요. 그럼 바이바이~ (학생들 퇴장)

공연이 끝나면 사회자가 나온다.

| 사회자 | 여러분, 연극 재밌게 잘 보셨나요? 그럼 이제 인권 한마당의 마지막 무대로 넘어가겠습니다. '우리들의 외침, 가슴으로 외쳐라!' |

박수와 함께 자유발언대가 시작된다.

| 학생1 | 저는 아침 조회 때마다 핸드폰 좀 안걷었으면 좋겠어요. 물론 수업시간이나 야자시간에 핸드폰이 공부에 방해되는 건 알아요. 하지만 제 고등학교 입학 선물로 부모님이 |

핸드폰 새로 사주시며 이제 네가 잘 알아서 쓰라고 하셨거든요. 이제 자기 물건 스스로 잘 사용할 줄 아는 나이는 됐잖아요? 걷으면 안쓰는 거 내고 다 알아서 음악 듣고 문자보내고 다 한다구요. 최소한 일괄적으로 걷지 말고 낼 사람만 냈음 좋겠어요. 저의 소중한 물건을, 스스로 잘 알아서 쓰는 법을 배우는 게 더 중요하지 않은가요?

학생2 국사 선생님! 지난 달 야자 시간에 뺏아 간 최신형 PMP 돌려 주세요. 거기 담긴 S급 동영상, 언제 주실 겁니까? 사실 제 나이 17세, 춘향이보다 한 살 많다구요. 어른들은 야단칠 때만 '옛날 같으면 장가가서 애를 둘은 낳겠다.'고 하시는 데, 우리도 야동 정도는 보며 스트레스를 풀 수 있는 거 아닙니까? 자습 시간에 본 건 잘 못했지만 돌려볼 친구들이 줄을 서서 어쩔 수 없었다구요. 야자에, 학원까지 끝나고 집에 가서는 피곤해서 보지도 못해요. 엄마가 가끔 문을 벌컥 여시기도 하는데 엄마랑 민망한 상황 만들고 싶진 않거든요. 아무튼, 선생님! 그래, 그거 보고 부부 사이 좀 나아지셨습니까? 다 보셨으면 이제 돌려주세요. 교무실 선생님들하고 이종사촌까지 다 돌려 보시는 겁니까? 돌려 줘~ 돌려 줘~

학생3 그냥, 별거 아니구요. 제가요, 미니홈피에 다이어리를 쓰는데요, 고등학교에 올라와서는 별로 쓸 말이 없더라구요. 매일매일이 똑같아서요. 근데요, 이번에 행사준비하면서 내 다이어리를 보니까, 참 재미있는 일이 많더라구요. 일촌도 많이 생기고, 댓글도 많구요. 그래서 참 좋고 행복했어요. 지금 행복하면 되는 거 아닌가요? 자꾸만 나중에 하라고 하지 마세요. 난, 지금 할래요.

암전.

에필로그

무대 구석에 웅크리고 있는 연진을 향해 안선생이 편지를 읽는다.

안선생   연진아! 아픈 만큼 성숙해진다고, 사람들은 너무도 쉽게 말하지. 하지만, 그 어두운 방에서 니가 얼마나 지독한 외로움과 싸우고 있는지는 아무도 모를 테지. 지난 6개월, 나도 너와 함께 그 어두운 방에 갇혀 있었어. 하지만 너의 자유로운 영혼이 다시 꿈꿀 수 있는 세상을 만들기 위해, 난 이제 방에서 나온 거야. 니가 어느 날 방문을 열고 뚜벅뚜벅 세상을 향해 나올 때, 내가 이곳에서 두 팔 벌리고 서서 너를 기다리고 있을 거야. 연진아, 미안해. 그리고 사랑해.

암전

끝

그래 우린 친구야

김종호 / 아산배방중

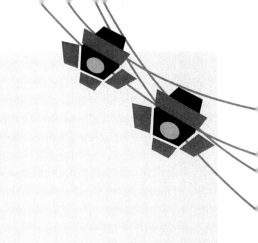

이 작품은 2011년 여중학생들과 함께 공연했던 "빵셔틀"과 뮤지컬 작품인 이찬영 원작의 "내일이 있어"라는 작품을 우리 정서에 맞게 각색하여 지금 일어나고 있는 우리 아이들의 이야기를 극으로 표현한 작품이다.

오늘도 난 교탁만 탕탕 치다 교실을 나선다. 아이들이 무엇을 원하는지 난 알기나 하는 걸까? 대본에 나와 있는 담임선생님의 독백 대사이다. 교사 생활 28년차 나에게 묻는다. 정말 나는 아이들을 얼마나 이해하고 있는가? 아이들의 고민을 알기는 하는 걸까? ㅠㅠ

교실이나 학교에서 일어나고 있는 성장통을 겪고 있는 아이들의 이야기와 고민을 담고 싶었다. 더 좋은 작품들도 많은데 왜 우울한 이야기를 소재로 하느냐?란 질문도 받는다. 아이들 자신을 돌아보게 하는 것이 아니라 나 자신을 돌아보기 위해 만드는 지도 모르겠다.

이 작품은 세미 뮤지컬 성격을 띠고 있기에 배우들이 노래와 춤이 좀 받쳐준다면 매우 완성도가 높아질 뿐 아니라, 프롤로그 장면을 길게 가져감으로써 이 극의 교실 분위기와 학생들의 캐릭터를 충분히 관객들에게 전달해 줄 필요성이 있다.

홍찬	예림
지혜	지연
영지	민진
미혜	채현
교감	담임
상담샘	학생부장
박선생	서선생
홍찬 엄마	예림 할머니

프롤로그

교실
(음악)
교실의 풍경을 음악과 함께 4명의 아이들이 춤으로 보여준다.

교실
예림 왕따 당하며, 아이들이 괴롭히는 모습

지혜	야, 셔틀! 빨리 가서 빵 사와!
지연	야! 내가 먼저거든? 나 체육복 안가지고 왔으니까 언능 옆 반 가서 체육복 빌려와라!
지혜	야~! 왜 그러고 앉아 있어? 빵 사러 안가?
예림	미안… 나 돈이 없어.
지연	헐~거지같이 빵 그거 얼마 한다고… 넌 천원도 없냐?
지혜	야! 셔틀! 너 지금 돈 아까워서 그러는 거 아냐?
영지	야! 그러지 말고 뒤져봐!
예림	하지마! 나 정말 돈 없어…
영지	너 뒤져서 돈 나오기만 해봐!
예림	이러지마… 정말 없어.
민진	(코를 막고 인상을 찡그리며 무시하면서) 야 이거 무슨 냄새야~~~~

(노래) 공포의 병

학생들이 코를 막으며 하나 둘 교실로 등장한다.

코러스(학생들)	여기 여기 여기 여기 여기 저기 (으) 저기 저기 저기 저기 저기 여기 (악) 아무도 막을 수 없는 더러운 병 교실에 냄새가 배는 끔찍한 병 긴장을 하면 숨이 가빠 땀이 흘러 냄새가 나 오지 마 오지 마 제발 더러운 병 저리 가 저리 가 제발 끔찍한 병

홍찬 등장.

지혜	어! 홍찬아! 왔어? 너 밥 안 먹었지? 내가 너 빵 줄려고 그 랬는데… 셔틀이 빵을 안 사와서…
지연	그러니까! 나도 너 체육복 챙겨 줄라 그랬는데… 셔틀이 말을 안 들어!
홍찬	아! 진짜…짜증나네….
지혜	어? 홍찬아 너 오늘 기분 안 좋구나? 나 오늘 용돈 받았는 데 피씨방 갈래?
홍찬	그래? 그럼 난 피씨방 가 있는다. 담임한테 나 왔다 갔다 고 해 (퇴장)
지혜/지연	응~~이따 봐. 홍찬아!
지혜	(홍찬 나가면) 야, 셔틀!! 너 지금 셔틀 주제에 우리 물 먹 인 거야?

지연	너 일부러 그런 거지? 진짜 짜증나네.
지혜	야! 마셔! 너도 물 좀 먹어봐.
다같이	마셔! 마시라고!

예림 아이들 눈치 보며 억지로 물마시고, 화장실로 뛰어 나간다.

코러스(학생들)	게임 게임 게임 게임 게임 중독 (쉿!)
	게임 게임 게임 게임 게임 중독
	아무도 막을 수 없는 공포의 병
	어느새 내 속에 자란 폭력의 병
	때리고 부셔 죽이고 찔러 질수는 없어 이겨도 또 해
	끔찍한 게임의 저주 죽음의 병
	게임에 지면 잠을 못자
	꿈속에서도 너무 괴로워

교실

시험 중, 박선생이 시험 감독을 하고 있다.

| 박선생 | 자! 책 다 집어 넣고, 시험지 돌린다. 다들 컨닝 할 생각 하지마. 눈알 돌아가는 소리 다 들린다. |

이때, 홍찬 등장.

박선생	야, 김홍찬! 넌 시험 날까지 지각이니? 어서 자리 앉아.
홍찬	(한숨, 거칠게 가방 내려놓고 털썩 자리에 앉는다)
박선생	자! 어차피 공부는 안 했을 테니 찍기라도 해.

홍찬 엎드린다. 사각사각 펜 쓰는 소리만 들린다.
홍찬 엎드린 상태로 앞에 아이 옆구리 찌른다. 앞 아이 종이를 뒤로 넘긴다. 홍찬 종이를 받다가 떨어뜨린다.

박선생	거기! 너희 지금 뭐하는 거야?
홍찬	아~ 아무것도 아니에요.
박선생	김홍찬! 너 그거 내놔.
홍찬	아~ 아무것도 아니라고요.
박선생	아무것도 아니긴 뭐가 아무것도 아니야! 너 지금 컨닝 했잖아!
홍찬	아씨~! 진짜! 아니라니까! (책상 발로 차고 난동 부린다)

홍찬 박선생 밀치고 뛰어 나간다.

박선생	야! 김홍찬! 너 거기 안서?

코러스(학생들)	아무도 막을 수 없는 공포의 병
	어느새 내 속에 자란 폭력의 병
	때리고 부서 죽이고 찔러 질수는 없어 이겨도 또 해
	끔찍한 게임의 저주 죽음의 병
	날 좀 꺼내줘 버리지 마

피할 수 없나 너무 괴로워

각 인물들의 모습 top 조명으로 보여진다.

중독 누구도 막을 수 없네 (홍찬, 게임을 한다)
중독 그 어떤 의사도 고칠 수 없네 (예림, 혼자 웅크리고 괴로워한다)
중독 누구도 막을 수 없네 (지혜, 지연, 자신이 따돌림 당할까 불안한 모습)
중독 그 어떤 의사도 고칠 수 없네 (담임, 홀로 생각에 잠겨있다)

조심 조심 조심 조심 조심 너 (혁) (객석 지목)
조심 조심 조심 조심 조심 나 (악)

top 조명 안에 있는 사람들 지목, 다 같이 정면 보면 조명 out

1장

– 새학기 아이들 첫 만남

새 학년 새 학기를 맞이하는 교실이다.
같은 반이 된 아이들이 서로 반가워하며 교실로 들어선다.

지연   아~개학 첫 날인데, 어째 벌써부터 여름방학이 그리워지는 것 같냐?

지혜	야! 방학얘기 꺼내지 마라, 난 방학이면 오히려 지옥 같다.
지연	그것이 뭔 소리여?
영지	지혜는 방학 때면 늘 피아노 레슨 때문에 바쁘잖아.
지혜	피아노 하나면 괜찮게… 글로벌 시대 준비하라고 영어 회화 학원가라지, 방학 때면 어김없이 날 찾아오시는 우리 사촌 오라버니 수학 과외 받아야지, 그리고 몸매도 경쟁인지라 요가 학원도 다녀야지, 거기에 학교 보충까지 하면, 어휴 하루 꼬박 14시간의 내 청춘이 (다같이 청춘이) 죽어간다 이 말씀이여….
지연	저것보고 행복에 똥 싸는 소리라고 하는 거다. 누구는 하고 싶어도 못하고 배우고 싶어도 못 배우는디….
민진	야 우리 그러지 말고 지혜 피아노 실력 한 번 감상하는 거 어때?
다같이	좋지.
	너희들… 몇 년 후면 돈 내고 감상해야 하는 거 알지? 하지만 너희들이 원한다면 뭐 이것쯤이야~~(피아노 옆으로 이동, 음악에 맞추어 피아노 연주하는 연기)
다같이	와~~ 제법인데!
민진	지연이는 댄서가 되는 게 꿈이잖아. 지연아, 춤 솜씨 좀 보여 줘. (바로 음악이 나오고 지연이의 현란한 몸짓이 시작된다. 몸짓이 끝나면 민진이의 바이올린 연주가 시작되고, 이때 예림(셔틀)과 미혜가 등장하여 아이들의 장기자랑을 지켜보다 자리로 가서 앉는다)
민진	와 ~~ 진짜 쩐다.(이때 예림(셔틀) 발견하고) 야, 빵 셔

틀… 너 요즘 노래 배운다는 소문이 있던데 사실이냐?

예림   (약간 어색하면서도 겁먹은 표정으로) 어….

영지   니가? (모두들 웅성거린다) 야~~ 정말인지 한번 보여 줘 봐.

예림(셔틀)   배운지 얼마 안됐어….

영지   (비아냥거리며) 야 노래는 아무나 하는 건줄 알아?

예림(셔틀)   (벌떡 일어서며) 난 나중에 가수가 되는 게 꿈이야 무시 하지 마.

영지   그러니까 보여 달라고… 넌 노래를 말로 하나? (모두들 비웃음)

예림(셔틀)   (비웃음 당하는 것이 싫어서) 하면 되잖아. (음악 나온다. 자신 없이 웅얼거린다)

모두들   (비웃음과 야유 그리고 무시하는 말소리 하하 깔깔거린 다)

미혜   (자리에서 일어나 예림에게 다가가며) 너희들 정말…!

예림(셔틀)   (화가 나는데 어찌할 방법이 없고, 창피해 하며 뛰어나간 다. 미혜도 친구들을 못마땅하게 바라보다 예림을 부르며 뒤따라 나간다)

이때 홍찬이 등장한다

모두들   (반갑게 맞으며) 홍찬아.

홍찬   야, 니네 너무 하는 거 아냐? (모두들 움찔)

지연   우리가 뭘….

민진   (큰 소리로) 야~~ 온다 온다.

모두들	(자기 소지품을 챙겨서 자기 자리로 가서 앉는다)

이때, 담임 샘이 들어온다. 뒤따라 미혜 힘없이 들어온다.

담임	예. 자, 여러분의 3학년이 된 것을 진심으로 축하하며, 저는 1년 동안 여러분들과 함께 생활 할 담임 홍예린 입니다. 제가 맡고 있는 교과목은 기술이고요…
학생들	와~!
담임	자자, 조용히 하고. 근데 저기 빈자리는 누구 자리지? 아직 안 온 사람 있나?
모두들	(빈자리를 바라보며 아무 대답 없이 별로 관심 없다는 듯)
지연	글쎄요.
홍찬	(잠시 생각하다가 뛰어 나간다)

(장면 전환—무대 뒤쪽 조명 들어온다. 홍찬 무대 뒤로 등장, 예림과 할머니 발견. 할머니 부축 하며 함께 걸어가는 예림을 뒤에서 지켜본다)

예림	할머니~이제 그만 집에서 쉬세요. 제가 알바 할게요.
할머니	넌 공부나 혀~할미가 열심히 나물 팔아서 너 노래학원 보내 줄 테니까. 학교서 친구들 하고는 잘 지내는 게지?
예림	그럼요! 오늘 학교에서 친구들 앞에서 처음 노래 불렀는데 모두들 잘 한다고 엄청 칭찬해 주고, 응원해 줬어요. 할머니~이 담에 제가 꼭 유명한 가수 돼서 할머니 잘 모실 거니까 오래오래 건강하셔야 되요! 알았죠?
할머니	그럼그럼~ 우리 손녀 이렇게 이쁜데… 내가 오래 살아

야지.

(홍찬 돌아서면 홍찬이네 집, 홍찬 어머니가 써 놓은 메모와 돈, 메모 나레이션)

홍찬 어머니   홍찬아! 내일 니 생일인데 엄마가 일이 바빠서 내일 집에 못 들어 올 것 같다. 용돈 두고 가니 맛있는 거 친구들이랑 사먹고…재미있게 놀아라.

(홍찬 용돈 챙겨들고, 메모는 구겨서 던져 버린다. 의자 발로 차고 집 챙겨서 가출한다)

2장

－예림의 누명－

점심시간, 조명 들어오면 교실에 지연이 엎드려 있고 책상에 몇몇 아이들 웅성거리며 앉아있다. 홍찬 힘없이 들어온다.

지혜   (책상에 앉아 거울을 보고 있다가 홍찬을 발견하고 반가운 듯) 어, 홍찬아. 담임이 뭐래? 이번에도 교내봉사 먹은 거야?

홍찬   (말없이 자리로 가서 엎드린다)

지연   얘, 홍찬아. 너, 이번에 가출 3일 밖에 안했잖아, 3일이면

	근신 아닌가?
홍찬	몰라! 절로가! 혼자 있고 싶으니까.
지연	왜 그래? 응? 또 샘한테 맞은 거야?
홍찬	(묵묵히 고개를 가로젓는다)
지혜	(두 팔을 벌리며) 이젠 시험도 끝나고 오늘부턴 뭐하고 놀지? (홍찬에게 다가와) 야! 홍찬아! 내가 널 얼마나 보고 싶어 했는지 아니? 너 돌아온 기념으로 내가 맛있는 거 사 줄게, 나랑 매점 가자 응?
채현	야! 조용히 좀 해. 시끄러워서 공부를 할 수가 없잖아.
지혜	누가 범생이 아니랄까 봐 지랄이야. 야, 교실이 공부만 하는 곳이냐?
채현	그럼? 교실이 니네들 놀이터인줄 알아?
지혜	그래 놀이터다 왜?
채현	우 이쒸! 공부도 못하는 게 지랄이야.
지혜	뭐야?
영지	(잡지를 뒤적이다가) 야, 좋은 싸움 놔두고 왜 말로 그러냐? 한번 멋지게 붙어 봐. 그렇지 않아도 심심하던 참인데 잘됐다. 자, 붙어봐! 붙어봐! 붙어보라니까?
채현	야 니들 계속 떠들면 담임에게 이를 거야?
영지	(잡지를 말아 채현이 옆구리를 쿡쿡 찌르며) 일러라! 일러? 일러! 일러 보라니까?
지혜	야! 관둬라, 진짜 일러바치면 귀찮잖아. (문득 홍찬에게 관심을 보이며) 홍찬아!
홍찬	저리가! 저리 꺼지라니까!
지혜	칫! (삐죽거리며) 애! 너 왜 그래? 너 많이 변했구나? (문

득 생각난 듯 책상으로 달려가 도시락을 꺼내오며) 야, 홍찬아, 우리 엄마가 친구들이랑 같이 나눠 먹으라고 맛있는 간식 싸줬거든, 같이 먹자. 응? 너랑 먹으려고 아직 안 먹었거든.

(예림입장 이어서 미혜입장)

홍찬	혼자 있고 싶으니깐 저리 꺼져! (예림(셔틀)을 흘깃 보며) 어휴, 저 등신! 답답해! 쟤만 보면 왜 이렇게 속이 더 답답하냐? (예림 (셔틀)에게 다가가며) 야! 전예림(셔틀)! 넌 입됐다 뭐에 쓸래? 넌 불만 없어? 아무 감정도 없냐고?
지혜	(동조하며) 앤, 돌부처잖아. 이게 뭐야? 야! 이거 갖고 놀면 재밌겠다. (쿠션을 뺏어 지연에게 던지며) 자 지연아 받아라. (지연, 받아서 다시 지혜에게 던진다)
예림(셔틀)	(뺏으려고 안간힘을 쓰며) 아, 안돼! 이 이리줘!
지연	(코를 막으며) 아유, 여기서도 개똥냄새가 난다. 얘! (쓰레기통에 버리며) 이거 좀 빨어라 빨어!
미혜	그만들 둬 (쓰레기통으로 다가가 꺼내려 한다)
예림(셔틀)	(미혜 보다 먼저 달려들어 쓰레기통에서 쿠션을 꺼내며) 아, 안돼 이 이건! 우, 우리 엄마가…
지연	어휴, 병신같이 그걸 또 집어, 아유 더러워. 이리 내! 이런 구질구질한 것은 과감히 버리는 거야. (다시 뺏어 창밖으로 던져버린다)
미혜	(지연을 째려보다가 쿠션을 주으러 나간다)
홍찬	야! 홍지연! 너 뭐해! 지금 뭐 하는 짓이야?

지연	어? 교실이 지저분하면 안 되잖아. 교실미화반장인 내가 교실 청소 좀 했지.
홍찬	예림이가 니 꼬붕이야 뭐야? 너 그거 빨랑 주어와!
지연	시 싫어, 셔틀에게 주어 오라고 해.
홍찬	뭐야?
지연	아 알았어. 내가 주어오면 되잖아. (예림(셔틀)이를 밀치며 밖으로 바삐 나간다)
홍찬	(예림(셔틀)에게 다가가) 야! 전예림. 니가 그러면 그럴수록 애들이 널 무시하고 따돌린다는 걸 왜 몰라. 이 등신아.
예림(셔틀)	아, 아냐. 난, 그 그냥….
홍찬	야! 임지혜! 사과해!
지혜	(홍찬 눈치를 보며) 시 싫어! 내가 왜 셔틀이한테 사과를 해?
홍찬	뭐야? 싫어?

지혜, 자리로 돌아가려다 예림(셔틀)를 노려본다. 지혜와 눈이 마주치자 예림(셔틀), 고개를 떨군다.

지혜	뭘 봐? 재수 없어! 저리 비켜~! (예림(셔틀)을 힘껏 밀쳐 낸다) 그리고 홍찬이 너 셔틀이에게 뭐라도 먹은 거니? 셔틀이 용돈이라도 상납한 모양인데 웃겨. 니가 뭐 저 병신 같은 기집애 보디가드야 뭐야? 칫!
홍찬	뭐야? (달려들어 밀어 넘어뜨린다)
지혜	악! (비명을 지른다)

예림(셔틀)	(머리를 움켜쥐며) 아 아,…. 그. 그만해, 제발.
영지	(둘을 말리며) 야, 홍찬아, 그만 둬! 너 진짜 퇴학당하고 싶어서 그래?
지혜	(헝클어진 머리를 매만지며) 아, 어떻게 내 머리 어떡해, 아, 짜증나 진짜!

(잠시 정적. 어색한 분위기에서 아이들 자기 할 일을 찾는다)

영지	(잡지를 가방에 넣다가) 악! 내 지갑! 내 지갑이 없어졌어. 어쩜 좋아.
지혜	(예림(셔틀)을 힐끗 보며) 난 누가 가져 간지 알겠다. 아까 체육시간에 아프다고 먼저 들어 온 애가 누구지? 셔틀이 아냐?
예림(셔틀)	(두려워하며) 나…나 아냐. 난, 난 몰라. 지 진짜야.
영지	(예림(셔틀)에게 달려들며) 그럼 내 지갑 누가 가져 간 거야? 셔틀(예림)이 너 바른대로 말해. 아니면 선생님한테 다 얘기해 버릴 거야.
예림(셔틀)	아 아냐. 나 아냐. 난 저 정말 몰라. 그 지갑….
지혜	쟤가 가져갔대도 말 하겠니? 홍찬이에게 잘 보이려면 돈이 필요했겠지. 안 그래? 뻔하다 뻔해!
홍찬	너 잘 알지도 못하면서 주둥이 함부로 놀리는 거 아니다.
영지	(애써 외면하며) 홍찬이 너 혹시 공범 아니야?
홍찬	(흘려보며) 뭐야?
지혜	흥! 도둑하고 친하니까 도둑이나 마찬가지지 뭐?
홍찬	에이씨~~ (달려들어 지혜를 넘어뜨린다)

지혜, 쓰러지고 홍찬 그 위에 올라앉아 마구 때린다. 이때 학생부장 매를 들고 들어온다. 뒤따라 쿠션을 들고 미혜와 지연이 등장한다.

학생부장	(매로 책상을 몇 번 치고) 야! 니들 지금 뭐하는 거야? 앙? (홍찬을 보고) 아니 이게 누구야? 김홍찬, 너 또 말썽이냐?
홍찬	(일어나며) 아, 아니에요. 얘가 날 의심하잖아요!
학생부장	의심? 야! 너 가출했다 돌아온 지 몇 시간이 지났다고 벌써부터 이 난리야? 어째 그동안 조용하다 싶었다. 오늘 오후에 네 문제로 징계위원회 열리는 거 알아 몰라? 자숙해야지. 이게 공부하는 교실이야?
영지	(기다렸다는 듯이) 선생님. (우는 척 하며) 제 지갑이 없어졌어요.
학생부장	뭐야? (홍찬을 노려본다)
홍찬	아이 참, 왜 저를 봐요? 이번엔 저 아니에요.
학생부장	야. 누구야? 영지 가방에 손댄 놈이? (둘러보다가) 없어? 없단 말이지? 뒤져서 나오면 당장 전학 감이다. 자 다들 눈감아. 야 반장! 가방 뒤져봐.

반장 가방을 뒤진다. 예림(셔틀) 가방에서 영지 지갑이 나온다.

채현	선생님. 여기 있어요! 이거. (학생부장에게 전한다)
학생부장	야, 김영지. 이거야? 이거 맞어?
영지	네! 맞아요, 그거 제 지갑이에요.

학생부장	야, 전예림(셔틀). 너 이리 나와! (예림(셔틀) 겁먹은 듯 잔 뜩 움츠리고 나간다) 니가 훔친거야?
예림(셔틀)	아. 아니예요. 전, 아⋯ 안 훔쳤어요.
학생부장	아니긴, 바른대로 말하지 않을 거야? 엉? 학생과에 가서 불래?
예림(셔틀)	저⋯ 절⋯ 절대 안 훔쳤어요. 미 믿어주세요. 선생님.
학생부장	아니 이 녀석이 그래도.
예림(셔틀)	아니예요. 아니예요. 진짜 아니란 말이예요 (울며 뛰쳐나 간다)
학생부장	야, 전예림. 어디가? 야 전예림? 너 거기 안서? (바삐 따 라 나간다)
지혜	(잘난 체 하며) 거 봐, 내가 뭐랬니? 셔틀이 훔친 거랬지?
홍찬	(생각에 잠겨 있다가, 천천히 일어나며) 야! 누구야? 누가 장난쳤어? (지혜를 본다)
지혜	장난은 누가 치니? (홍찬 눈치를 보다가 외면하며) 왜 날 봐? 나 아냐?
홍찬	야! 임지혜 너지?
지혜	아니야.

(홍찬 벌떡 일어나면 암전)

제3장

-선도위원회가 열리는 소회의실-

교감   에. 지금부터 3학년 12반 김홍찬군의 선도위원회를 시작하겠습니다.(의사봉을 찾는다. 의사봉이 보이질 않자) 학생부장 의사봉 준비 안했어요… (학생부장 서둘러 가지러 나가자) 아 됐어요… 쯧쯧….

(기분 나쁜 투로) 먼저 학생부장! 김홍찬군의 그동안 교칙위반 사례를 설명해 주시지요.

학생부장   예. 김홍찬군의 상벌내용은 교내흡연 10회, 금품갈취 3회, 무단가출 5회, 그리고 오늘 점심시간에 있었던 폭력까지 포함해서 교내 폭력2회, 그리고 심지어 며칠 전 기말고사 보다가 컨닝한다고 나무라던 박선생님에게까지 대들던 아주 싸가지 없는 녀석입니다. 현재 벌점 168점으로… 에, 이 점수면 교칙에 의해 등교정지 시킬 수도 있는 점수입니다.

교감   아, 그래요? 그럼 더 이상 질질 끌게 없겠네요. 등교정지 처리 하는 수밖에…. 담임선생님 김홍찬군의 처벌에 대해 이유 없으시지요?

담임   교감선생님. 등교정지만이 최선의 방법이 아니라고 생각합니다. 김홍찬학생이 불우한 환경으로 인해 지금은 약간 성격이 삐뚤어져 있지만 조금만 더 기다려 주면 돌아 올

겁니다. 누적된 벌점만 생각해서 김홍찬 학생을 등교정지 시킨다는 건….

교감 (말을 막으며) 아니, 홍선생! 그럼, 교칙을 바꾸자는 말씀이요? 벌점 168점은 등교정지라잖아요?

담임 그게 원칙입니다만, 우리학교 벌점이 워낙 자질구레 하다보니 홍찬이 뿐만 아니라 많은 아이들이 거기에 해당하는 걸로 알고 있습니다.

교감 뭐요? 아니 그럼 체벌은 하지 말라는데 다른 대안이 있습니까? 시간 끌지 마시고 담임으로서의 의견만 얘기하세요.

담임 죄송합니다. 물론 홍찬이가 그동안 폭력이다 뭐다 해서 말썽이 많았다는 건 인정합니다. 하지만 졸업도 얼마 남지 않은 애를 학교 밖으로 내치면 어떡합니까? 이번 한번만 용서해 주시면… 아니, 일단 사회봉사라도 감해주시면 제가 끝까지 책임을 지겠습니다.

교감 허 참, 답답한지고… 거 홍선생, 책임, 책임하는데 거 책임 너무 좋아하지 맙시다.

학생부장 야! 감동적입니다. 요즘 이런 담임 있습니까? 사회봉사 두 달쯤 시키면 방학하겠네요. 허허 담임 책임 하에 사회봉사 두 달이라! 허 참!

상담 사회봉사 시키는 건, 저도 반대입니다. 사회봉사도 형식적이라 아이들을 잘 관리해주는 곳이 없습니다. 실질적으로 그렇게 오래는 못 시키죠.

(상담교사 발언하는사이 교감 서선생에게 뭔가 말하라고 신호를 준다)

서선생	자자, 솔직히 까놓고 얘기 합시다. 김홍찬, 걔가 문제된 게 한 두 가집니까? 뻑하면 폭력 쓰고 가출하고 뻑하면 애들 왕따 시키고 뻑하면 선생들한테도 덤벼서 이렇게 된 게 아니에요? 이런 아일 그냥 둘 수 없죠. 아, 애들마다 다 덤비면 어떻게 수업을 합니까? (관객들에게) 안 그래요?
교감	자 그럼 이 사건은….
박선생	(교감 말을 끊으며) 저어, 이번 사건이 저와 관련되어 있어 뭐라고 말씀드리기 힘들지만 전, 김홍찬 학생이 등교 정지 당하는 건 원치 않습니다. 학교가 그 아이의 미래까지 어둡게 만들 필요가 있겠습니까?
서선생	아니 박선생, 그렇게 당하고도 그 아이 편을 듭니까?
박선생	그래도 등교정지만은….
상담	맞아요, 그런 아이들도 소중한 우리 학교 아이라는 걸 우린 잊지 말아야 합니다. 어떻게든 교화시켜서 졸업을 시키는 게 옳다고 생각합니다. 책임회피를 위해 아이를 내치는 것이 과연 올바른 일일까요?
학생부장	그거야. 올바르지는 않죠.
교감	아니 그럼 송선생 말은 다른 대안이 있다는 말이요?
상담	우리 지역 어느 학교에서는 지역 상담 센터와 연계하여 지도하고 있다는 소식을 들었습니다.
교감	아니, 송선생, 지금 그게 현실성 있는 발언이에요?
상담	안될 거야 없지 않습니까?
담임	맞습니다. 담배 피우는 학생은 금연 학교에 보내기도 하잖습니까? 아이들이 올바르게 자랄 수 있도록 좋은 환경과 연결시켜 주는 것도 학교의 중요한 몫이라고 생각합

니다.

서선생   (일어서며) 허어 이런 답답한… 그걸 누가 모릅니까? 현실을 생각해야지요? 현실을… 좋아요, 그럼 당장 그걸 누가 합니까? 다들 수업은 안하고 문제아 관리만 하고 있을 겁니까? 다수의 선량한 아이들도 생각을 해야죠. 안 그래요?

담임   어떻게든 방법을 찾아봐야죠.

교감   아 됐습니다. 이런 일 말고도 쌓여있는 업무가 산더미 같은데 이런 일에 오래 매달려 있을 수 없습니다. 관례대로라면 등교정지 시키고 강제전학 처리해야 하지만 담임선생 사정을 봐서 일단, 김홍찬 학생은 권고 전학 조치하는 걸로 할 테니까 학부모에게 통보하세요.

담임   하지만… 교감선생님?

교감   자 마칩시다. 학생부장, 회의록 싸인 받고 결재 올리세요. (손바닥으로 책상을 치고 회의를 서둘러 마치고 나가려다) 그리고 내일 모레 종합감사 인거 아시죠? 그 깐깐하기로 유명한 김종호 장학사 그 사람이 나와서 답안지 딱 열었을 때 무슨 문제라도 생기면 누가 책임집니까? 지금부터 3학년 답안지 검사 시작하세요. 오늘 안으로 이 일 못 끝내면 퇴근 못합니다. 알겠어요? (퇴장)

서선생   (싸인하며) 선도위원회 열릴 때 마다 갈등 때린 다니까

담임   (싸인하며) 제가 할 수 있는 일이 더 이상 없다는 것이 안타까울 뿐입니다.

학생부장   자책하지 맙시다. 그게 어디 우리학교 만의 문제랍니까?

박선생   (빈정되며) 부장님, 그렇게 애들 위한다는 분이 아까 반대

좀 하시지 그러셨어요?

학생부장　왜 그래? 도무지 길이 없는데 나보고 어떡하라구.

상담　아니 부장님, 그래도 문제를 해결하려 해야지요. 무조건 학생을 다른 곳으로 내몰면….

학생부장　아니 왜 나한테 화풀이야? 현재 우리학교 규정이 그런 걸 어떻게 해? 그 녀석은 박선생이 아니래도 부딪혔을 거고 결국 지발로 나갔을 놈이라구. 그래, 애들만 중요시하고 교사 자존심은 안 중요 합니까? 너무 자기만 애들 위한다고 생각하지 말아요. 왜 나만 동네북이 되어야 하냐구. 누가 학생부장 하고 싶어서 하는 줄 알아요?

박선생　아니, 그래서 학생부장님은 맨날 소리만 지르고 애들 두들겨 패고 그럽니까? 애들 때리는거 피차 마찬가지 아닙니까?

학생부장　뭐요? 허이구 참, 난 적어도 애들 인간되라고 그러는 거라구. 교사가 먼저 인간이 돼야지, 뻑하면 수업시간에 쓸데없는 인기성 발언이나 하는 사람이 무슨…

박선생　뭐라구요? 인기성 발언이라니요? 제가 뭘 어쨌다고?

학생부장　허허, 알만한 사람은 다 압니다.

담임　왜들 왜 그러세요?(서선생에게 다가가 나서라고 눈치한다)

서선생　자자 그만 하세요.

학생부장　이봐, 박선생! 당신은 나이 안 먹을 줄 알지? 젊은 사람이 아주 학교에서 인정 좀 받는다고 눈에 뵈는게 없나본데…

박선생　거 자꾸 나이 나이 하시는데 나이 먹은 게 뭔 벼슬이라도 된답니까?

학생부장	아니 이사람. 왜 이렇게 막 돼 먹었어. 나한테 왜 이러는 거야. 나도 잘 해보자고 이러는 건데…
박선생	어휴, 내가 말을 말아야지. 아무튼, 홍선생님 미안하게 됐습니다.
담임	다 제가 학생들을 잘못 지도한 탓입니다.

이때 홍찬 어머니가 어두운 표정으로 들어온다.

홍찬 엄마	저… 김홍찬 엄마 되는 사람입니다. 저 홍예린 선생님이 누구?
담임	예, 제가 홍찬이 담임입니다.
홍찬 엄마	저, 우리아이 어떻게 되었습니까?
담임	죄송합니다. 뭐하고 드릴 말씀이….
홍찬 엄마	그럼, 우리 홍찬이가 학교에 다닐 수 없다는 말씀이십니까?
담임	홍찬이를 다른 학교로 전학을 보내야 할 것 같습니다.
홍찬 엄마	(놀라며) 예? 저… 전학이요?
담임	예, 학교 규정이…
홍찬 엄마	(버럭 화를 내며) 뭐요? 학교규정 때문에 전학을 보내야 한단 말입니까? 아니 졸업도 얼마 안 남았는데 인제 어디서 받아 주냐 구요?
담임	그렇지 않으면 등교정지에 강제 전학 처리가 됩니다.
홍찬 엄마	(실망하며) 지 아버지 세상 떠나고 그것하나 잘 키워보겠다고 안 해 본 것 없이 다해가며 고등학교라도 졸업을 시키려 했는데… 전학이라니… 허어 (한숨) (학생부장 쪽으

	로 가며) 저… 선생님! 그 녀석이 애비 없이 자라서 막무 가내입니다. 고등학교라도 졸업을 시켜야지 학교 밖으로 내몰면 뭐가 되겠습니까? 선생님….
학생부장	(냉정하게) 이미 결정 난 일입니다. 저도 어쩔 수 없습니다.
홍찬 엄마	(흥분하며) 우리 아이가 뭘 잘못 했수? 뭘 잘못했기에 학교 밖으로 내 모냥 말이요?
학생부장	아니 어머니! 자기 자식을 모르는 겁니다. 걘, 우리 학교 최고의 문제아란 말입니다. 이미 결정 난 일이 그렇다고 바뀝니까? 어서 돌아가세요.
홍찬 엄마	(버럭 화를 내며, 멱살 잡는다) 이렇게 돈 없고 빽 없다고 무시해도 되는 거요? (냉혹하게) 우리 홍찬이 잘못되면 나 절대로 가만 안 있을거요.(학생 부장 밀치며 퇴장)
학생부장	뭘, 재수가 없으려니까 (나가는 어머니 뒤에다) 당신! 벌점 150점 짜리야. 150점! 아주 똑 같아요. 똑 같아!

암전

4장

− 교실, 조회시간 −

교감의 방송소리가 들린다
(예…, 3학년 애들이 학기 초 라고 자꾸 담 넘어서 도망가고 그러는데, 그

러다 무슨 일이라도 생기면 누가 책임집니까? 담임선생님들 교실 비워두지 마시고 빨리 빨리 교실로 들어가 주세요. 그리고 출석 확인들 철저히 해주시기 바랍니다)

(무대 한 쪽 top조명-담임 핸드폰을 들고 예림 할머니와 통화를 하고있다. 조명 전면조명 in)

지연	(대걸레 통 들고 들어오며) 에이 씨, 난 언제까지 주번하라는 거야? (공부하고 있는 채현이를 보며) 야 넌 시험도 끝났는데, 아직까지 공부냐? 공부할 땐 공부하고, 놀땐 노는거야.
채현	(웃으며) 야. 홍지연 너도 공부할 때가 있냐?
지연	왜? 나라고 공부 안하는 줄 아냐? 넌 낮에 공부하지만 나는 밤에 공부한다. 뭐,
지혜	(뛰어 들어오며) 야! 선생님 오신다.

담임 출석부 들고 들어 온다.

담임	자, 조회하자! 반장!
채현	차렷! 선생님께 인사!
아이들	안녕하세요?
담임	방송 들었지? (출석부를 펴며) 다들 왔니?
채현	저…. 예림이가 아직 안 왔는데요?
담임	(걱정스럽게) 1,2학년때 결석 한번 안하던 녀석이 웬일이지? 아 그리고 김홍찬! 학교는 알아보고 있니?

홍찬	아뇨.
담임	어떻게 하려고 그래? 학교에서는 이번 주까지만 시간을 준다는데.
홍찬	저 그냥 전학 안 갈 거예요.
담임	아니 그게 무슨 말이야? 그럼 어떻게 하겠다는 거야?
홍찬	낼 부터 주유소에 나갈 거예요. 오늘 짐 챙기러 나온 거예요.
담임	뭐야? 주유소? 하…(한숨) (아이들 둘러본다) 아 맞다, 지난번 예림이를 괴롭힌 게 홍찬이가 아니라며? 그리고 영지 지갑, 그거 예림이가 훔친 게 확실해?
지연	아… 그게요…. 사실은요….
지혜	야야! 홍지연!
지연	(지혜를 힐끗 보고) 아…아니예요
담임	뭐야? 아니라니? 뭔데 그래? 야, 반장 네가 말해봐.
채현	제가 애들 가방을 뒤지는데 예림(셔틀)이 가방에시 영지 지갑이 나왔어요. 그리고 예림(셔틀)이를 괴롭힌 건 홍찬이가 아니고 지연이랑 지혜가…
미혜	네 맞아요… 지연이랑 지혜가 그랬어요.
담임	뭐야? 그럼 지연이랑 지혜가 그랬단 말이야?
홍찬	아니예요. 제가 예림이를 괴롭혔습니다. 다 제가 한 일이예요. 그리고 영지 지갑도…
담임	아니 그럼 영지 지갑을 홍찬이가 훔쳤던 거야?
홍찬	(단호하게) 예, 선생님. 제가 그랬습니다. 오늘 학교에 안 나온 것도 아마 저 때문 일겁니다.
채현	야! 홍지연, 임지혜 너희들 뭐 할 말 없어?

미혜	(채현이 뒤로 숨으며 겁먹은 목소리로) 지연이 니가 훔친 거 맞잖아?
지연	(미혜를 째려보며 망설이고 아니라고 말하려다 무릎을 꿇으며) 선생님 잘못했습니다. 제가 훔쳐서 예림이 가방에 넣었던 거에요… 정말 죄송합니다.
담임	(무척 화가 나서) 뭐야? 너! 니가 어떻게 이럴 수가 있니 응….
지연	(울음 섞인 목소리로) 죄송합니다. 선생님
담임	그럼 예림이는 지금 어디 있단 말이냐… 누구 아는 사람 없어?
미혜	선생님, 예림이 어제 집에도 안 들어 왔는데요.
담임	뭐야?
채현	선생님, 예림이 사물함이나 책상 속에 뭐라도 있나 찾아볼까요?
담임	그래, 채현이 너는 책상 속 꺼내보고… 영지 너는 사물함 좀 살펴봐.

학생들 책상 속과 사물함을 분주하게 살펴본다. 다른 친구들 아무 일 없기를 바라면서… 예림이에 대한 걱정을 하기 시작한다.

채현	선생님… 여기 예림이 일기장이 있는데요.
담임	(일기장을 빼앗듯이 낚아채며 읽기 시작한다) 오늘 학교에서 이상한 일이 일어났다.
예림	(목소리) 오늘 학교에서 이상한 일이 일어났다. 분명히 나는 영지 가방 근처에도 가지 않았는데… 영지 지갑이 내

가방에서 발견 됐기 때문에 나는 또 아무 말도 할 수 없었다… 아니… 발견되지 않았어도 나는 범인으로 몰렸을 것이다. 왜냐하면, 난… 셔틀이니까… 그렇지만 오늘은 정말 억울하다. 만약에 내가 홍찬이였다면… 아무도 나에게 아무 말도 하지 못 했을 텐데… 오늘은 정말 힘든 날 이었다.

예림   나는 왜 셔틀일까… 내가 뭘 잘못 했다고… 근데 왜 난 병신같이 벗어나지도 못하고 말도 못하고… 이런 내가 너무 싫다… 요즘 들어 엄마, 아빠가 보고 싶다. 내가 사라져도 나를 걱정하는 사람이 있기는 할까?… 아무도 날 걱정하지 않을 거야… 난 셔틀이니까… 그래서 난 더욱 외롭다… 그래 난 셔틀이니까 없어졌다고 누가 찾기나 하겠어. 나는 사라져 버려야 해. 그래, 내가 사라져 버리면 되는 거야… 아주 먼 곳으로….

(무대 뒤 top조명, 예림 서 있다)
(노래) 어찌해야 하나

예림   자꾸만 눈에 밟혀 자꾸만 귀에 울려
너의 얼굴 너의 주먹
용서는 못해 비굴한 웃음소리
분노의 가슴 더욱 저려오네

지혜   야! 셔틀! 너가 훔쳤지? (위협하며 예림 몰아세우며 등장)
예림   나 아니야!

지연	봐! 내가 그럴 줄 알았어. 도둑년!
예림	난 아니야!
지혜	내가 그럴 줄 알았다니까. 야! 꺼져! 꺼지라고! 도둑년!
	(예림 때리고 퇴장)

예림	가슴이 요동치네 내 마음 쏟아져 내려
	그 무얼 선택하리 내가 갈 곳은 하나뿐
	내 친구 내 원수 미운 너의 모습
	어떻게 해야 하나 내가 갈 곳은 하나뿐
	이 곳에서 이 곳에서

친구들	복수를 해 너의 길이야
예림	어찌해야 하나 어찌해야 하나
담임/채현/미혜	용서를 해 너의 길이야
예림	하늘이여 내게 손을 내밀어주오
친구들	복수를 해 너의 길이야
예림	어찌해야 하나 어찌해야 하나
담임/채현/미혜	용서를 해 너의 길이야
예림	하늘이여 내게 손을 내밀어주오

다같이	우리는 니 친구야
예림	아니 내 원수야
다같이	우리는 니 원수야
예림	아니 내 친구야
다같이	우리는 니 친구야

예림	아니 내 원수야
다같이	우리는 니 원수야
예림	(쓰러져 울며) 아니 내… 친구야
예림	애타는 가슴 더욱 저려오네

예림	친구… 친구… 그렇지. 너흰 내 친구지. 맞아. 너흰 내 친구야.

담임과 친구들, 사라진다.
예림 눈물을 닦는다.

담임	(맥이 풀린 상태에서) 다 내가 못난 탓이다. 좀 더 예림을 믿었더라면…
지연	선생님 예림이한테 고의로 그런 건 아니에요… 정말이에요.
채현	아니라고? 너 왕따 당하는 사람 입장 한 번이라도 생각해 봤어?
지연	내가… 내가 당하면? 누가… 누가 날 지켜주는데? 먼저 왕따 시키지 않으면 내가 당하는 걸. 나, 홍찬이 너 눈치 보면서 보고서에 이름 올려주고 숙제도 맨 날 대신해줬잖아. 누구라도 왕따 시키지 않으면 니들은 날 왕따 시키려 했을 걸? (울먹인다)
담임	이건 우리 모두의 책임이다… 예림이를 찾아야 해….
영지	혹시 예림이 살고 있는 곳 아는 사람?
홍찬	예림이 어렸을 때 부모님이 사고로 돌아가셔서 지금 할머

니랑 함께 살고 있어….

담임   그런데… 어제 집에 들어오지 않았는데… 할머니도 많이 걱정하시며 전화 오셨었다! 우리들이 예림이에게 조금만 따뜻하게 대해 주었다면, 조금만 더 관심을 가져주었다면! (일기장을 꺼내며) 이건 예림이가 우리에게 하고 싶었던 말을 적어놓은 글이다.

많은 친구들과 어울려 살면서도
혼자일 줄 아는 별
조용히 기도하는 모습으로
제 자리를 지키는 별
나도 그 별처럼 살고 싶습니다.

예림독백   애들아. 이 시는 내가 가장 좋아하는 시야. 너희들 그거 아니? 남들이 셔틀이라 불러도, 왕따라 불러도 난 너희들과 함께 한 날들이 내게는 무엇보다도 소중한 시간이었다는 걸. 친구들아 내 이름 한 번 불러주렴. 그럼 난, 하나도 외롭지 않을 거야.

아이들 예림이를 부르며 흐느끼다 조용해지고 한 사람씩 독백한다.

담임   오늘도 난 교탁만 탕탕 치다 교실을 나선다. 아이들이 무엇을 원하는지 난 알기나 하는 걸까?

홍찬   화가 났다. 언제나 내 편은 아무도 없는 것 같아서 화가 났다. 때리고 부시면 누가 내 소리를 들어 줄까. 더 소리

	치고, 더 발버둥 쳤다. 그러다 예림의 소리를 듣게 되었다.
지연	홍찬이가 예림을 좋아하는 것 같아 미웠다. 그래서 영지 지갑을 몰래 꺼내 예림이 가방에 넣어뒀는데… 예림아… 예림아… 미안해… 미안해….

암전

다음 날 아침이다. 매일 같은 교실의 풍경이지만 오늘은 왠지 반 분위기가 무겁다. 아이들 등교시간에 맞춰 하나 둘씩 교실로 들어간다.

영지	누구 예림이 소식 들은 사람 있어?

학생들 서로 얼굴만 쳐다보지 누구하나 대답하는 사람이 없다. 담임선생님 등장. (침울한 표정으로 교실에 들어온다. 아이들 표정을 살피다 한숨만 내쉰다)

이때 예림이 등장한다.

홍찬	예림아!
모두들	(예림을 향하여) 야! 예림아!

예림이 어리둥절하며 뭔가에 홀린 듯이 아이들을 쳐다본다.

담임	(반갑게 맞이하며) 예림아! 너 어디 있었어… 다친 데는 없니….

예림	(머뭇거리며) 저… 저… 엄마, 아빠한테 다녀왔는데요.
담임	(안도의 한숨을 쉬며) 그랬구나… 맘 고생이 많았지… 선생님이 잘못했다.
모두들	미안해 예림아!
지연	용서해 줘 내가 잘못했어…. 내가 지갑을 훔쳐서 네 가방에 넣었던 거야.
예림	(아직도 어리둥절하며… 잠시 후… 지연 손을 잡으며) 친구끼리 용서는 무슨… 나 너희들 친구 맞지?

모두들 예림이를 껴안는다.

홍찬	나 이제 정말 새롭게 시작 할 수 있을 거 같아. 매번 다른 사람 탓만 했었는데… 예림이 널 보고, 용기가 생겼어. 샘! 저 전학 갈게요! 다시 시작 하고 싶어요.
담임	그래! 홍찬아. 정말 잘 생각했다.
친구들	그래! 너 전학가도 우리가 만나러 갈게!
홍찬	(쑥스러워 하며) 고마워… 얘들아….

암전

(노래) 내일이 있어

예림	내가 원하는 건 영원토록 변하지 않는 너와 함께한 순간들
지연	내 안의 모든 것을 꺼내어

지혜　너의 마음을 타고서 내 마음으로
　　　너의 것을 꺼내봐 변하지 않는
　　　네 모든 걸 펼쳐봐 우린 존재하지
홍찬　모든 공기 적시며 네게 다가갈게
　　　그 무엇도 두렵지 않아
　　　내 안에 빛이 있어

다함께　저 하늘을 봐 (저 하늘을 봐)
　　　저 별들을 봐 (저 별들을 봐)
　　　저마다 반짝여 저마다 빛나고 있어
　　　태양을 향해 (태양을 향해)
　　　걸어가는 거야 아직 끝나지 않았어
　　　내일이 있어

　　　저 하늘을 봐 (저 하늘을 봐)
　　　저 별들을 봐 (저 별들을 봐)
　　　저마다 반짝여 저마다 빛나고 있어
　　　태양을 향해 (태양을 향해)
　　　걸어가는 거야 아직 끝나지 않았어
　　　내일이 있어
　　　내일이 있어
　　　내일이 있어

(커튼콜)
다 같이 춤동작을 통해 마무리…

어사또놀이

허만웅 / 영주고연극반 푸른솔

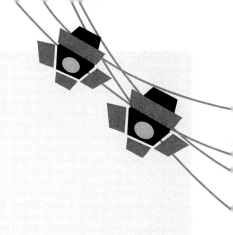

연출의 말

이 작품은 잘 알려진 고전 춘향전을 모티브로 연극을 만들어가는 과정을 연극에 담아낸 작품으로 경북영주고 연극반 푸른솔 학생들과 만든 것이다.

판소리, 시조, 재담, 춤, 풍물 등을 효과적으로 배치하고 고전의 내용을 오늘의 교육현실로 끌어와 재미와 공감대를 형성하고 있다. 특히 고등학교 국어교과서에 나오는 내용들을 직접 보고 듣고 느끼게 함으로써 고전을 오늘의 눈으로 다시 만나는 기쁨을 맛볼 수도 있다.

사물놀이반 등 다른 동아리와 연합하여 공연을 꾸며도 좋을 것이다. 그리고 판소리 등 학생이 직접 연기하기에 어려운 부분은 음향으로 일부 처리해도 무방할 것이다.

학생 1, 2, 3과 선생님 그리고,

어사또	관졸1
춘향	관졸2
옥졸(방자)	기생
이방	역졸1
관노	역졸2
관비	역졸3
본관	역졸4
봉화 현감	대아형리
풍기 군수	향단
예천 영장	월매

이 밖에 잽이들 여럿

1장 앞 뚜껑

음악 요란한 가운데 학생 3명(혹은 5명) 앉아 있다. 한 명은 공부하고, 두 명은 이어폰을 나누어 꽂고 음악에 몸을 흔들고 있다. 선생님이 나온다.

선생님   어떻습니까? 저희 학교는 이렇게 자율학습을 잘 하고 있습니다. 우수생들 뿐이니까요. 그래서 반 편성도 특우수반, 우수반, 준우수반, 이렇게 세 단계로 되어 있습니다. 여기는 -- 보자.

학생2   네, 준우수반 입니다.

선생님   네, 준우수반 이군요. 암튼 열심히 해. 보충수업과 자율학습만이 너희들의 살 길이니까. (나간다)

학생2   어휴, 보충수업, 자율학습에 내 청춘이 다 가는구나.

학생3   도대체 뭘 보충하라는 거야?

학생2   그걸 아직도 몰라? 선생님 주머니 보충하라는 거지.

학생3   그럼 자습은?

학생2   그건 부모님 걱정 잠재우는 거. 그래도 학교에 붙잡혀 있으면 부모님이 안심하신다 이런 말이지.

어느새 선생님이 나와서 듣고 섰다가

선생님   어허, 김군. 뭔가 큰 오해를 하고 있군. 그게 아니야. 보충수업과 자율학습을 하는 것은 에, 그게 바로 열린 교육이야. 열린 교육. 요즘 거국적으로 시행하고 있는 교육개혁의 핵심이 바로 열린 교육이라고 할 수 있지. 열린 교육이란 무엇이냐. 학교를 낮에만 여는 것이 아니라 밤에도 여는 거야. 아, 물론 방학 때도 활짝 열어야지. 그래서 밤이고 낮이고, 삼복염천이고, 엄동설한이고 간에 학교 문을 활짝 열고 보충수업과 자율학습을 열심히 하는 거예요. 에, 그래야 만이 국가경쟁력을 강화할 수가 있는 거예요. 경쟁력 강화란 무엇이냐. 에, 학교에서부터 철저하게 경쟁을 훈련해야 하는 거야. 급우간의 경쟁, 학급간의 경쟁, 학교간의 경쟁, 에, 하여간 그러한 경쟁력훈련을 통해서 국민 화합과 경제의 회복과, 에, 국제경쟁력 강화와, 에,

학생1   선생님. 그런 것은 시험에 안 나오잖아요.

선생님   응? 음, 그렇지. 자, 조용히 하고, 열심히 하게. (겸연쩍은 표정, 나간다)

학생2   야, 넌 시험밖에 모르는구나. 근데 너 무슨 공부야. 어디 보자. (학생1이 보던 노트를 들고 읽는다) 춘향전. 18세기에 지어진 고전소설로서 판소리계의 내표석인 작품이며, (문체는 운문체 만연체, 배경은 조선 숙종때, 전라도 남원과 서울, 시점은 전지적 작가시점) 주제는 열녀불경이부와 같은 유교 이념을 표방하고 있지만,

학생3   야야, 치워라 치워. 그게 지금 우리하고 무슨 상관이야.

학생1   시험에 나온댔어.

학생2   아니, 들어 봐. 그 이면에는 인간의 평등의식 고취와 양반에 대한 풍자, 자유연애의 옹호 등과 같이 현실에 대한 비판 의식을 담고 있으며, 해학과 골계의 표현으로-- 그렇지, 맞아. 풍자와 해학과 골계. 이게 우리 서민들의 돌파구였지. 야, 우리 이거 가지고 한 번 놀아 볼까?

학생3	그걸 가지고 놀다니?
학생2	옛날에 조상들이 많이 놀았잖아. 풍물 치면서, 간혹 양반들 까기도 하면서 말이야.
학생3	아, 탈놀이 같은거? 그거 재밌겠는데.
학생1	놀다니 말도 안 돼, 선생님한테 혼날 걸.
학생2	야, 임마. 혼나기는 뭐가 혼나. 선생님한테는 교과서 공부를 조금 깊이 있게 하겠다 하지 뭐.
학생3	그래, 우리도 뭔가 돌파구가 있어야지, 이게 어디 사람 사는 거야?
학생2	너, 말 잘 했다. 밤낮으로 붙들려 있는 불쌍한 우리 학도들 신명 풀이도 한 번 시켜 줘야지, 안 그래? 야, 종민이, 넌 뭐 할래?
학생1	나, 난 그만 빼고 해. 난 아무래도 집에서도 반대하실 거고.
학생3	그래, 넌 임마 공책이나 달달 외고 있어.
학생2	아니야, 그렇게 빈정댈 게 아니고. 좋아. 넌 음, 그럼 관객 해. 관객이 정말 중요한 거야. 그리고 우리는 제작과 기획을 하는 거야. 자. 행동 개시! 아이들을 모아 보자.
학생3	좋았어. 자. 연극할 사람 모여라.
일동	모였다!

(암전)

2장 여는 마당

자진모리 가락 풍물 낭자하다. 출연자 일동이 객석을 통하여 길놀이 모양으로 무대에 오른다. 자리가 어느 정도 잡히고 장단이 뚝 멎으면, 어사또와 춘향이 대열 양쪽에서 외치며 뛰어 나온다. 어사또는 춘포도복에 헌파립――거지꼴이고, 춘향은 산발 소복에 칼을 썼다.

어사또	춘향아――
춘향	서방님――

굿거리 장단으로 서로 만나는데, 대열 속에서 옥졸이 뛰어 나와 옥문으로 가로막는다.

옥졸	아니된다.

장단이 다시 살아나며 노래 시작된다.
[노래] (중모리 : '밤뱃노리'―――가락/ 김민기 개사)

코러스 1패	춘향아 이것이 어인 일고
코러스 2패	아이고 서방님 왜 이제 왔소
코러스(합)	그리워 그리워 애타던 사랑
	이제서야 만났구려.
춘향	서방님이 떠나신 뒤
	신관 사또가 수청 들라
	아니되오 그―러 마오.

	정절을 지켜서 여기 왔소.
어사또	장하구나 내 사랑아.
	가련하다 우리 인생
	과거에 떨어져 이 모양 되니
	어쩔꺼나 어이 할꺼나

장단이 바뀌며 옥사정이 위협하여 춘향과 어사또가 갈라져 나가고 코러스 패가 노래하며 무대를 채운다.

[노래] (굿거리 : '우리 님아'———가락/ 정세현 개사)

	어쩔꺼나 어이 할꺼나
코러스	우리 춘향이 큰일 났네
	포악스런 변사또가
	가만 두지 않겠다네
	죽을 날이 닥쳐 왔네
	변사또의 생일 잔치
	외로운 꽃 춘향이가
	탐관오리 제물되네

코러스 패의 춤과 노래가 채 마무르지 않았는데, 관노 관비가 교과서를 들고 뛰어 나온다.

| 관노 | 아이래, 이게 아이란 말이래. |
| 이방 | 잘 돼 가는데 왜 끊어 먹고 나오는 게래? |

관노	아, 이게 아이라이께네.
이방	안이고 밖이고, 노비가 지금 왜 나와, 노비가?
관노	오늘 놀이는 이렇게 시작하는 것이 아이란 말이래.
관비	우리 노비같은 거는 빼 놓고 할라 그제? (뻗댄다)
관노	(관비에게) 아 좀 차근차근 얘기해 이 사람아.
이방	왜? 머가 잘못 됐어?
관노	선생님한테는 교과서대로 한다 했담서.
이방	근데.
관비	노비 나오는 장면은 끊어 내자 이거 아이래?
관노	(관비에게) 아 좀 가만 있어 봐.
	(이방에게) 국어 책에는 이런 거 없이 우리 노비들이 사또 생일상 차리는 것부터 나오는 거 아이래?
이방	허이구, 꼴에 교과서는 참 야물게 봤네. 요새 공부는 교과서만 달달 왼다고 되는 게 아이래. 저렇게 앞뒤가 꼭 멕혀 갖고는 노비라도 좋으니 연극 좀 시켜 달라고? 으이그, 나 참.
관비	앞뒤가 꼭 멕히다니? (제 머리를 만져 보며) 뒤는 멕혀도 앞은 터졌는데.
이방	아, 꼭 책대로 한다면 우리도 판소리를 해야 할것 아이래.
관노	아니, 우린 그냥 내용이라도 교과서대로 하자 이말이지 뭐.
관비	우리 나오는 장면 잘라 먹는 거 아이제?
이방	이런 젠장. 너그가 자르고 나오지 않았으면, 곧바로 교과서대로 이어질 차례였단 말이래. 이 문디야 아무리 교과서에 맞춘다 해도, 앞에서 뭔가 어이, 폼 나게 상황 설정

	을 해 줘야 어이, 분위기가 딱 잡히고 야그가 통할 것 아이래?
관노	그케, 듣고 보이께 그도 글네 으잉.
이방	(가르치듯) 자고로 책을 읽을 때는 그 앞뒤를 짐작할 줄 알아야제. 그래서 행간을 읽는다는 말도 하는 것 아이래.
관비	그래, 인자 알았으이께네 빨리 본론으로 들어 가자고.
관노	잉, 그려.
이방	너그가 초장부터 판을 깼으이께, 그 벌로 인제부터 너그는 대사 없이 허는 거여, 어이. 너그는 벙어리다 이거래, 알았제?
관노	알았어.
관비	까짓것, 우린 인제 사실 할말도 없어. 우리 노비들은 대사 할 것도 없고 해서, 일부러 시비 한번 걸어 본 게래. (관노와 함께 대열로 들어간다)
이방	에이그, 불쌍한 것들. 좋다. 책대로 한다. 자, 첨에 뭐지?
코러스	포진!
이방	옳지. 여봐라. 포진을 한다. 빨리 사또 생일 잔치 준비를 하라 이말이다.
코러스	포진을 한다.

자진모리 장단으로 흩어져 들어 갔다가 여러가지 대도구들을 갖고 나와 배열을 한다. 대체로 왼쪽은 멍석과 소반을 놓아 하인들 자리임을 알겠고, 오른쪽에는 덧마루를 놓고 돗자리, 병풍, 큰상을 놓는다. 상에는 음식이 풍성하다. 이 때 무대 천정에서 '동헌' 현판이 달린 기와지붕 세트가 내

려 온다.

효과 : 교과서 포진 부분 판소리 녹음--자진모리 장단 풍물

판소리   본관 사또 주인이라 동헌에 포진을 헌다. 분합문을 높이 들고, 백포장으로 해를 막고, 육간 대청 너른 마루, 화문석 호피 돋움, 안석, 타구, 재떨이, 좌초롱 청사 입혀 불현 듯 달아 놓고, 녹의 홍상 기생들 채의 단장 착전립, 오락가락의 노는 양 내아에 봄이 들고, 음식이 풍부헌디 풍악이 낭자헌다. 공인 불러 삼현 치고, 기생은 마주 서서 배 따라기, 연풍대 쌍검무 보기 좋고, 생황, 양금, 줄풍류, 피리, 젓대, 풍악 소리가 원근에 낭자헌다.

3장 진짜 여는 마당

왼쪽부터 관졸, 노비, 잽이, 기생 들 나와 있다. (코러스다)
본관, 이방 무대 중앙으로 뛰어 나와 나란히 서서 인사한다.

본관,이방   안녕하십니까, 여러분.
본관   저의 생일 잔치에 이렇게 많이들 와 주셔서 대단히 대단히 감사합니다.
이방   오늘 쉰 여덟 번째 생일을 맞이하신 이 고을의 본관 사또 변학도 님께서는 부임하신 지 석 달만에 이 고을을 전국에서 가장 유명한 곳으로 만드셨습니다.

본관	어험, 나 본관 사또 변학도올시다. 이방, 계속하여라.
이방	그 첫째, 세금을 가장 많이 거두어 이백 퍼센트 초과 달성을 했고,
본관	많이 걷어야 많이 떨어지지.
이방	그 두번째, 뇌물 받고 부실 공사 눈감아 주기(이 장면은 이 지역의 특정 인물과 전혀 상관이 없음―― 자막), 그리고 오리발 내밀기.
본관	그건 부의 재분배 차원에서 하는 거야. 어흠.
이방	사실 나도 다리 놔 주고 국물 쪼까 챙겠다 아입니까. 에헴에헴, 가마 있자, 어데고. 그 세 번째, 술 잘 먹고 욕 잘 하고, 초상난 데 춤추기며, 불난 데 부채질하기, 해산한 데 개 잡기, 장에 가면 억매 흥정, 우는 아이 똥 먹이기, 아이 밴 년 배 차기며, 애호박에 말뚝 박기~
잽이	야, 야. 지금 놀부 타령 하나?
이방	아차, 이건 놀부타령이구나. 어째 좀 닮은 구석이 있는 듯해서, 에헴에헴.
본관	어험.
이방	다시 세 번째, 자르고 가두는 데 일등이여. 죄 없는 사람들, 조금만 똑똑하면 별나다고 자르고, 그래서 잘못 된 것 좀 고치자 하면 삐딱하다고 가두고,
본관	삐딱하고 별난 놈은 민주 질서를 어지럽힌단 말이야. (코러스에게) 우리 고을의 민주헌장이 뭐야?
코러스	(움찔 놀랐다가 정신 차려) 넷, 세금을 많이 낸다. 높은 놈께 무조건 복종한다.
본관	높은 노옴?

이방	에이, 높은 니임.
본관	어허 어흠. 이하 생략 (인사한다)
이방	(본관과 함께 인사하며)생략.
본관	(휙 돌아 가다가 갑자기 부아가 치민다) 한데, 그년은 아직 안 죽었겠지? 요망한 년 같으니라구.
이방	추추추 춘향이 말입니까요? 지금 옥에 갇혀 꼼짝도 않고 앉아 있다던데요.
본관	죽지는 않았겠지, 엉? 살아 있겠지?
이방	반은 이미 사또께서 죽이지 않았습니까요?
본관	살아 있어야 해. 살아 있어야 해. 오늘은 기필코 내 것으로 만들고 말거야.
이방	에ㄱㄱㄱㄱ, 그렇게 안되면?
본관	그렇게 안되면, 내 손으로, 내 손으로 갈기갈기…
이방	이ㄱㄱ, 고고고고정하시고, 맘을 좀 차악 갈아 앉히시고… 아, 지금 생일 잔치 해야잖여. 춘향이 다잡는 것이야, 이따가 잔치가 한창 무르익어 갈 때 여러 수령님들 모신 앞에서 폼나게 하기로 허지 않았습니까, 사또.
본관	어흠, 그 그 그렇지. 흠. 이보게 이방.
이방	네, 사또.
본관	잔치 준비는 다 되었겠다?
이방	아, 그야 여부가 있겠습니까.
본관	잔치에는 풍악이 있어야 하느니라.
이방	두말 하면 잔소립죠. 여기 푸른솔 합창단이 벌써 대기중이지 않습니까.
코러스	(이방의 지휘에 따라 저마다 괴성을 질러 댄다) 으아으아

이잉. (사물패의 반주도 제 멋대로다)

본관	(괴로움을 참으며) 허허 으음. 거 악공은 어디 애들이야?
이방	아 예. 악공은 저 용바우골 영주고 애들을 데려다 놓았습지요.
본관	영주고등학교 말이냐. 거기는 밤낮으로 공부만 시킨다던데, 노래 연습은 언제 했지?
이방	그러게 말입니다. 목구멍 한 번 풀어 볼라치면 아래층에서 자습에 방해된다고 쫓아 올라 오니 어디 연습인들 제대로 했겠습니까요. 연습할 곳이 없어서 소리가 저 모양 아닙니까요.
본관	어, 어흠. 허기야 악공이 훌륭하면 뭐하겠나. 봉투만 많이 들어오면 되는거지.
이방	이르다뿐이겠습니까.
본관	그나저나 왜 손들은 이리 늦는기여? 초대장은 빠짐없이 보냈겠지?
이방	아, 물론입죠. 봉투 갖고 올만한 놈들한테는 틀림없이 보냈습죠.
본관	에이. (뒷짐을 지고 조바심을 떠는데)

효과 : 교과서 판소리(각읍 수령 모아들제) 녹음--자진모리 장단

판소리	각 읍 수령 모아들 제, 인물 좋은 순창 군수, 임실 현감, 운봉 영장, 자리로사 옥과 현감, 부채 치레 남평 현령, 울고 나니 곡성 원님, 운수 좋다 강진 원님, 사면으로 들어 올 제, 청천에 구름 뫼듯, 백운 중에 신선 뫼듯, 일산이 팟

종 되야, 행차 딸린 하인들, 통인, 수배, 급창, 와와 리로
어헤라 단미로구나.

4장 생일 잔치 마당

예천 영장, 풍기 현감, 봉화 현감, 각각 특색 있는 자전거를 타고 들어 온
다. 자전거에는 각 고을의 이름이 쓰인 기가 꽂혀 있다. 예천은 혼자 탔
고 풍기, 봉화는 기사 뒷자리에 탔다. 자전거는 세발 또는 네발 자전거(아
동용). 기사는 주인의 차를 주차하고 노비석(코러스)에 합류. 예천이 먼저
들어 오면 관노가 자전거를 받아 주차한다. 본관이 인사하고 맞아 들여
대상으로 오르게 한다. 이어 풍기, 봉화가 들어 와 대상에 올라 앉으면 이
방이 기생을 재촉하여 올라 앉힌다. 대상에는 왼쪽부터 예천, 풍기, 본관,
기생, 봉화가 앉아 있다. 지금껏 계속되고 있던 장단이 뚝 멎으면 대상의
수령들 갑자기 고개를 젖혀 큰 소리로 웃는다.

봉화	하하하. 오늘 참 대단한 구경꺼리를 준비하셨구려.
풍기	전임 사또의 자제분이 탐을 낼 정도면 소문대로 대단한
	미색인가 보구면.
본관	미색이면 뭐 하겠소. 도무지 말을 들어야지.
봉화	저런 미련한 것. 그런 것들은 그저 가두어 놓고 족쳐야 한
	다니까.
예천	으흠. 이것 참. 지금 시대가 어느 시대인데.
본관	어험, 흠. 그나저나 풍기 현감. 저 순흥 현령하고 부석 현
	령은 어찌 아직 안 오는 게여? 쓸데없는 예천 영장은 초장

부터 와 있고, 안 그렇소, 봉화현감?

봉화   내가 들으니 한양에서 암행어사가 떴다는 소문이 있다면
        서, 이중장부 만든다고 바쁜 모양입니다.

본관   헛소문을 듣고 별 쓸데없는 걱정을 다 하는군. 암행어산
        가 뭔가 골천번을 온다 온다 해도 정말 내려 오는 거 아직
        한번도 못 봤소.

예천   암행어사가 오든 말든 평소에 바르게 다스리면 무슨 걱정
        이겠소.

풍기   그래, 예천 영장은 독야청청 하여 크게 잘 되겠소이다. 엥
        이, 쯧쯧쯧.

본관   사람이 저렇게 고지식해서야. 어험, 흐음. 없는 놈이야 할
        수 없고… 여봐라, 풍악을 울려라.

이방   여봐라, 풍악을 울리랍신다. 오늘의 주제가 제 일 탄. (지
        휘를 한다)

코러스   (잽이의 굿거리 장단에 맞추어   작곡)

        하피 바쓰데이 투─유 /

        하피 바쓰데 투─유 /

        알 라부 사또 변 학도 /

        하피 바쓰데이 투─유 /

        (자진모리) 잔치 잔치 벌어 졌네 /

        무슨 잔치 벌어 졌나 /

        우리 사또 생일 잔치 /

        변가 놈의 생일 잔치 /

        불쌍하고 가련할사 /

        춘향 아씨 죽는 잔치 /

이화 춘풍 어데 가고 /
설한 광풍 어인 일고 /

노래가 나오는 동안 폐포파립의 어사또가 등장, 무대를 가로지르며 대상
의 인물들을 훑고 나서 다시 코러스 앞으로 와 노래 감상을 하다가, 노래
가 마치자 대상을 향해 발을 떼는데 관졸이 막아 선다.

관졸 1   아니 되오.
어사또   어쭈, 요게 뭘 몰라도 한참 모르네. (부채로 머리를 딱 친
               다)

관졸 1이 홍알홍알 쓰러지니 무대 반대편에 있던 이방이 관졸 2를 어사또
에게로 밀어 낸다.

관졸 2   (이방에게 밀려 쭈루루 달려 나오며) 여기가 어디라고 행
               패냐?
어사또   말 놔라 이놈아. (관졸 2의 손목을 가볍게 잡아 틀어 넘어
               져 있는 관졸 1 위에 넘어뜨린다)
관졸 2   아이코, 나 죽네.

숨어서 지켜 보던 이방이 내달아 들다가 어사또가 고개를 돌리자 오던 길
로 냅다 달아난다.

어사또   (손뼉을 가볍게 털며) 여기가 어디긴 어디야, 시민회관이
               지. 간밤에 처가집이라고 찾아 갔다가 라면도 하나 못 얻

어 먹고 쫓겨 나서 배나 좀 채울까 해서 왔더니⋯ 에이, 버르장머리 없는 놈들. (대상으로 향한다) 좌중은 평안하오?

본관 아니, 저, 저놈이 웬 놈이냐?

관졸 1,2 정신차려 일어나 다시 어사또를 막고 잡고 한다.

관졸 1 막아라.

관졸 2 꽉 붙들어.

어사또 어허, 이놈들이 양반 체면을 까뭉게도 유분수지. 어흠. 나 이생이라 하오.

모두 외면하는데.

예천 본관장, 이분이 의복은 남루해도 양반이 분명한 것같으니 합석을 하는 것이 어떻겠소?

본관 (못마땅하지만) 정히 뜻이 그러시다면, 거 예천 옆에나 앉히시오. (혼잣말로) 엥이, 주책없게시리.

예천 이리 올라 앉으시오.

어사또 이 어른이 사람 볼 줄 아는군. 예천 영장이라 했소? 내 나중에 영주 군수로 올려 드리리다.

본관 저놈이 이제 아주 헛소리까지 하는군.

예천 나는 그저 사람을 겉만 보고 무시해서는 안된다 싶었지요.

풍기	죽이 척척 맞는군.
봉화	참 끼리끼리 어울린다니까.
예천	여봐라, 이 양반께도 상 차려 올려라.
관노	(상을 갖다 놓으며) 어서 먹고 속거천리. 헛쉐.
어사또	(일어서서 제 상을 들어 보이며) 뭐가 이래? (부채로 예천의 옆구리를 넌지시 찌르며) 여보, 예천. 저 어기.
예천	(간지러워 웃으며) 으헤헤헤. 아니 갈비가 먹고 싶으면 익은 쇠갈비를 달래지, 남의 생갈비를 왜 그리 간지는 게요?
어사또	아니, 그만 두오. 남의 손까지 빌릴 거 있나. (큰상에서 주섬주섬 집어 온다)
풍기	아아니, 저런 발칙한…
봉화	저 저, 저놈을 그저…
본관	어허. 예천은 웬 저런 것을 불러 들여 이런 꼴을 만들다니.
예천	이것도 좀 드시구려. (한 덩어리 더 집어다 준다)
어사또	흐음, 이래 놓으니 보기가 좀 낫구만. 여보시오, 저어기 기생 불러 권주가 한마디 시켜 주시오. (예천을 찌른다)
예천	아이구. 옆구리 창나겠소. 여봐라, 이 냥반께 권주가 한마디 불러 드려라.
기생	에그 참, 별꼴을 다 보겠네. 간밤 꿈에 박작을 쓰고 배락을 맞아 보이더니, 내 참.
어사또	허허, 박작을 쓰고 배락을 맞아? 거 참 흉몽 대길이로고. (갑자기 불끈 일어나며) 네 이년, 권주가를 하라면 하지. 뭔 잔소리가 많아, 잔소리가.

기생	쫑알쫑알 삐쭉삐쭉 (마지못해 일어 서면 장구 끼덕 – 시작은 '도라지' 곡조로) 이 술 한 잔 드시–오–면 / 만–수무–강– (갑자기 '군밤타령' 곡조로 바꾸어 경망스럽게) 이 술– 한잔 처먹–으면 / 시험 시–험은 다 떨어 진다 다 떨어 지지 / 얼싸 좋네 아 좋네, 군밤이요. 에헤라 / 군밤이로구나.
관장들	허허. 거 참 잘 한다.
어사또	허허. 거 듣고 보니 새로 난 권주가로구나. 과연 명기로다. 내가 시험에 합격하고 온 줄 어떻게 알았지? 참으로 명기로고. (일어 서며) 너 나하고 동배주 한번 하자꾸나. 으응?

어사또가 관장들 틈을 비집고 들어가 기생과 밀치락 달치락하니 술이 쏟아지고 좌중이 소란하다. 점점 빨라지는 이채 장단.

5장 시조놀이마당

본관	(옷을 털고 일어 나며) 저저 예천 영장은 별것을 다 청하여 자리를 소란하게 하는구면.
어사또	허허. 이 점잖은 자리에 죄송하게 됐소 그려.
봉화	안 되겠소. 우리가 나서야겠소.
풍기	(봉화와 눈말을 주고받으며) 자자자. 좌중에 통할 말 있소.
봉화	에에, 술타령이나 하여 우리 양반들 잔치에 품위가 없으

	니 시조 한 수씩 짓기로 하면 어떻겠소?
어사또	거 좋지.
풍기	만약에 시조를 제대로 짓지 못하면 곤장 댓 개씩 때려 밖으로 내 쫓기로 합시다.
본관	거 참 군 아이디어다. 저 거지 새끼를 당장 쫓아 버릴 수 있겠구나.
기생	그럼 본관장이 운자를 내시오.
봉화	아니 그럴 게 아니라, 오늘이 본관 사또 생신이니까…
본관	옳지, 그러면 운자는 내 이름자 변 자, 학 자, 도 자로 하는 게 어떻겠소?
풍기,봉화	따봉. 따봉. 올커니
기생	사또 나으린 역시 머리도 좋으셔.
본관	자, 그럼 누가 먼저 짓겠소?
기생	저요 저요.
풍기,봉화	좋다, 변!
기생	변 사또님 생일 잔치 선물을 무얼 할까.
풍기,봉화	학!
기생	학문도 모자란데 시조를 지으라네.
풍기,봉화	도!
기생	도렷한 사또님 얼굴 뽀뽀나 해 드릴까.
본관	하하하, 기특한지고.
예천	허허. 고 년이 아부는 잘 하는군.
풍기	자, 다음에는…
봉화	이번에는 본관장께서 한 번 읊어 보시지요.
본관	아, 저, 나 난 나중에…

어사또	(열심히 먹고 있다가) 아따, 거 빼지 말고 한 수 해 보시구 려.
본관	어, 어흐음. 그렇다면…. 옳지, 내 말썽꾸러기 아들놈을 생각하며 한 수 지어 보리다.
풍기	거 좋습지요.
풍기.봉화	자, 변!
본관	뺀소에 쪼그리고 아들놈 생각하니,
예천	뺀소가 아니라 변소 옳습니다.
풍기,봉화	학!
본관	핵교선 골치덩이 집에 오면 불효 자식.
예천	핵교가 아니라 학교 옳습니다.
풍기,봉화	쯧쯧쯧, 자자, 도!
본관	도무지 앞이 캄캄해 똥도 아니 나오네.
봉화	카… 참, 듣고 보니 정말로 안됐소이다 그려.
예천	교육이란 참으로 어려운 것 같소이다.
풍기	예천 영장이 오랫만에 옳은 소리 한마디 하는구면.
기생	아버지가 모범을 보이면 절로 되는 것 아닙니까?
봉화	예끼, 이것아. 언제는 아양을 떨더니 금새 흉을 보는 거 냐?
어사또	(열심히 먹고 있다가) 아, 진도 안 나가고 뭐 하는기여?
풍기	그래, 자, 진도 나갑시다, 진도. 이번에는…
예천	저 기생의 말을 들으니 나도 마침 떠오르는 게 있소이다.
봉화	좋지, 한번 읊어 보시오.
풍기,봉화	하나, 둘, 셋. 변!
예천	변이란 똥오줌이니 더럽다는 뜻이 되고,

풍기,봉화	학!
예천	학일랑은 배울 학 자 교육이란 뜻일진데,
풍기,봉화	도!
예천	도무지 더러운 바탕에서 교육이 어찌 될꼬.
본관	(성을 내어) 아니, 예천은 본관장인 나를 능욕하는 게요?
어사또	거 참 걸작이다.
예천	아니, 나는 그저 교육 환경이라는 것이 2세 교육에 그지없이 중요하다는 점을 말한 것이외다.
어사또	거 참말로 걸작이여.
예천	어른들의 사회, 특히 지도층에 있는 이들이 모범을 보여야 우리나라의 앞날이 밝아 질 것이라는 말씀이지요.
풍기	자자자, 어려운 얘기 그만 하고,
봉화	이번에는 저 이생인지 저생인지 한 번 읊어 보시오.
본관	시조의 기본 음수율에 틀리기만 해 봐라.
풍기	기본 음수율은커녕 시조 시자가 무슨 잔지도 모를 것이구먼
어사또	(객석으로) 시조 시자가 도대체 무슨 자유?
풍기	(객석으로) 가르쳐 주지 마.
어사또	(객석으로) 때 시자야. 때 시자. 한데 기본 음수율은 뭐지?
본관	(객석으로) 이건 진짜 가르쳐 주지 맙시다.
어사또	좋소이다. 나도 부모님 덕에 학교 문턱에나마 가 봤으니, 서툴지만 한 수 읊어 보리다.
풍기	아, 딴 소리 말고 빨리 읊으시오.
봉화	시조를 못 읊으면 곤장 감이니 그리 알고 잘 읊으시오.
풍기,봉화	하나, 둘, 변!

어사또	(짐짓 용을 쓰다가) 변, 아이코,
본관	변!
풍기,봉화	변!
어사또	아이구, 좀 가만 있으시오. 자꾸 변, 변 하니까 갑자기 변이 마려워서. (똥구멍을 잡고 맴돈다)
본관	저, 저놈이 무슨 수작을 하는 게야. (성을 내어 일어선다)
어사또	자자, 나옵니다, 변.
풍기	뭐뭐, 벼 변이 나온다고?
봉화	어허, 변이 나오는 게 아니라 시조가 나온다는 말이오. 자자, 조용히들 하시고,
풍기,봉화	변!
어사또	변변치 못한 것을 원님을 시켜 노니,
본관	(손가락을 꼽으며 자구를 센다) 변 변 치 못 한 것 을 원 님 을 시 켜 노 니, 삼사삼사 으흠.
풍기,봉화	학!
어사또	학정을 일삼아서 강도와 다름 없네.
본관	학 정 을 일 삼 아 서 강 도 와 다 름 없 네, 삼사삼사, 엥이, 이것도 맞구먼.
풍기,봉화	도!
어사또	도처에 피눈물 지니 백성들만 불쌍타.
봉화	저저 저런.
본관	(멍청히) 도 처 에 피 눈 물 지 니, 삼오, 백 성 들 만, 사, 불 쌍 타, 삼, (의심스러운 듯 다시 꼽아 보고 허탈해 하며) 으음, 다 맞아 떨어 지는군.
풍기	아아니, 저, 저, 도대체 어느 앞이라고,

봉화	가가 가만, 이거 아무래도 보통 사람이 아닌 것 같소이다.
본관	(눈치 없이) 보시오. 저놈을 쫓아 낼 다른 방도가 없겠소?

장단 슬머시 시작되어 점점 커 지면서 또한 점점 빨라져 무대를 가득 채운다.

6장 어사 출두 마당

장단이 뚝 멎으면 관졸이 봉서를 들고 다급히 쫓아 들어온다.

관졸	사또 나리. 에그, 이방 나리.
이방	(반대 편에서 달려 나오며) 원님 잔치 마당에 왜 이리 소란이냐, 소란이.
관졸	비 비간이옵니다.
이방	뭣이, 비 비간이라구? (봉서를 잡아채서) 사사 사또, 크크 크 큰일 났습니다.
본관	(신발을 미처 못 신어, 들고 앞으로 나오며) 가가 갑자기 무무 무슨 난리가 나서 마마마 말을 더듬고 지랄이여?
이방	비비비 비간이옵니다.
본관	비비비 비간이 뭔데?
이방	몰라요. 하여튼 책에는 비간이 오니까 큰 난리가 나던데.
본관	(그제서야 정신을 차리고) 뭐뭐뭐, 비간? 아아 암행어사가 떴다는 소리가 아니냐. (털썩 주저앉아 뒤로 꽈당 자빠진다)

이방	뜯어 보도 않고 놀래 자빠지고 있어, 빙신 같은게. (봉서를 주워서 뜯어 읽는다) 본 부 수 리 행 각 창 색, 진 휼 감 색 착 하 뇌 수 하고 거행형리 성명을 보하라. 이게 대체 뭔 눔으 소리어?
본관	(갑자기 벌떡 일어나 비간을 채서 들고 벌벌 떨며) 가가 감사가 나왔다는 소리다. 정밀 감사를 한다는 말이여. 비상이다. 비상. 이방.
이방	아이고, 예 예.
본관	비상 걸어. 다 불러 들여라.
이방	아이고, 예. (나가다 말고 돌아 와서) 한데 누굴 불러요?
본관	이방, 호방, 예방, 병방, 공방, 형방.
이방	(손가락을 꼽으며 따라 하다가) 아, 육방관속을 다 불러요? 배우들 다 뽑지도 않고선.
본관	(아까의 리듬을 타고) 안방, 주방, 상방, 고방, 큰방, 작은방, 사랑방, 건넌방, 가요방, 노래방,
이방	(아까처럼 손가락을 몇 개 꼽다가) 어쭈어쭈, 잘 나가네, 잘 나가.
본관	아아, 아니여, 저저, 자자자 장부 갖고 와, 장부.
이방	(나가다가 돌아 와서) 아, 무슨 장부요?
본관	금전출납부, 출석부, 생활기록부, 특활지도부, 학급일지, 야간자습일지, 보충수업일지… 하여튼 있는대로… (이방이 뛰어 나가는데) 아, 저, 세금 받은 거, 배급 준 거, 그것부터 갖고 와.

이방이 나가고 관노, 관비 나온다.

관노,관비	사또님, 먼 난리 났시유?
본관	열쇠 갖고 와, 열쇠. 키 말이야, 키.
관노,관비	(나가다 말고) 먼 키요?
본관	창고 열쇠, 옥문 열쇠, 교무실, 숙직실, 도서실, 합숙실, 양호실…. 아, 닥치는 대로 가지고 와.

이방이 장부를 갖고 들어 오고, 노비가 나가고… 어수선하다. 본관은 이방에게서 장부를 나꿔 채서 하나씩 재빨리 넘기다가 한 군데를 짚으며,

본관	아, 이거. 세금 받은 거. 팍 줄여. 반으로 팍 까 버려. 팍 까.
이방	이걸 지금 어떻게…
본관	아, 이중장부 몰라? (재빨리 장부를 바꾸어 뒤적이다가) 그리고 이거, 못 사는 사람들 배급 준 거지? 배급 준 거 이거, 확 불려 적어.
이방	이것도 이중장부로?
본관	에그, 바쁜데 그냥 동그라미 하나씩 그려 넣어.

이방이 장부를 몇 개 들고 뛰어 나가고 노비가 뛰어 들어오고 본관이 무슨 지시를 하고 재촉을 하고, 또 장부를 뒤적이고… 이방과 노비가 교차하며 맞부딪혀 넘어지기도 하고, 본관이 뭔가로 으름장을 놓기도 하고….이런 모습들이 판소리가 방송되는 가운데 비디오의 찾기 기능처럼 빠른 동작의 마임으로 처리된다.

효과 : 교과서 판소리 (동헌이 들썩들썩)

판소리	동헌이 들썩들썩, 각 청이 뒤노을 제, 본부수리행각창색 진휼감색착하뇌수허고, 거행형리 성명을 보한 연후, 삼행수 부르고 삼공형 불러라. 우선 고량 신칙허고, 동헌에 수례차로 감색을 차정허라. 공형을 불러 각고하기 재촉, 도서원 불러서 결총이 옳으냐, 전대동색 불러 수미가 줄이고, 군색을 불러 군목가 감허고, 육직이 불러서 큰 소를 잽히고, 공방을 불러 제물을 단속, 수로를 불러 거회도 신칙, 사정이 불러서 옥쇄를 단속, 예방을 불러서 공인을 단속, 행수를 불러 기생을 단속허라. 그저 우군우군 우군우군, 남원 성중이 뒤노는구나.
본관	(털썩 주저 앉으며) 하이고, 이래 갖고 안 되겠네. 난 죽었구나.

조명 구역이 넓어 지고, 중심이 덧마루의 잔치상으로 옮겨 진다.

예천	허허, 본관장께서는 어딜 가서 이리 안 오시나.
어사또	아마 변보러 갔나 보오.
풍기	아무래도 기분이 이상한데.
기생	아이 따분해. 분위기 엉망이네. (하품을 한다)
봉화	뭔가 좀 수상하지 않소?
예천	(일어 서며) 천천히 드시고 오시구려.
풍기,봉화	왜, 가시려고? (눈치를 보며 서둘러 일어선다)
기생	아이 참, 술 한잔 더 하세요. 무슨 남자들이 저래.

무대 앞쪽에서 예천, 풍기, 봉화가 본관과 마주친다.

예천   아니 본관장, 여기서 뭘 하시오?

본관   (장부들을 등 뒤로 숨기며 벌떡 일어 서며) 아니, 왜 벌써
       나오시오? 조금만 지체하시지요.

예천   아 예, 저, 오늘이 장모님 기고일이라서…(비실비실 빼다
       가 후닥닥 달아난다)

봉화   난 몸살이 들어 어찌나 떨리는지…

본관   한 잔 더 드시면 나을 거요. (기생에게) 여봐라 봉화 군수
       님 뫼셔라.

기생   (모셔 들이며) 그러게 한 잔 더 드시라니까요.

풍기   (어쩔 줄 몰라 하다가) 난 저, 처삼촌 산소에 벌초를 해야
       하는데…

본관   에이, 이 사람. 누가 벌초를 저녁에 하나. 그러지 말고 조
       금만 지체하시오. (끌고 대상으로 올라 술을 따른다)

어사또 (젓가락으로 이빨을 쑤시며 기지개를 켜고 일어서며) 어,
       잘 먹었다. 여보 본관장, 잘 얻어먹고 잘 놀고 가오마는,
       어찌 섭뜩허니 낙흥이오. 인연 있으면 또 만납시다. (앞으
       로 나온다)

본관   잘 가든지 말든지 하지 분주한데 인사는 디기 챙기네, 지
       랄하고. 또 만날 일은 절대로 없을 기여. 패.

어사또 (객석으로) 이쯤서 슬슬 다스려 볼까. (무대 양쪽으로 눈
       치를 주며) 얘들아, 큐다, 큐.

역졸 1,2 (무대 양쪽에서 방망이를 치켜 들고 내달으며) 암행어사
       졸도야!

어사또	졸도가 아니고 출두야, 이놈들아.
역졸들	암행어사 출두야! 암행어사 출두하옵신다!

효과 : 교과서 판소리 녹음(암행어사 출두)

| 판소리 | "암행어사 출두요!" "출도야!" "출도허옵신다!" 두세 번 외는 소리 하늘이 덥석이 무너지고, 땅이 툭 꺼지난 듯, 백일에 벽력이 진동허여 여름날이 불이 붙어 가삼이 다 타는구나. 각 읍 수령이 겁을 내야 탕건 바람 버선발로 대숲으로 달아나니, "통인아, 공사궤!" "급창아, 탕건 줏어라!" 대도 집어 내던지고 병부 입으로 물고 힐근실근 달아나며 난리 났네. 본관이 겁을 내야 골방으로 달아나며 통인의 목을 부여 안고, "나를 살려라, 나를 살려라, 통인아 날 살려라!" 혼불부신이 될 적에 역졸이 장난한다. 이방 딱! 공형 공방 후닥딱! "아이구 아이구 아이구 아이구 아이구, 나는 삼대 독신이오. 살려 주오. 어따, 이 몹쓸 아전들이 좋은 벼실은 저희가 다 허고, 천하에 몹쓸 공방 시켜 이 형벌이 웬일이냐!" 공형 아전 갓철대 부러지고, 직령 동이 떠나가고, 관청색은 발로 채여 발목 삐고 팔 상헌 채 천둥지둥 달아날 제, 불쌍허다 관노 사령, 눈 빠지고 코 떨어지고, 귀 떨어지고 덜미 쳐서, 엎더지고 상투 쥐고 달아나며 난리 났네. 깨지나니 북장구요, 둥구나니 술병이라. 춤 추던 기생들은 팔 벌린 채 달아나고, 관비난 밥상 잃고 물통 이고 들어오며 "사또님, 세수 잡수시오." 공방은 자리 잃고 멍석 말아 옆에 끼고, 멍석인 줄은 모르고 "워따, 이 |

놈의 자리가 어찌 이리 무거우냐?", 사령은 나발 잃고 주먹 쥐고 "홍앵 홍앵 홍앵", 운봉은 넋을 잃고 말을 꺼꾸로 타고 가며 "워따, 이놈의 말이 어찌 이리 운봉으로는 아니 가고 남원 성중으로만 부두둥 부두둥― 들어가니, 암행어사가 축천축지법을 허나부다."

역졸들이 몽둥이를 휘두르며 천방지축 외치고 돌아치면 잔치마당은 수라장이 된다. 판소리 방송이 극장 안을 채우고 스트로보가 점멸하는 가운데 기생은 달아나고, 수령들은 이리저리 쫓기며 혹은 자전거를 꺼꾸로 타다 넘어지고, 혹은 어디엔가 숨으려고 머리를 처박고, 혹은 벌써 잡혀서 꿇어앉혀 지고…. 이러는 동안 노비는 상, 방석, 술병 들을 들고 나가고, 다른 코러스들이 횡으로 놓여 있던 덧마루 두 개를 종으로 포개 놓고 중앙에 의자를 갖다 놓는다. …. 이윽고 스트로보의 점멸이 멈추고 무대 전체가 밝아 지면 왼쪽에 본관, 풍기, 봉화 들이 갓과 도포를 벗기운 채 꿇어앉아 있고, 단상의 의자에 예복을 입은 어사또가 장부를 검토하고 있다. 이방은 엉거주춤 눈치를 살피고…
(미란다 원칙)

어사또	(일어선다) 훤화 금하라.
이방	훤화 금하랍신다. 조용하란 말이다. 똑바로 해, 임마.
어사또	(이방에게) 어, 니놈은 뭐냐?
이방	예, 저는 이방입니다요.
어사또	누가 너더러 거기 있으래? (소리 버럭) 니놈은 죄가 없느냐?
이방	아이구, 예예, 저는 그저, 위에서 시키는대로…

어사또	네 이놈, 시키는대로 했다고 용서 받을 줄 알았느냐?
이방	그저 죽을 죄를 지었습니다. 통촉하옵소서.
어사또	아무리 위에서 시키더라도 그것이 부정한 짓이면 밥줄을 걸고서라도 만류해야 하거늘.
이방	하오나, 오늘 우리 사회가 어디 그렇습니까?
어사또	치아라, 임마. 너무 복잡하게 나오면 골치 아프다. 나도 어른들 사회가 그런 줄은 다 안다. 그래도 우리는 피끓는 학생이잖아, 이놈아야.
이방	그래도 연극이란 게…
어사또	까부지 마고 엎드레 임마, 확 고마. (달려 들 기세)
이방	(마지 못해 엎드리며) 니 이따가 연극 끝나고 보자.
어사또	자, 인제 담이 머로? (선생님 투로) 시방 진도가 어데여?

객석에서 또는 잽이 석에서 춘향 어쩌구 하는 대답이 나온다.

어사또	옳지, 그렇지. 여봐라.
역졸들	예.
어사또	인제 고마 춘향이 불러 온나.
역졸1	춘향이 대령하랍신다. (역졸들 나가는데…)

7장 마무리 마당

방자가 다급히 외치며 들어와 역졸들 놀라서 멈추고, 어사또 일어난다.

방자	아니여, 그게 아니어라. 아직 춘향이 부를 때가 아니란 말이여.
어사또	아니, 넌 방자가 아니냐. 한데, 초장에는 종놈이 뛰어 나와서 아니라고 난리더니, 시방 잘 나가고 있는데 난데없이 니가 왜 나오냐, 응?
이방	국어책에도 방자는 안 나오는데,
방자	국어책 국어책 하지 말어, 죄인 주제에. 책에는 쪼매침만 실어 놓아서 방자가 안 나오지만, 사실 방자 빼고 춘향전 얘기가 되겠는가 이말이여.
이방	그래도 교과서에도 없는…
어사또	죄인은 입을 다물라. 방자의 말도 일리가 있다만, 오늘의 제목이 교과서 심층분석 어사또놀이, 곧 책대로 하기로 한 것 아니냐?
방자	도령님, 아니 어사또 나리. 제 얘기가 바로 그것이옵니다. 교과서 심층분석, 이것은 곧 책에 실어 놓은 부분의 숨은 뜻을 찾아 내자는 것이고, 어사또놀이라고 이름한 것은 춘향전이라 하여 한낱 연애 얘기로만 볼 것이 아니라, 불의를 다스리는 이상적인 어사또상을 제시하는데 촛점을 맞추자는 게 오늘 놀이의 핵심이 아니옵니까?
어사또	히야. 서당 개 삼년에 능풍월이라더니, 니가 그 동안 나를 따라 다니더니 제법 똑똑해 졌구나. 기특한지고. 그래, 어사또라 하면 만백성이 우러르는 공인 중에 공인일진대, 어사또가 되야 갖고서도 자리에 앉자마자 춘향이 타령부터 하니 니가 보기에 민망하다 그 말이로구나.
방자	그도 그러하옵고, 우리 교과서의 춘향가 부분이 탐욕스

럽고 비겁한 양반들을 풍자하고 징치하는 것이 그 핵심이 아니옵니까. 저 소리를 들어 보소서. 우리 교과서 구십 칠 쪽 스물 네 째 줄입니다.

무대 갑자기 어두워지고, 왼쪽 배경막 앞에 한시를 쓴 대형 족자가 내려져 핀 라이트를 받는 가운데, 판소리의 영시가 유장하게 흘러 나온다. 모두들 숙연히 듣고 섰다.

효과 : 판소리 녹음 (금준미주 천인혈)

판소리　　금준미주는 천인혈이요, 옥반가효 만성고를, 촉루낙시에 민루낙이요, 가성고처 원성고라.

어사또　　허허허, 오랫만에 진짜 고전의 향기를 쐬니 가슴이 훈훈해져 오는구나. 으음. (갑자기 억양을 바꾸어) 근데 이게 맹 아까 내가 하던 거 아니라, 임마? 도처에 피눈물지니 백성들만 불쌍타, 이거 아이래? 그리고 방자 니는 하나는 알고 둘은 모른다. 교과서 심층분석 어사또놀이, 이게 결국 뭐로? 결국은 놀이다 이말이다. 놀이는 놀이 나름의 문법이 있고 놀이 나름의 흐름을 타야 되는기라. 근데 이게 뭐로? 니가 분위기 다 깼잖아. 유식한 척하는 게 놀이가 아니란 말이다. 그럴라면 차라리 연설을 하제. 그르이께 인제 고마 드가라. 좋은 말로 할 때 말 들어래이.

방자　　그래도 주제가 있어야….

어사또　　(방자 입을 틀어막으며 밀어 낸다) 시끄럽다 임마, 웃을

	때 실컷 웃고 보면 주제는 저절로 생각나는 거지. 국어공부도 못하면서 주제 타령부터 하고 있어.
방자	(밀려 나가며) 그래도 어사또 니 체면은 채리래이.
어사또	(객석으로) 내 이런 얘긴 안 할라 했는데, 저 놈이 사실은 옥졸을 맡았는데, 그건 대사가 하나밖에 안 나온다면서 방자라도 하겠다고 그렇게 우기더니 결국 사고를 치는구먼. 여러분들, 애교로 봐 주시고 진도 나가 봅시데이. (역졸에게) 야, 진도 어데여?
역졸1	(갑작스런 물음에 어정쩡하다) 야?
어사또	아까 어데까지 했어, 이늠들아. 눈 떠라 눈 떠, 잠 깨!
잽이	춘향이 부르다가 못 불렀지.
어사또	옳지, 춘향이. 오 마이 달링 춘향이. 오 맬 볼망 춘향이. 춘향아--. (우왕좌왕 정신 없이 헤매다가) 아참, 이래 하면 안 되겠지. 방자의 충고도 있었고 하니, 체신을 좀 지켜서. (단상으로 올라 이자에 앉으며) 여봐라.
역졸들	예.
어사또	대아형리를 뫼셔 오고, 옥죄인을 대령하라.
역졸1,2	예. (1,2 각각 다른 방향으로 나간다)
이방	인제 진짜로 하는 게라?
본관	그래 임마, 무릎 똑바로 꿇어.

역졸 1과 대아형리 들어 온다.

역졸1	대아형리를 뫼시고 왔습니다.
대아형리	하명하소서.

어사또	대아형리는 이 자들을 엄히 다스리시오.
대아형리	분부 거행하겠습니다. (죄인들에게) 네놈들은 국록을 받아 먹는 관리로서, 백성들을 하늘같이 받들어 태평성대를 구가토록 함이 소임이거늘, 하물며 어진 백성들을 수탈하여 네놈들 배때지를 채운단 말이냐.
역졸1	아뢰어라.
죄인들	아무 것도 기억이 안 납니다.(일제히 마스크를 쓴다)
대아형리	허허. 이 놈들 보게. 조사하면 다 나와 이놈들아. 어험. 내 이자들을 차근차근히 조사하여 엄벌을 내릴 것인 즉, 역졸들은 이들에게 칼을 씌워 옥에 가두고, 한양으로 압송할 채비를 차리라.
역졸1	예.(데리고 나간다)
대아형리	근데 어사또 나으리. 이놈들 수사를 어느 선까지 하올지.
어사또	대아형리는 그게 무슨 소리요?
대아형리	이놈들 중에 윗전에 선이 닿아 있다면 곤란한 일이 아니옵니까?
어사또	어허, 문민 시대에 거 무슨 망발인고.
대아형리	아, 예. 분부 잘 받들어 처결하겠습니다.

이 때 역졸2가 칼 쓴 춘향을 데리고 나온다. 향단, 월매, 뒤따라 울며 나온다. (혹은 향단과 월매는 코러스에서 떨어져 나온다)

역졸2	옥죄인 대령이오.

(춘향유문- 아리아)

어사또	해칼하라.
역졸2	예, 해칼.(칼을 벗긴다)
어사또	대아형리는 백성들의 어울한 일이 없도록 잘 살피시오.
대아형리	지은 죄가 무엇인고?
향단	아가씨, 기운을 내세요.
역졸2	예, 관정 발악을 하고 관장을 능욕한 죄이옵니다.
월매	뭐 허는 기여, 이것아. 어여 잘못했다고 빌어.
대아형리	관정 발악을 했다면 공권력에 대한 중대한 도전 행위가 아니냐? 네 이년. 그러고도 살기를 바라느냐?
춘향	벼슬을 빙자하여 부당한 영을 내리시니 어찌 순종만 할 수 있겠나이까.
대아형리	부당한 영이라니, 도대체 그것이 무엇이더냐?
춘향	사또라 하는 벼슬은 이 골 저 골 이목을 염탐하여 백성들의 도덕을 바로잡는 것이 근본일진대, 일부종사하려고 수절하는 소녀에게 수청을 들라 히었습니다.
어사또	일부종사라. 그러면 지애비의 성씨가 무엇인고?
춘향	외얏니자 이부로소이다.
어사또	나도 외얏니자 성을 쓰니 내 수청은 들으렷다?
월매	듣는다고 해라 그냥.
향단	에그에그, 그러면 그렇지. 맞어맞어.
월매	맞다니 게 뭔 소리여.
춘향	초록은 동색이요 가재는 게 편이라더니, 내려오는 관장마다 개개이 명관이로구나. 수의사또 들조시오. 층암절벽 높은 바위 바람 분들 무너지며, 청송녹죽 푸른 남기 눈비 온들 변하리까. 소녀의 일편단심 어사또 할애비가 와도

훼절할 수 없사오니 어서 빨리 죽여 주시오.

어사또　흐음 기특하고 가긍하다. 인제 고마,

대아형리　아니아니, 쪼까 남았십니다. 그리고, 근래에 수상한 자와 접촉을 하기 위해 한양에 서신을 보내고 한다는 소문이 있는데, 그것이 사실이냐?

춘향　백년을 기약하고 떠난 낭군, 소식이 돈절하여 소녀 죽기 전에 소식이나 듣고 죽을까하여 서신을 보냈삽고, 간밤에 옥중에서 비몽사몽간에 상봉을 하였습니다.

대아형리　에, 이상의 심리 결과, 피고 성춘향은 인간의 평등의식과, 불의에 항거하는 곧은 정신을 보여 주었으며, 날로 문란해져 가는 남녀간의 윤리 도덕을 회복하는 데 기여한 바크므로 오히려 포상을 함이 마땅한 줄 아뢰오.

어사또　포상이라면 이 정도로 족하지 않을까.(자신의 몸을 가리키며)
　　　　춘향아, 고개를 들라.

향단　옥지환은 잃어버린게비여.

춘향　(놀랍고 반가와 하다 천천히 고개를 들고 −창 조로) 아이고, 서방님−−. 아이고 서방님−−.(쓰러진다)

월매　난 벌써 알았는디, 쟈는 인쟈 알았는갑제?

어사또　(단상에서 내려와 춘향의 손을 잡으며) 그간 고생이 많았소. (향단, 월매에게) 허허−, 많이들 놀랬제?

월매　에이그, 우리 사위님. 참말로 장하시구만이라. 간밤에 오셨을 때 난 하마 눈치챘다구. 소문날까봐 내 일부러 모른 척하고 괄시를 했는데, 우리 사위님, 속 모르고 노여웠지? 나도 그러고 보면, 참말로 속 하나는 깊은 년이여.

향단	에이그, 거짓말. 암만 그래도 라면 하나 안 끓여 주는 장모가 어딨어요?
어사또	그래도 별당에서 치성 드리는 장모 보고 속으로 내 많이 울었소.
월매	암, 누구 덕에 어사 됐게. 다 이 장모 치성 덕이제. 여보시오, 벗님네들. 아들 낳기 소원 말고 춘향 같은 딸을 낳아서 서울 사람 오거들랑 두말 말고 사위 삼소. 얼씨구나 좋을시고, 지화자자 좋구나. 이 궁둥이 두었다가 논을 살까 밭을 살까 (춤춘다)
관노	(관비와 함께 뛰어 나오며) 자 자, 이리하야 우리 어사또님, 인쟈 부정부패 척결하고, 더불어 잘 사는 세상 맹글 것이다 요런 얘기니께, 자, 여서 마무리 짓세들.
역졸	(다급히 외치고 들어온다) 어사또 나으리, 어사또 나으리.
대아형리	또 무슨 소라이냐.
역졸	파발이옵니다. (받아서 전한다)
어사또	얘기 다 끝난 판국에 웬 파발인고? (뜯어 본다)
[방송]	봉규야, 니 참 멋있다. 나, 너네들이 연극 하자고 할 때 안 한다 했던 종민인데, 그때 함께 못한 거, 지금 생각하니까 좀 속상하기도 하고, 미안하기도 하고…. 하여튼 너네들이 참 활기 차 보이고 무척 부럽더라. 그래서 객석에 앉아서, 나도 내가 평소에 느꼈던 기분을 몇 자 적어 보았어. 너네들 시조 놀이 할 때처럼 운자를 써서 말이야. 내가 우습지. 근데 부탁 하나 하자. 끝나기 전에 이거 한 번 읊어 줬으면 해. 운도 띄우면서 말이야.

관노	자. 내가 운을 띄울테니까 큰 소리로 읊어 봐. 변.
모두	변화다 개혁이다 구호는 무성한데
관노	학.
모두	학교나 집에서나 공공공 부부부부
관노	공공공 부부부부?
관비	어이그, 지겨운 공부공부공부…
관노	시끄럽다. 도.
모두	도망을 가고 싶어도 어디 간들 편하리
어사또	어디 간들 편하리. (잠시) 야. 참. 나도 도망치고 싶었던 순간들이 많았지.
월매	나도 지난 중간고사 치다가 도망칠라 했었는데,
어사또	시끄럽다, 임마. 이거, 종민이가 우리 학생들 모두의 마음을 대변하는 것 같구나. 우리 학생들의 이런 마음 진짜로 알아 주는 진짜 어사또는 어데 있을꼬…(여기 안 계십니까?) 내일 학생의 날을 맞이하여 학생들이 보내 드리는 기념 메시지로 알아 주시기를 바랍니다. 종민아, 너무 고민하지 마라. 그게 다 액이다, 액. 그러니 우리 다 함께 액맥이 타령을 기운차게 불러서 고민, 갈등, 근심, 걱정 다 날려 버리자.
모두	좋다. 쳐라.

액맥이타령 합창하며 출연자들 모두 나와 몇몇씩 인사하고, 인사하고, 인사하는 가운데 막이 내린다.

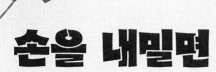

손을 내밀면

김남임 / 태안여중연극반

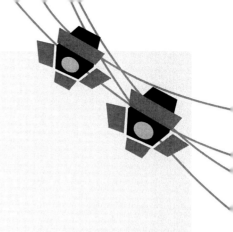

연출의 말

현실에서 막노동으로 생계를 꾸려가는 아버지와 다소 부족함을 겪는 지적장애 형, 거기에 비해 똑똑하고 착하기까지 한 동생과 친절하며 희생적인 엄마의 모습은 어쩌면 꿈일지도 모른다. 삶이 팍팍할수록 아버지는 술에 의존하거나 폭력적일 수 있으며 부족한 형 때문에 동생은 갈등 속에서 현실에 적응하기가 어려울 수 있기 때문이다. 그런데 연극 속에서나마 넉넉하지 않지만, 소박하게 살고 있는 우리 주위 사람들의 삶을 표현하고 삶의 과정에서 겪는 어려움을 어떻게 극복해나가는지를 표현함으로써 따뜻한 세상에 대한 희망을 주고 싶었다.

노점상이라는 설정도 소박하고 가난한 우리 이웃을 드러낸 것이고, 가장이 건강상의 문제가 생겼을 때 생활전선에 뛰어들 수 밖에 없는 엄마의 모습을 통해 가족이 마음을 모으고 힘을 합하여 문제를 해결해 나가는 씩씩함을 표현하고 싶었다.

학생연극이다보니, 결말은 희망적으로 밝게 가고 싶었고 그래서 아빠 건강의 회복과 함께 다시 가족이 하나로 모아지는 모습을 보여줌으로써 상투적이고 의례적일 수 있는 결말이지만, 그래도 희망을 갖고 살아가는 우리 주변의 평범하지만 하루하루 착하게 열심히 살아가는 사람들의 모습을 표현하고 싶었다.

등장인물

아빠

엄마

민호

수호

아저씨

웅열

대석(반장)

병선

인우

선생님

행인 1, 2, 3

깡패

1장 공사장

바쁘게 움직이는 공사장 현장의 모습 (※공사장 입간판-안전제일)
삽질하는 사람1, 2, 망치질하는 사람, 짐을 나르는 사람, 부르고 대답하는
공사장 현장 감독과 인부들(코러스-의상), 빠른 동작으로 활기찬 공사장
분위기를 연출한다.

〈 음악 〉
그러다가 지게를 지고 힘겹게 발걸음 옮기는 아빠와 아저씨가 각각 등장
하면 코러스들은 배경으로 전환한다.
(나무 상자 의자 위에 올라가 나무 역할을 한다)

아빠	(지게에서 짐을 부린 후에, 지게를 내려놓고 허리를 펴며) 아이고, 아이고 힘들어. (힘든 표정과 말) 휴 (허리춤에서 물병을 꺼내 마신다)
아저씨	(역시 지게를 내려놓고 깍두기의자에 앉으며) 한씨! 나도 물 한 모금 주게.
아빠	(물을 내밀어 주며) 여기 있수.
아저씨	(물을 마신다) 휴, 한씨 힘들지?
아빠	(목에 걸었던 수건으로 몸을 털며) 늘 하던 일인데요, 뭐. 이깟 것 갖고 힘들다고 하면 안 되지요.
아저씨	쉬엄쉬엄 해. 날도 더운데.
아빠	예. 그러지요. (나무 아래 걸터앉는다) 얼마 전만 해도 그렇게 비가 퍼붓더니, 이젠 완전히 찜통더위네요.
아저씨	그래, 집식구들은 별고 없고?

아빠	예 형님. 별 일이랄 게 있나요, 뭐.
아저씨	참 큰 놈이 올해 중학교 갈 나이 아니든가?
아빠	예. 중학교 입학했어요. 그놈 중학교 보내느라 안식구가 맘고생 좀 했지요.

〈회상〉
무대 한쪽에 탑 조명 켜지면 엄마 서 있다, 공사장 배경은 조명 아웃되고 아빠는 가운데 탑 조명 속으로 나와 엄마와 대화한다.

엄마	우리 민호가 남들과 좀 다르다는 것 저도 인정해요.
아빠	그러니까 나는, 특수학교 쪽도 생각해보자는 거야.
엄마	(섭섭해 하면서) 여보, 민호가 그 정도는 아니잖아요? 요즘은 통합교육이라고 해서 학교마다 특수학급도 있구요.
아빠	민호가 일반학교 가서 제대로 생활할까? 초등학교 때도 그렇게 힘들었는데 말야.
엄마	적응해야죠. 사회 나가면 어차피 다 섞여 살아야 할 텐데.
아빠	하긴. (고개를 끄덕이다가 한숨을 쉬며) 휴, 민호가 조금만 나아졌으면 좋겠는데 말야.
엄마	그래도 요즘은 당신이 준 농구공 하나로 얼마나 행복해하는지….
아빠	민호가 그리 된 게 나 때문인걸. 내 죄가 크지.
엄마	아녜요. 당신이 열심히 살아줘서 지금 난 너무 고맙고 행복해요. 민호도 아빠가 세상에서 최고래요. 후후.
아빠	(쑥스러워하며) 학교선 뭐래?
엄마	특수학급이 있어서 입학가능하대요. 담당 선생님도 만났

고요.

아빠	그래? (고개를 끄덕이며) 그랬군. 하여튼 당신 애쓰는 건 알아줘야 해. 허허.
엄마	너무 걱정 말아요. 민호도 저도 잘 해낼 테니….
아빠	당신 맘고생이 크군.
엄마	(밝은 표정으로) 맘고생은요, 뭘. 당신이 늘 애쓰시죠. 그나저나 우리 민호 교복도 맞춰야 하고 할 일이 많네요.

'탑 조명' 꺼지고, 다시 공사장으로 조명 들어온다.

아저씨	그래 큰 놈 학교는 잘 다니나?
아빠	그럭저럭요. '학습도움실'도 있고, 그 애들만 담당하는 특수교사도 있으니까요. 참, 우리 아들 교복 입은 모습 좀 볼랍니까? (휴대폰에서 사진을 찾아 보여준다)

이 때 무대 한 쪽 탑 조명 속에서 첫째 민호가 교복을 입고 좋아하는 모습 나타난다.

아빠	어때? 잘 생겼나요? (흐뭇한 표정으로 웃는다)
아저씨	(휴대폰을 다시 아빠에게 넘겨주며) 그려. 아주 자알 생겼구먼. 그런데 자네는 어째 그리 큰 놈만 이뻐하나? 작은 놈이 훨씬 실하지 않남? 작은 놈은 공부도 그렇게 잘 한다면서?
아빠	(자랑스러워하며) 헤헤. 예. 학원도 한 군데 못 보내는데 이놈이 성적을 꽤 받아 오네요. (약간 무거운 마음으로)

	하지만 큰 놈은 아무래도 별스런 놈이다 보니 마음이 더 쓰이는구먼요.
아저씨	하긴 열 손가락 깨물어 안 아픈 손가락 없지. 그나저나 이 놈의 몸뚱이나 온전해야 자식놈들 뒷바라지 끝까지 할 텐데 말여.
아빠	그럼요. 내가 건강해야지. 아, 그래야 자식놈들 크는 거두 보구 장가가는 거두 볼 거 아닌가요. 참, 형님 아들은 올해 대학 들어갔다고 하지 않았수?
아저씨	들어갔지. 휴— 죽어라 공부해서 대학 갔는데 등록금이 좀 쎄야 말이지. 한 학기를 마치고 지금 휴학했네, 학비를 번다고…. (한숨을 쉬면서) 이게 다 경제력 없는 못난 애비 만난 죄지 뭐겠나?
아빠	허긴. 우리 같은 막노동꾼들이 자식새끼 대학교육 시키는 게 보통 일은 아니지요.
아저씨	자식놈이 죽자구 공부해서 대학 붙어준 것만도 감지덕지인데…. (다소 격앙된 목소리로) 오죽하면 반값 등록금 얘기가 나왔을라구. 그렇다고 대학 안 나오면 사람대접도 못 받는 세상인데 대학을 안 보낼 수도 없는 노릇이구 말야.
아빠	(고개를 끄덕이며) 예. 그렇죠. 어쨌거나 (일어서며) 자, 기운 냅시다. 일 해야죠. 한 푼이라도 벌어야 자식들 뒷바라지도 하죠.

다시 일을 시작하는 아빠와 아저씨. 삽질과 망치질을 부지런히 한다. 이때 아빠가 망치질을 하다 잠시 비틀거린다.

아저씨	어! 한씨! 왜 그래?
아빠	아니에요. 잠깐 현기증이 나서요. (일을 계속 한다. 망치질을 몇 번 하고, 또 쓰러지려 한다)
아저씨	한씨! 괜찮아? 이사람 큰 일 나겠네. 좀 쉬지 그래?
아빠	아니에요. 괜찮아요. 아무렇지도 않아요. (계속 일을 하다가 결국 쓰러진다)
아저씨	(놀라며)어, 한씨!! 이 봐, 정신 좀 차려 봐. 한씨! 한씨! (급하게 휴대폰으로 119를 누른다) 여보세요? 거기 119죠?

〈음향〉 응급차 싸이렌 소리

2장 시장길

민호와 수호가 길거리를 걷고 있다. 민호는 농구공을 들고 있다.

민호	(농구공을 몇 번 튕기다가) 수호야. 우리 아빠 왜 저렇게 누워만 있어? 우리 아빠 하늘나라 가는 거야?
수호	아니야 형. 아빠가 너무 피곤해서 주무시는 거야.
민호	잠자는 거라구? 아니야. 거짓말 마! (울먹인다) 무슨 잠을 저렇게 만날 자?
수호	형. 왜 그래? 형은 그럼 진짜 아빠가 하늘나라 가면 좋겠어?
민호	아냐. 싫어.

| 수호 | 그것 봐. 지금 아빠는 주무시는 거야. 엄마가 그랬단 말이야. |

민호 말없이 공을 튕긴다. 수호가 분위기를 바꾸려는 듯 밝고 경쾌한 목소리로 말한다.

수호	형. 거북선 다섯 번만 외쳐 봐.
민호	거북선? 왜?
수호	에이. 시키는 대로 한 번 해 봐.
민호	'거북선', '거북선', '거북선', '거북선', '거북선'
수호	형! 세종대왕이 만든 배는?
민호	배? 세종대왕? 어어 세종대왕은 한글 만들었는데…. 배는 안 만들었는데….
수호	우와. 우리 형 무진 똑똑한데….
민호	히히히. 만화책에서 봤어.
수호	좋아, 그럼 이번엔 백설공주 다섯 번만 외쳐 봐.
민호	'백설공주', '백설공주', '백설공주', '백설공주', '백설공주',
수호	신데렐라와 함께 살던 난장이는 몇 명이게?
민호	어? 난장이? 몇 명이더라…. 우이 씨! 알았었는데…. 9명? 8명?
수호	에이. 형! 신데렐라가 언제 난장이랑 살았어. 백설공주랑 살았지.
민호	응? 백설공주? 신데렐라? 아! 그렇구나. 하하하

거리의 끝. 엄마가 노점상을 벌인 곳에서 열심히 과일을 손질하고 있다.

간간이 엄마가 수건으로 이마 위의 땀을 닦는다.

민호, 수호	엄마!
엄마	아이고, 내 새끼들…. 시장엔 왜 왔어?
수호	아빠 병원 들렀다가 엄마 보고 가려구요. 엄마, 많이 팔았어요?
민호	엄마! 아빠 아직도 자. 만날 자. 아빠 언제 일어나? 빨리 일어나야 민호랑 놀지.
엄마	그래. 민호야. 아빠 아직도 주무셔. 그동안 아빠가 너무 피곤해서서 그래서 오래 오래 주무시는 거야.
민호	엄마! 아빠 그만 자라고 해. 일어나라고 해.
엄마	민호야. 민호가 중학 생활 열심히 하고 아이들이랑 사이 좋게 지내면 아빠가 일어나서 다시 민호랑 놀아 주실 거야.

민호가 공을 갖고 놀고 있다.

수호	(다소 시무룩하게) 엄마, 학교에서 영재 캠프 가야한대.
엄마	(반기며) 그래? 아유. 우리 아들 공부 열심히 하더니 영재 캠프도 가네.
수호	그런데 엄마, 캠프비 내야 해. 좀 많이.
엄마	(걱정스럽게) 얼만데?
수호	십오만 원
엄마	그래? (한숨을 내 쉬며) 휴…. 그래. 알았어. 엄마가 알아서 해 줄게. 수호야. 형 데리고 어서 집에 가.

수호	엄마! 아빠 병원비도 힘든데… 나 영재캠프 안 갈까봐.
엄마	그게 무슨 소리야. 우리 아들 공부 잘해서 영재하는 건데…. 걱정하지 마. 엄마가 알아서 할테니까. 응?
수호	그래두….

민호 공을 가지고 놀다가 수호가 하는 얘기를 듣고 나서

민호	수호야, 너 캠프 가? 좋겠다. 캠프 가면 재미있게 노는 건데….
수호	(형을 어이없어 하다가) 그래. 좋다.
엄마	어서 집에 가. 얘들아. 가서 숙제해야지.
수호	엄마 좀 도와드리고 갈게요.(깍두기 상자를 옮긴다)
민호	엄마 도와요. 엄마 도와요. (함께 옮긴다)
엄마	아니야. 여긴 엄마가 알아서 할게. 어서 가.

갑자기 쏟아지는 소나기.
엄마가 큰 우산을 펼친다. 우산 속에서 비를 쳐다보는 모자.
'탑 조명'으로 전환되어 천천히 암전된다.

3장 교실

아이들이 제각각 떠들고 있다. 책벌레 민서는 책을 읽고, 민호는 농구공을 갖고 논다. 몇몇 아이들(웅열, 대석, 병선)이 게임 얘기를 나누고 있다.

웅열	야, 나 어제 메이플 90 찍었다.
대석	그으래? 난 겨우 60 레벨인데…
웅열	크크크. 앞으로 형님으로 모셔.
병선	(자리에서 일어서며) 아이엠 그라운드 할 사람! 모여.
웅열, 대석, 인우	좋아!

(아이 엠 그라운드 나라이름 대기) 웅열, 계속 게임을 틀려 맞는다. 〈인디 안 밥' 게임〉

웅열	에이 씨. 안 할래. 맨날 나만 걸려.
대석	그러니까 리드음~~을 타야지 짜샤. (일어나 자리로 돌아간다)
인우	(손가락으로 웅열을 가리키며) 크-크-크

(역시 예상한 대로 일어나 자기 자리로 돌아가 앉는다)
이 때 민호가 가지고 놀던 공이 굴러와 웅열의 발에 걸려 넘어질 뻔 한다.

웅열	야 짜샤. 제대로 안 해?

(공을 던지려 하다가 대석, 인우와 어울려 공을 던지고 민호에게 약을 올린다)

민호	어, 내 공! 내 공. 이리 줘.
웅열	(공을 가지고 놀며) 가져가. 가져가라니까 병신.
인우	야, 이리 패스.

민호	내 꺼. 아빠가 준 거야. 빨리 줘.
대석	나한테도 던져. (인우가 던진 공을 받는다)
민호	줘. 줘.

이 때 선생님 들어오다가 이 모습을 본다. 아이들 얼른 공을 바닥에 던지고 자리에 앉는다. 민호가 달려가 공을 줍는다.

선생님	야! 오대석! 양웅열! 누가 교실에서 공놀이 하래. 엉?
웅열	어, 우리 공놀이 안 했는데요.
선생님	내가 봤는데도 딴 소리야? 너희들 일루 나와, 엎드려 뻗쳐! 오대석, 너는 반장녀석이. 어째 하는 짓마다 그 모양이냐?

대석이와, 웅열이가 투덜대며 나와 벌을 선다. 인우와 병선이는 모른 척하며 척 딴 짓을 한다.

선생님	민호야. 공은 쉬는 시간에 운동장 나가서 가지고 놀아라!
민호	예. 선생님.

선생님 교실을 한 바퀴 둘러본다. 민호는 공을 만지작거리고 있고 책벌레 민서는 고개를 숙인 채 책을 읽고 있다. 대석이, 병선이만 선생님을 쳐다본다.

선생님	자, 여러분 드디어 2회고사 성적이 나왔습니다.
학생들	우———!

선생님	'가민서' (민서가 대답한다)
	일어 서. 자! 여러분 박수~~. 우리 반의 가민서가 전교 1등이다. 축하한다.
학생들	(모두가 박수를 치며) 와!

벌 받던 아이들도 은근슬쩍 일어나 박수를 친다.

선생님	야, 거기 두 놈 누가 일어나래? (아이들 얼른 다시 벌을 선다) 그런데 우리반은 이번에도 역시 1등이다. 끝에서 말야. 이거 이거 이래서 되겠나?
인우	어차피 우리 반은 안 돼요.
선생님	무슨 소리야?
인우	(민호를 가리키며) 전교 1등 있으면 뭐해요? 평균 깎아 먹는 놈이 있는데….
선생님	야, 임마. 쓸데없이~~. (정색하며) 노력하면 되는 겁니다. 노력이 부족해서 그래요. 그런 의미로 오늘 우리 반은 7교시 남는다!
병선	에이 또야. 아, 짜증나.
선생님	누구야? 지금 짜증난다고 말한 게.

학생들이 쥐 죽은 듯이 조용해진다.
벌을 받던 웅열이가 선생님이 모르게 '누굴까요?' 라고 얘기하며 분위기를 흐트려 놓는다.

선생님	야! 너희 둘! 너네는 8교시야 임마. 그 때까지 영어 깜지

10장 채워! (퇴장한다)

웅열이가 일어나 민호의 멱살을 잡으며 시비를 붙으려고 한다. 이때 수업
종이 울리고, '수업 준비해라!'는 선생님의 목소리가 들리자, 웅열과 대석
이가 싸움을 포기하고 제자리로 돌아간다.

〈암전〉

'탑 조명' 들어오면 웅열이가 민호의 가방을 털어낸다. 가방 속의 물건을
뒤적거리다 사진이 나오자 마구 찢어버린다.

〈암전〉
민호의 비명소리와 함께

조명 IN

민호   으아! 아빠. 아빠~~! (민호가 찢어진 사진을 들고 있다)

웅열이는 외면하고 딴 짓을 하고 있다. 다른 학생들이 모두 민호를 쳐다
본다.

민호   아빠. 우리 아빤데~~. 이거 없으면 아빠 눈 못 뜨는데
               ~~. 어떡해! 으아!

민호가 수선을 피우는 바람에 교실이 혼란스럽다. 아이들이 민호에게 자

리에 가 앉으라고 손짓한다. 민호는 말을 듣지 않고 계속 시끄럽게 군다. 이때 선생님이 등장한다.

선생님	수업 준비 하랬더니 이거 교실이 왜 이래? 이러니 우리 반이 맨날 꼴등을 맡아하는 거 아냐?
민호	선생님. 아빠가, 아빠가…

찢어진 사진을 발견하고 선생님이 화를 낸다.

선생님	누구야? 누가 민호 사진 찢었어? 엉? (아무도 응답이 없다)
선생님	안 나올 거야? 좋아. 오늘 7교시 운동장으로 모여라. 어디 한 시간 동안 "엎드려 뻗쳐!" 해 봐. 그래도 안 나오나.

(퇴장한다)

웅열이가 민호에게 달려든다. 민호를 둘러싼 아이들이 서로 몸싸움을 한다. ('자석과 지남철 놀이' 이용한다)

(조명 – 사이키 조명 후에 암전)

4장 시장길

엄마, 열심히 야채와 과일을 팔고 있다. 행인 1, 2 등장한다.

행인1	민서 엄마, 이번에도 민서가 1등을 했다면서요? 어쩜 민서는 그렇게 공부를 잘 하죠?
행인2	아유, 아니에요. 호호호.
행인1	에휴, 우리 현규는 이번에도 형편없네요.
행인2	그래요? 저런 쯧쯧쯧
엄마	야채 사세요. 과일 사세요.
행인2	현규엄마, 내가 과일 한 턱 낼까?

행인1, 2 과일을 고른다. 행인2가 유난히 뒤적거린다.

행인2	길거리 장사라 그러나 과일이 시원치가 않네.
행인1	괜찮은 것 같은데~~.
행인2	아니에요. 별로야. 우리 마트로 갑시다.(퇴장)

행인1, 2 퇴장 후 엄마 어이없어 하다가 다시 행인 3을 맞이한다.

행인3	음, 참외가 참 맛있게 생겼네.
엄마	아이고 어서 오세요. 예. 참 맛있는 참외에요. 산지 직송이에요.
행인3	만 원어치만 주세요.
엄마	예. 예. 감사합니다. (참외를 포장한다)
행인3	많이 파세요.
엄마	예. 안녕히 가세요. 과일 사세요. 야채 사세요.
깡패	이거 얼만가?
엄마	아이고 어서 오세요. 예. 오천 원에 5개에요.

깡패	뭐가 이리 비싸. (물건을 함부로 만지면서) 그리 좋지도 않구만.
엄마	아니에요. 산지 직송이라 아주 싱싱하고 좋아요.
깡패	그리고 아줌마! 여기서 장사하는 거 누가 허락했지?
엄마	예? 그게 무슨 말씀인지….
깡패	아, 장사를 하려면 신고식을 해야 할 거 아닌가? (과일 좌판을 발로 찬다)
엄마	아니 왜 이러세요?
깡패	신고식도 안 하고 누가 장사하래?
엄마	신고식! 무슨 신고식?

깡패 손을 내민다. 엄마 어리둥절해 하다 정신을 가다듬고 다시 말을 잇는다.

엄마	오호라. 자릿세 받자고 행패인 모양인데, 요즘 시대가 어느 땐데 이래! 그리고 이 자리가 니 꺼니? 니가 언제 전세 냈어?
깡패	아니, 이 아줌마가 아주 매운 맛을 봐야 알겠구만. (계속 물건을 부순다)
엄마	아이고…. 아이고! 내 수박, 참외 다 작살났네.

이 때 경찰의 호루라기 소리 들린다. 깡패 놀라서 달아난다. 엄마가 부숴진 과일과 물건을 주섬주섬 챙긴다. 이때 수호가 나타난다.

수호	엄마! 괜찮아?

엄마	어? 우리 수호구나. (앞치마로 눈물을 닦으며) 웬 일이야? 엄마 장사하는 데 나오지 말라니까.
수호	저 자식 나쁜 놈이지? 내가 그런 것 같아서 호루라기 분 건데….
엄마	그랬니? 아이고 우리 수호가 엄마를 도와주었구나. 어? 그런데 형은 어쩌고 너만 왔어?
수호	형 오면 같이 오려고 했는데 아무리 기다려도 안 와서 말야. 그래서 엄마한테 들렀다가 아빠 병원 가려고 했지.

엄마 핸드폰이 울린다.

엄마	여보세요? 아이고 선생님. 안녕하세요. 예? 우리 민호가 싸움을요? 예. 예. 죄송합니다. 예. 선생님. 알겠습니다. 안녕히 계세요.
수호	무슨 일이에요? 엄마!
엄마	글쎄 형이 학교에서….

이 때 민호가 울면서 등장한다. 엄마에게 다가온다.

민호	엄마
엄마	민호야. 엄마가 뭐랬어? 친구들이 너에게 친절하지 않아도 참으라고 했지! 중학생 되면 더 많이 참아야 한다고 했지!
민호	친구 아냐. 나빠! 애들이 아빠 사진을 찢었어. 나빠! (운다)

엄마가 말없이 민호를 안아준다. 수호가 엄마와 형을 함께 안는다.

5장 체육시간

아이들이 준비체조를 하고 있다. 선생님께서 농구공을 들고 등장한다.

반장(대석)	차렷! 경례!
아이들	안녕하세요?
선생님	그래 오늘은 지난 시간에 예고한 대로 농구 시합을 하겠다. 지는 팀이 이기는 팀에게 아이스크림 산다고 했지?
아이들	예.
선생님	오대석, 양웅열, 한민호 한 팀, 이병선, 이인우, 가민서 한 팀
대석, 웅열	우이 씨. 왜 하필이면 저 자식이야.
선생님	불만 있나? (아이들을 쳐다본다. 아이들 대답을 못 한다) 자, 시작!

아이들이 농구시합을 한다. 선생님이 뒤에서 심판을 보고 있다. 대석이 팀이 먼저 한 골 넣고 다시 병선이 팀이 한 골을 넣는다. 민호는 여기서도 소외당한다. 웅열이가 공을 막지 못하자 병선이 팀이 또 한 골을 더 넣는다.

대석	야, 양웅열! 막으라고 했잖아!
웅열	어, 미안, 미안.

아이들이 다시 농구시합을 진행한다. 다시 병선이 팀이 리드를 한다. 이때 민호가 끼어들어 한 골을 넣는다. 아이들이 모두 좋아한다. 다시 민호가 한 골을 더 넣어 3:2로 웅열팀이 이긴다.

웅열	어, 한민호. 제법인데.
대석	그러게. 누구보다 훨 난데…. (웅열이가 대석이를 째려본다)
웅열	야, 민호야! 너 농구 잘한다.
민호	응? 민호 농구 좋아해.
선생님	자, 오늘 경기는 웅열팀 승! 병선팀은 내일까지 아이스크림을 사온다. 알겠나?

수업을 마치는 종이 울린다.

선생님	이상. 수업 끝.
반장(대석)	차렷! 선생님께 경례!

아이들은 제각각 교실로 들어간다.

대석	야, 웅열아. 우리 민호한테 한 턱 쏴야 하는 거 아냐?
웅열	그러게. 야, 민호야.
민호	(교실로 가려다 말고) 응?
웅열	오늘 수업 끝나고 스쿨피자로 와. 우리가 쏠게.
민호	피자? 응. 맛있겠다.
대석	모처럼 인심 쓰는 거니까 시간 잘 맞춰라.

민호	어? 근데 민호는 학교 끝나면 병원 가.
웅열, 대석	병원? 왜? 너 어디 아파?
민호	아빠가 병원에서 맨날 잠만 자. 아빠 얼굴 봐야 해.
웅열, 대석	그래?
민호	아빠한테 가서 잠 깨워야 해. 그래도 안 일어나.

(시무룩해 하면서 퇴장한다)

웅열과 대석이가 무언가를 의논하다 퇴장한다.

6장 병원 마당

마당에 나무 한 그루가 서 있다. 휠체어를 탄 아빠. 엄마가 휠체어를 밀고 수호가 옆에서 함께 민다. 민호가 즐거운 기분으로 마당을 뛰어다니다 휘청한다.

엄마	민호야. 조심해. 넘어질라.
민호	예. 엄마.
수호	엄마, 형 기분이 무지 좋은가봐. 아빠 깨어나셔서.
엄마	그런 것 같구나. (아빠의 옷매무새를 만져주며) 엄마도 너무 좋다. 아빠가 일어나셔서.
수호	그런데 아빠가 왜 말씀은 안 하셔?
엄마	아직 완전하게 회복이 안 되어서 그렇대.
수호	언제쯤 다 낫는대?

엄마	의사 선생님이 희망을 가져보자고 하시니까….

민호가 병원 마당에서 놀다 등장하는 웅열과 대석 그리고 선생님을 발견한다.

민호	어, 웅열이다. 대석이다. 어? 선생님도 있다.
웅열	야, 민호야.(대석과 웅열 엄마에게 인사한다)
엄마	어머 선생님 안녕하세요?
선생님	민호 어머니 안녕하세요?
엄마	너희들은 민호 친구들인가?
대석	예. 그동안 민호랑 사이좋게 지내지 못해서 죄송했어요.
엄마	(말없이 고개를 끄덕인다)
웅열	(사진을 건네며) 민호야. 이거.
민호	어, 아빠다. (사진과 아빠를 번갈아보며) 근데, 이젠 이거 없어도 되는데…. (웃으며) 우리 아빠 잠 깼어.
선생님	저, 어머니. (봉투를 내밀며) 작은 정성이지만 받아주세요. 민호 아버님 병원비에 조금이라도 도움이 되었으면 하구요.
엄마	아이고, 이게 뭐예요? 선생님…
선생님	저 녀석들이 민호 사정을 알고는 아이들에게 성금을 걷었지 뭡니까? 허허.
엄마	(눈물을 훔치며) 고마워서 어쩐대요. 애들아, 고마워.
대석	(쑥스러워 하다가) 민호야. 너 메이플 할 줄 알아?
민호	응? 그게 뭔데?
웅열	(닌텐도를 꺼내 주며) 이거 말이야.

나무 아래 앉아 민호 메이플에 열중하고, 대석과 웅열 알려주며 웃는다. 수호는 아이들이 게임하는 것을 어깨너머로 구경한다. 엄마와 선생님이 서로 대화를 나누고 있다. 아빠가 말없이 웃는다. 나무가 바람에 흔들린다.

음악 나오며 암전.

너도 그렇다

이인호 / 온양여고연극부 동아리

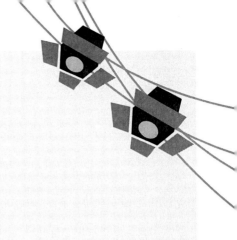

연출의 말

이 작품은 연극반 학생이기도 했던 새터민 진옥이란 학생의 체험을 바탕으로 다문화 시대를 살아가는 학생들이 겪는 문제들을 학교라는 공간 속에서 그려냈다. 새터민 뿐 아니라 이주노동자의 자녀 세리도 등장하여 이들이 한국의 학생들과 교실, 한국사회를 만나면서 어떻게 갈등을 겪고 헤쳐나가는가를 공동창작의 형식으로 담아냈다.

주제가 다소 무거울 수 있지만 갈수록 확대되는 다문화 가정의 학생들을 생각하면 오히려 현실성을 더해 간다고 볼 수 있다. 중간에 노래 등을 통해 더 마음에 닿게 표현할 수 있으나 노래가 어려운 경우 시로 전달해도 무방하겠다. 또 교실장면이나 수업장면을 활기차게 그려냄으로써 공감대를 넓힐 수 있을 것이다.

온양여고 학생들이 충남학생연극제 뿐 아니라 전국청소년연극제에서 공연했으며 천안교사극단 초록칠판의 정기공연 작품으로 관객들을 만난 작품이다.

등장인물

1장 진옥의 집

암전된 상태에서 눈보라 소리. 거친 숨소리.

진옥	아바지, 아직 멀었습네까?
아빠	쉿! 아바지 손 잡으라.

(사이)

진옥	아바지, 귀가 떨어져 나가는 것 같습네다.
엄마	왜 이케 잔말이 많니?
진옥	(넘어지며) 아!
군인	누구냐!
아빠	진옥아!
군인	거기서라우! (싸이렌 소리)
진옥	아바지!
아빠	날레 가라! 어서 가! 내레 저 사람들 반대쪽으로 유인할 테니 엄마 손 놓치면 안된다.
엄마	여보, 금방 따라 오시라요. (한 발의 총소리, 아버지 비명 소리)
진옥	아버지!
엄마	(불을 켜고) 또 꿈꿨네?
진옥	….
엄마	(한숨) 어서 더 자라.
진옥	(울면서, 잠결이다) 아바지가 죽었어. 아바지 어떡해?

엄마	(안아주며) 우리 진옥이… 어서 자라우. 내일 학교 가야지 않네.
진옥	…. (울면서 눕는다)
엄마	(누운 진옥을 토닥여 주다 진옥이 잠이 들자) 여보, 우리 진옥이 불쌍해서 어떡합니까? 돌아오지도 못할 당신 못 잊고서래 이렇게 매일 밤 기다리는데….

(사이)

엄마	그날 밤, 당신 비명소리가 들리고 내래 차마 뒤를 돌아 볼 수가 없었시요. 양 손에 진숙이 진옥이 손 꽉 잡고 미친 듯이 달렸디요. 그러고 보니 어느새 중국 땅이었습니다. 두 에미나이 한 없이 울 때 내래 울지 않았시요. 나만은 냉정해졌어야 했디요. 그러고 다시 뒤도 돌아보지 않고서래 중국 땅을 건너고 베트남에서 캄보디아까지 두 발로 걸어서 갔습니다. 2년 만에 남조선에 도착했을 때 그간 참았던 눈물을 한없이 흘렸어요. 당신과의 약속을 지키고 나서야 내래 가슴이 미어터질 것 같았시요. (사이) 여보, 진숙이는 서울에서 대학 다닙네. 진옥이는 내일 일반고등학교로 전학 갑니다. 말은 안해도 아덜도 많이 힘들거라요. 당신이 하늘에서라도 잘 좀 지켜봐 주시라요.

2장 학교

아직 아무도 오지 않은 빈 교실. 진옥은 교실 여기저기를 둘러보고 있다. 교실 안을 둘러보면서 2년 전에 헤어진 친구들 생각이 난다. 그 때 북한 여학생 여러 명이 대열을 지어서 노래를 부르며 등장한다. 진옥은 그 모습을 말없이 지켜본다.

길미	야야, 너네들 숙제 했니?
금실	에미나이! 니 또 숙제 안했니? 오늘 또 위생실 청소해야겠구만. (아이들 웃으며) 똥파리가 동무하자 하것다.
수련	야야! 우리 뜀줄 하자.
길미.금실	그래. 그래.
수련	진옥아, 너도 하자~
진옥	나?
수련	응~ (끌고 나오며) 같이 하자.
미애	진옥아, 나랑 꽁기 놀자~
수련	흥, 진옥이는 우리랑 뜀줄 할거다! 그치~?
미애	(진옥 손 잡고) 꽁기놀자~ 꽁기놀자~
진옥	하하. 그럼 뜀줄 먼저하구, 그 다음에 꽁기 놀자!
아이들	좋아. 짜자 짜자 저이전지셋! 저이전지셋!

아이들 노래 부르며 줄넘기를 하며 논다. 그러다 진옥은 중간에 나와서 노래를 같이 불러주며 아이들 노는 모습을 지켜본다. 진옥은 눈을 감고 추억을 회상하며 노래를 부른다.

〈산에 산에 산딸기 빨가운 산딸기 우리나라 산이 좋아 산에 산에 산대요〉

교사 등장하며 아이들 하나 둘 사라진다.

교사	진옥이? 너 진옥이지?
진옥	아~ 네! 안녕하십니까?
교사	왔구나. 교무실로 오지 그랬어.
진옥	아예. 그냥 교실이 어떤지 궁금해서.
교사	그랬구나. 웃는 모습이 너무 예쁘다.
진옥	아이, 아닙니다. 그런데 남조선에서는 몇 시까지 등교합니까?
교사	등교는 8시 반까지고 수업은 9시 10분부터야.
진옥	그렇습니까? 그저 우리 북에서는 신아침부터 학교가느라 난리도 아닙니다.
교사	신아침?
진옥	아, 신아침은 이른 새벽을 말합니다.
교사	그렇구나. 진옥이가 와서 그동안 북에 대해서 궁금했던 거 자주 물어 볼테니까 귀찮아하면 안돼. 알았지?
진옥	알겠습니다.
교사	근데 말이야. 이따가 다른 아이들이 오면 진옥이를 소개를 해야 하는데 북에서 왔다는 말을 해도 되겠어?
진옥	네. 선생님, 저는 새 동무들과 스스럼없이 속에 있는 말다 하면서 북에 있던 동무들처럼 잘 지내보고 싶습니다.
교사	그래그래. 숨기고 맘 졸이는 것보다 그게 좋겠다. 그런 마음가짐이면 잘 해낼 수 있을 것 같아. 어려운 점이 있으면

	망설이지 말고 상의해. 알았지?
진옥	네! 알겠습니다. 선생님, 감사합니다.
교사	아니야, 당연하거지. 이따가 수업 끝나고 선생님 좀 보자.
진옥	네.
은수	(교실에 들어오며) 안녕하세요.
교사	왔니? 맨 날 일등으로 오네.
은수	네. 제가 다이어트 중이라 아침 안먹고 오거든요.
민지, 유진	안녕하세요.
교사	안녕. 애들이 갑자기 줄줄이 오네.

아이들. 떠드는 아이들도 있고 체육복 바지로 갈아입는 아이도 보인다. 교실 분위기가 어수선하다.

교사	자자. 자리 앉아보자. 거기 빈자리, 세리 안 왔니?
민지	네.
교사	또? 유진아, 오면 교무실로 오라고 해.
유진	네.
교사	자, 오늘 전학생이 왔어요. 여기 이 학생은 좀 특별한 학생인데, 아주 가깝고도 먼 곳에서 왔어요. 직접 소개할래?
진옥	안녕하십니까. 저는 김진옥이라고 합니다. 저의 고향은 함경북도 청진시이고, 북한에서 5개월 전 쯤 와서 안성에 있는 하나원에 있다가 이 학교로 왔습니다. 탈북 과정에서 2년이 걸려 여러분보다 나이도 두 살 많고 배운 것도 달라 부족한 게 많지만 여러분하고 친하게 지내며 공부도

	열심히 하고 싶습니다. 잘 부탁드립니다. (아이들 박수로 환영한다)
교사	언니니까 잘 따르고 도와주렴. 그럼, 어디 앉을까?
은수	선생님! 여기요. 여기!
교사	그럼 반장은 어떡하라구. 세리 옆자리가 빈자리지? 저기 앉자.
진옥	네.
교사	자, 1교시 수업 전까지 떠들지 말고 조용히 자습해요. 그리고 진옥이 잊지 말고 수업 끝나고 나 좀 보자. (선생님 퇴장)
은수	언니, 정말 북에서 왔어요?
진옥	응.
유진	올 때 어떻게 왔어요?
진옥	음. 걷기도 하고 기차도 타고, 배도 타고, 비행기도 타고… 아! 오토바이도 탔었다.
민지	우와~ 재밌었겠다.
유진	재밌긴…. 언니, 힘 들었죠?
진옥	지금 생각하면 꿈만 같아.
은수	북한은 식량 부족으로 난리라고 하던데… 언니도 배 고파서 탈출한 거야?
진옥	응? 어~
민지	북한에서 아이스크림을 진짜 얼음 보송이라 그래요?
진옥	옛날에는 그랬는데 요즘엔 영어도 많이 배워서 아이스크림이라고 해.
민지	그렇구나, 언니 살던 데는 어땠어요? 여기보다 좋아요?

은수	근데 왜 서울로 안가고, 이렇게 어중간한 온양에 왔어요?
진옥	여기가 북에 살던 데랑 많이 비슷해서.
유진	가족들 다같이 왔어요?
진옥	엄마랑, 언니랑
은수	아빠는요?
진옥	(잠시 사이) 북에 계셔.
은수	왜 같이 안오셨어요?
진옥	아직 일이 좀 남으셔서… 천천히 오실 거야.
민지	언니는 뭐 우리한테 궁금한 거 없어요?
진옥	(잠시 생각하다) 선생님 어떤 분이셔?
민지	언니가 보기엔 어떤 거 같아요?
진옥	굉장히 친절하시고 우아하시구. 큰 언니 같은 분?
은수	말도 안돼
민지	대략난감
진옥	(당황하며) 갑자기 왜들 그래?
유진	괜히들 그러는 거예요.
민지	우리 선생님요. 노처녀 히스테리가 장난 아니란 말이에요.
진옥	히스테리라니?
민지	아, 괜히 막 신경질 부리고, 못되게 굴구. 뭐 그런 거 있어요.
유진	이름 강 순 애! 나이 36세. 다정다감, 감수성 풍부. 담당과목은 국어입니다.
은수	방학숙제로 독서 감상문 30개는 기본이고, 시 10편 외우기, 시에 나오는 꽃 식물도감 찾아 스크랩하기 등등 특이

해요.

민지　혼자 살지만 애인은 있지 않을까? 화려한 싱글?

진옥　화려한 싱글?

유진　그래도 절대 사치스럽진 않아요, 학생들한테 압수한 물건 이나 찾아가지 않은 분실물 모아서 고아원 같은 데 갖다 주고 그래요. 얼마나 착하신데요.

은수　그게 착한 거냐? 내 아까운 고데기.

유진　고데기 학교에서 쓰면 위험하잖아.

은수　난 교실에서 군것질 못하게 하는 게 너무 싫어. 난 절대 쓰레기 안 남기는데…

진옥　왠지 선생님이 좋아질 것 같은데? 북한에서는 선생님한 테 농담도 전혀 못하고 너희처럼 흉보거나 까불지도 않거 든.

민지　네? 말도 안돼.

은수　그럼, 무슨 재미로 학교 와요?

유진　저도 선생님이 좋아요.

진옥　근데 여기 네 옆 자리 애는 왜 아직 안와?

민지　걔 이름이 세리인데요. 학교 잘 안 나와요. 가끔 와도 맨 날 지각하고.

은수　배우가 꿈이라는데, 우리 말 발음도 잘 안돼요. 몽고에서 왔거든요.

진옥　별로 안 친해?

유진　우리가 그냥 잘 해주고 대충 친하게 지냈는데 세리가 어 느 날부터 이상하더라고요. 얼굴도 잘 안 보이고 학교 나 와도 말도 별로 없고. 그래서 요즘엔 좀 어색해졌어요.

진옥	그렇구나.
은수	언니! 우리 매점갈래요?
진옥	매점?
민지	우리가 한 턱 쏠께요. 가요~ 가요.
은수	잠깐~~! 매점은 내 구역이여. 나를 따르라!
민지	가요, 언니.
유진	같이 가. (모두 퇴장)

3장 집 앞 골목

늦은 밤, 까만 밤하늘에는 별이 반짝이고 있다. 진옥은 손에 종이가방을 들고 하교하다가 하늘을 문득 쳐다본다.

진옥	아버지, 오늘도 즐거운 하루였습니다. 아버지 말 듣고 남조선 오길 정말 잘 한 것 같습니다. 남조선에는 참 좋은 사람들이 많은 것 같아요. 학교에서 새로 사귄 동무들도 좋고, 선생님도 친절하시고, 어머니 일하시는 식당 사장도 많이 도와줍니다. 이렇게 번번이 도움만 받으면 안되는 거인데… 꼭 훌륭한 사람이 되서 도와준 사람들에게 꼭 보답할 거야요. 아버지, 잘 두고 보시라요.
엄마	진옥이 이제 오니?
진옥	어마이, 지금 오는 길이야?
엄마	식당 일이 조금 늦게 끝났다. 사장님이 차로 요 앞까지 태워다 주고 우리 먹으라고 떡까지 주지 않았갔니? 요거이

	니 좋아하는 앙꼬모찌다. 남조선에선 찹쌀떡이라고 한다더라.
진옥	왜 그렇게 잘해 주는데?
엄마	사장 아버님 고향이 원산이래. 꼭 고향 아주머니 같다면서 잘해주시니 그저 고맙지 뭐네. 근데 그 착한 분이 왜 그리 아내 복은 없는지… 삼 년 전에 부인이래 암으로 죽었다더라.
진옥	식당일 많이 힘들지?
엄마	힘들긴 무시기. 일하면서 새사람도 만나고 얼마나 재밌는데야.
진옥	울 어마이 얼굴이 너무 축하다. 손은 와 이리 꺼칠하니?
엄마	일없다. 어마이 좋아서 하는 일인데— 걱정 말라우. 어마이 돈 많이 맨들어서 우리 진옥이랑 진숙이 맛있는 거 많이 해주고 공부도 하고 싶은 데까지 시켜줄 테니.
진옥	그래. 어마이. 고맙다.
엄마	에이그, 에미나이. 이제 철 좀 들어갑네? 그런데 그 손에 든 건 뭐니?
진옥	담임선생님이랑 아이들이 환영한다면서 준 선물야. 수업 끝나고 남으라고 하시더니 옷이랑 학용품이랑 이렇게…
엄마	참말 고맙구나야. 애들이랑 선생님 괜찮네?
진옥	아이들하고 매점도 갔어. 착하고 꾸밈이 없어. 선생님은 화려한 싱글야.
엄마	화려한 싱글?
진옥	나도 그게 뭔가 담임선생님한테 여쭤 봤는데 잘 노는 쿨한 노처녀래. 애들 쓰는 말 중에 영 못알아듣는 거이 많아

서 얘기에 끼어들기가 힘들 때도 있어. (사이) 남조선엔
별이 잘 안보이지?

엄마 흠~그러게나 말이다. 청진 하늘에는 별이 쏟아질 듯이 가
득했는데.

진옥 여기 남조선에는 차도 많고 냉방 난방 땜에 공기가 안 좋
아서 그렇다더라.

엄마 기래?

진옥 아, 저기 우리 별, 백마 모양의 페가수스 자리다. 푸른 하
늘을 달리는 저 페가수스 사각형처럼 우리 네 식구 빛나
게 살자시더니… (사이) 아바지도 저 별 보고 있겠지?

엄마 (사이) 그럼. 살아만 있다면 보고 있갔지.

진옥 아바지가 우리 가족도 잊지 않겠지?

엄마 당연하지. 만약 잊었다 카면 내래 가만 안둘기야!

진옥 어마이가 아바지 이겨?

엄마 그럼 야. 연애시절 아바지가 어마이한테 꼼작 못했어야.

진옥 정말?

엄마 그럼.

진옥 대단하네~ 우리 어마이? (웃으며 다시 하늘보고) 하… 아
바지 보고 싶다. (사이, 엄마를 보고) 어마이! 화이팅!

엄마 응? 화이팅? 그게 뭐네?

진옥 남조선에선 힘내자고 할 때 이렇게 한다더라. 빨리 따라
해보라우. (주먹 쥐고 팔을 위에서 아래로 내리며) 화이
팅, 이렇게 하면 되는 기야

엄마 (따라 하며) 화이팅! 이렇게 말이니?

진옥 응, 잘하네. 같이해 보자. 시작.

같이	화이팅!
진옥	한 번 더!

같이 화이팅을 외치며 웃고 난 뒤 다시 하늘을 본다. 천천히 허밍으로 노래 부르며 퇴장. 서서히 암전

4장 교실

교실. 아침시간. 은수, 민지, 떠들고 있고 진옥은 조용히 책을 보고 있다. 그때 유진이 등교한다.

유진	얘들아, 안녕.
은수	어이~ 반장! 왔어? (유진에게 장난)
유진	언니, 좋은 아침이에요.
진옥	하이 유진. 굿 모닝!
은수	오~ 언니 발음 죽이는데…
민지	언니, 매점 가자~ 나 늦잠 자서 아침 못먹고 왔어.
진옥	아니야. 너희 끼리 다녀와. 나 오늘 배울 거 공부 좀 할께.
	미리 안보면 수업 시간에 아무 것도 모르겠어.
유진	와~ 언니, 대단하다. 그럼 열공!
은수	매점은 내 구역. 렛츠 고고! 고고!

진옥, 다시 책을 보는데 세리 등장. 진옥, 반가운 기색을 띄고 인사를 하려고 하지만 세리, 말없이 자리에 앉아 너덜너덜한 대본 꺼내 조용히 읽

는다.

진옥	(머뭇거리다 웃으며) 안녕, 니가 세리니?
세리	(힐끗 보고) ⋯.
진옥	만나서 반가워. 나 김진옥이야.
세리	네. 북한에서 온 언니 있다고 얘기는 들었어요.
진옥	그거 혹시 연극대본이니?
세리	네? 네.
진옥	연기한다고 들었는데 작품 준비 하나보네.
세리	애들이 그래요?
진옥	와~ 〈한 여름 밤의 꿈〉이네. 너, 요정이나 숲 속의 여왕 티타니아하면 딱이겠다. 응? (세리가 희미하게 웃자) 며칠 동안 왜 학교 안 왔어?
세리	그냥⋯좀 일이 있었어요.
진옥	아⋯그랬구나. (사이) 나도 그거 좀 읽어봐도 되니?
세리	네?
진옥	내래 북에 있을 때부터 연기자가 꿈이었거든.
세리	정말요?
진옥	응. 그래서 북에 있을 때에도 영화관가서 영화 한 편씩 보고 오면 집에 와서래 맨 날 흉내 내고 그랬어야. 몰래 남한 연속극 보고 장동건 너무 멋있어서 아버지가 남조선 가자고 할 때 냉큼 따라 나섰거든.
세리	지금도 연기자가 꿈이에요?
진옥	당연하지! 남한에 와서도 막 따라하고 흉내 내는 버릇 못 버렸어야. 맨날 텔레비전 보면서 혼자 얼마나 중얼거리는

	데… 여기 있는 대사 한번 해봐라.
세리	아, 저는 잘 못해요. 연기 선생님이 한국 억양 익히며 대사 연습하라서 100번은 읽었을 거예요.
진옥	연기 선생님? 연기 가르쳐 주는 선생님도 계셔?
세리	학원 다녔을 때요. 지금은 안다녀요.
진옥	왜 그만 뒀어?
세리	알바해서 다시 돈 모으면 다녀야죠.
진옥	니가 벌어서 다니는 거야?
세리	네.
진옥	부모님이 안 도와주셔?
세리	애들이 얘기 했겠지만 저는 몽고에서 태어났어요. 아빠가 한국 기업에 취업하셔서 와서 산지 3년 됐어요. 부모님은 제가 연극하는 거 반대하세요. 한국 사람들한테 차별 받지 않으려면 열심히 공부해서 좋은 대학 가래요. 처음엔 안그러셨는데 승진도 못하고 언제 짤릴 지 모르게 된 뒤부터는 부적 공부 얘기만 하세요. 그래도 전 연극이 좋거든요. 조금 가난해도 극단 같은 데 들어가서 좋은 작품의 지나가는 사람 역이라도 할 수 있다면 좋겠어요.
진옥	열정이 대단하네. 그래서 혼자라도 하려고 하는 거구나. 그래도 학교는 빠지지 말고 잘 다녀야지.
세리	알바 때문에 어쩔 수가 없었어요. 열심히 다녀야죠.
진옥	그래야지. 사실, 나도 북에 있을 때 학교 잘 안 다녔어. (회상에 잠겨) 청진은 항구도시인데, 내래 살던 데는 산을 깎아 만든데라서래 바다가 한눈에 내려다 보였거든. 여름이면 동무끼리 모여서 해질 때까지 바다에서 물장구치

며 노느라 시간 가는 줄도 몰랐어. 겨울에는 우리 동네가 비탈길이 많아서 눈이 많이 오는 날이면 미끄럼지를 타며 하루 종일 놀았어. 맨 날 산에 바다에 놀러다니느라 정신 없었어. 그래서 아침만 되면 다른 동무들이 집 앞에 찾아 와서 "진옥아~ 학교가자"하고 불러대고, 아바지가 학교 운동장 안까지 바래다주는 날이면 학교 들어가는 척하면 서 담 넘어서 도망가고, 장난 아니었어야.

세리   나도 어릴 때부터 말 타고 들판도 달리고 흙장난도 많이 했는데… 넓은 평원에 해가 질 때면 노을이 온통 불 붙는 듯 했어요.

진옥   그래도 여기 남조선와서 이렇게 열심히 학교 잘 다니는 모습 보면 울어마이도 놀란다니깐, 나도 나 자신한테 놀 랍고. 여기 애들 잘 먹고 편안한 거 같지만 정말 경쟁이 대단하고 놀 새도 없이 너무 불쌍하지 않아? 학교에 학원 에, 그리고 과외까지…

세리   언니도 그렇게 생각하는구나. 어떤 때는 무섭다는 생각도 들어요. (사이, 웃으며) 오늘 언니 처음 봤는데 지금까지 한국 학교에 다닌 중에 가장 많은 말을 한 거 같아요.

진옥   탈북자인 걸 숨기고 조선족이라 하는 사람도 많아. 하지 만 나는 처음부터 솔직하게 말하고 적극적으로 다가서니 까 애들도 잘 대해 주는 거 같아. 벌써 반 아이들이랑 많 이 친해 졌단다.

세리   언니, 멋있어요.

진옥   (웃으며) 내가 원래 좀 멋있어. 우리 힘들 때 서로 터놓고 애기하자.

세리	언니 보러라도 학교 와야겠다.
진옥	오홋-- 나도 누군가에게 뭔가 도움이 되는 것 같아 기분 좋은데….

아이들 등장

은수	(작은 목소리로) 언니, 무슨 얘기 했어?
민지	뭐래, 뭐래?
진옥	아니 그냥 이것저것. (세리의 대본을 펴들고) 큐핏의 화살은 활시위를 떠나 서쪽나라의 작은 꽃에 박혔지.
세리	하얗던 그 꽃은 사랑의 상처를 입어 금방 진홍빛으로 물들고 말았다.
진옥, 세리	처녀들은 그 꽃을 '헛된 사랑'이라고 부르지.

진옥과 세리 함께 웃고 아이들 환성을 지르며 둘을 쳐다본다.

진옥	세리야. 이따가 집에 같이 가는 거다?
세리	좋아요. 언니.

이 때 시작 종소리 울린다. 잠시 암전.

5장 수업 시간

교사	자~ 다들 자리에 앉자. 은수야! 선생님 말 기분 나쁘게 생

각하지 말고 들어. 나중에 은수가 어학연수하러 미국에 갔는데 좋아하는 흑인이 생겼어. 나름대로 매력 있고 은수랑 얘기도 잘 통해. 그 흑인이 "나랑 결혼해 주면 안되겠니?" 이렇게 나오면 은수 너는 어떻게 할 거야?

은수   오, 지저스. 많이 까매요? 베리 베리 블랙? (사이) 저는 괜찮을 것 같은데 부모님이 반대하실 것 같아요. 나중에 혼혈아 낳는 것도 좀 걱정이 되고…

유진   맞아. 하인즈 워드도 한국에서 차별 받고 미국 가서도 한인사회에서조차 따 당했잖아요. 백인이면 괜찮을 것 같아요. 흑인은 미국서도 차별 받잖아요.

교사   그래? 나는 그냥 남자면 되는데… 그럼, 민지. 이번에는 O, X다. 작년에 우리나라에서 결혼한 사람 중에 외국인과 결혼한 사람이 10%를 넘는다.

민지   에이, 10%야 안되겠죠. 열 명 중 하나라는 얘긴데… X요.

교사   예! 정답————이 아닙니다. 13.6%, 2000년보다 네 배쯤 늘었지. 우리와 사정이 비슷한 대만은 무려 31.4%. 거의 세 명 당 한 명이지. (책을 둘둘 말아 머리를 때리며) 민지! 공부하세요. 세리는 한국으로 아주 와서 살게 됐는데 한국 남자 친구는 안사귀었니?

세리   아직요. 교회에서 친하게 지내는 오빠는 있는데 아직 제가 몽고인이라는 건 말하지 못했어요.

교사   자연스럽게 얘기할 기회가 있을 거야. 그럼, 전 시간에 배운 정현종의 〈섬〉이란 시, 진옥이 외울 수 있지?

진옥   (분위기를 잡으며) 사람들 사이에는 섬이 있다. 그 섬에 가고 싶다.

은수	저는 해바라기란 시가 더 좋아요.
	오줌을 눌라고 변소에 갔다. 해바라기가 내 자지를 볼라고 했다. 나는 안보여줬다.
교사	그래, 초등학생이 지은 시인데 역시 은수 수준에 딱인가 보구나. 오늘은 나태주 시인의 〈풀꽃〉이란 시를 감상해 보자. 선생님이 외우는 몇 개의 시중에 하나인데 한번 들어 볼래?

자세히 보아야 예쁘다
오래 보아야 사랑스럽다.
너도 그렇다.

민지	에이 그 정도면 저도 외우겠어요. 자세히 보아야 예쁘다 오래 보아야 사랑스럽다. (은지를 가리키며) 너는 아니다.
은수	저도 한번 외워 볼게요. (교사 앞으로 가서) 자세히 보아도 아니다. 오래 보아도 여엉 아니다. 선생님은 정말 인간이 아니다.
교사	맞아, 나 선녀 맞거든? 은수야, 너는 오래 보아야 겨우 사람스러워. (아이들, 같이 웃는다) 내가 더 설명할 필요도 없겠구나. 좋아. 그럼 선생님이 말하는 다음 꽃들의 공통점을 한번 맞춰볼래? 맞추면 담샘이 아이스크림 쏜다. (화면으로 꽃들을 보여 주며) 아카시아, 봉숭아, 애기똥풀, 나팔꽃, 코스모스, 달맞이꽃, 토끼풀, 무궁화.
은수	스톱! 여름에 피는 꽃들요.
민지	에이, 아카시아는 봄에 피고 코스모스는 가을에 피잖아.

선생님! 우리 주변에서 흔히 볼 수 있는 우리나라 자생꽃 아닌가요?

진옥 아카시아는 이름부터 아닌 것 같은데… 혹시 외국에서 들어온 꽃 아닙니까?

유진 에이~ 말도 안돼. 무궁화는 우리나라 국화인데 설마….

교사 진옥이 대단한데? 실력이야, 찍은 거야? 맞았어. 모두 외국에서 들어온 귀화식물들이란다. 진옥이, 얼음보숭이 좋아하나?

진옥 아, 요즘은 아이스크림이라고 해도 다 압니다.

교사 그래? 근데 귀화식물들은 정말 자생력이 강하고 곤충이나 새의 먹이가 되어 주기도 해. 그래서 내가 좋아하지. 물론 귀화식물 중에는 돼지풀처럼 비염을 일으키게 하는 것도 있고 제주도의 개민들레같이 가축들이 먹으면 위장병을 생기게 하는 안 좋은 것도 있지만… 암튼 사람이나 식물이나 낯선 곳에서도 몸부림치며 적응하려 살아가지. 한민족 중 외국에 나가 사는 비율이 20%가 넘는데 차별을 받으면 속상하겠지? 이 귀화식물들도 우리 꽃처럼 자세히 보면 예쁘고, 오래 보면 사랑스럽지 않니? 진옥이나 세리도 그랬으면 좋겠구나.

세리 저처럼 외모가 비슷한 사람도 외국인인 걸 알고 나면 이상하게 봅니다.

진옥 선생님, 너무 걱정 마십시오. 제가 중국, 베트남, 캄보디아를 거쳐 2년 만에 한국에 오게 되었는데 공항에 내리자 한글 간판이 보이지 않겠습니까? 얼마나 안심이 되고 반가운지 왈칵 눈물이 솟지 않았겠습니까? 세리도 잘 할 겁니다. 풀꽃들은 여럿이 어우러져야 곱지 않습니까?

은수 　진옥 언니가 선생님보다 훨 낫네요. 선생님, 배우세요.

교사 　아이스크림은 점심 급식 후 디저트로 쏘마. 은수 다이어
　　　트 중인 거 참고할게. 자~ 같이 이 시를 한 번 읽어보면서
　　　이번 시간 마치도록 하자. 〈풀꽃〉 나태주, 시이~작.

아이들, 모두 얼굴을 맞대고 시를 외우며 사진을 찍을 때처럼 모여 밝게
웃는다. 여러 꽃들이 어우러진 꽃밭이 무대 뒷면에 비춰진다.

6장 집, 어머니의 재혼

진옥의 집. 전화 벨소리 울리며 무대 밝아진다.

엄마 　여보세요? 아, 사장님! 어쩐 일이십니까? (사이) 네? 사장
　　　님 아버님께 인사요? 아, 아닙니다. 일 없습니다. (사이)
　　　아휴, 아닙니다. (진옥 등장)

진옥 　다녀왔습니다.

엄마 　(목소리 죽이며) 생각해주시는 거 감사하지만… (사이)
　　　네? 내일요? 아이, 네. 알겠습니다. 그럼 내일 뵙겠습니
　　　다. 들어가시라요. 네~(전화 끊는다)

진옥 　어마이, 무슨 전환데 그렇게 받아?

엄마 　아, 식당 사장님.

진옥 　내일 쉬는 날 아니야? 내일도 일 나가?

엄마 　아니, 고거이 아니라… 아무 일도 아니다. 밥 먹어야지?

(일어선다)

진옥 (잡으며) 어마이, 앉아 보라. 무슨 일인지 애기해보라우. 내래 어마이랑 19년 살았는데 얼굴만 봐도 무슨 일 있는지 다 안다. 말해 보라우. 뭔 일 이니?

엄마 에미나이…사장님이 부탁 하나 하셨는데, 내래 거절할거니 별거 아니다.

진옥 그러니깐 사장님이 무슨 부탁 하셨는데.

엄마 하아… 사장님이… 그거이,… 사장님 아버님 인사 소개시켜 준다구.

진옥 뭐? 사장님 아버님 인사….

엄마 (말을 자르며) 근데 내래 거절할거니깐 걱정 말라우….

진옥 (사이, 냉정하게) 어마이, 어마이 재혼하고 싶니?

엄마 그거이 무슨 말이니?

진옥 어마이, 아바지 다 잊었니?

엄마 에미나이, 너 지금 무슨 말이니?

진옥 아바지가, 아바지가 어쩌다 돌아가셨는지 어마이도 잘 알잖아. (울먹이며) 아바지가 불쌍하지도 않니?

엄마 그래. 너희 아바지 돌아가셨다. 우리 나머지 세 식구 살리려고 희생한 거이 어마이도 안다. 그래도 돌아가신 분은 돌아가신거야. 돌아오실 수 없는 거 너도 잘 알잖니? 너희들한테 아버지의 빈자리가 얼마나 큰지 어마이도 다 알기 때문에—

진옥 (말을 자르며) 우리 핑계대지 말라우. 우리는 새 아버지 없이도 잘 살수 있다. 우리 핑계 대지 말고 어마이 혼자

엄마 김진옥!

진옥	새아바지랑 잘 먹고 잘 살아!
엄마	(뺨을 때리고 놀라며)….지…진옥아!
진옥	잘 살아 보라우… (뛰쳐 나간다)
엄마	진옥아! 진옥아!…진옥아…. 진옥아…. (흐느껴 운다, 서서히 암전)

7장 밤거리와 집 - 진옥과 엄마의 노래

진옥	(뛰쳐나와서 숨을 몰아 쉬며 밤하늘을 본다) 아버지, 오늘따라 아버지 얼굴이 왜 이렇게 더욱 흐리게 보이니? 아바진 태양이 되서 진옥이 늘 따뜻하게 해준다 해놓고 왜 별이 됐니? (눈을 비비고) 아버지, 거긴 밤에는 춥지 않네?
엄마	(사진을 보며) 여보, 내래… 당신 따라 하늘 갈까요? 잘 해볼라했는데 혼자서는 여자 아이 둘 키우기 참 힘든 걸 알았시요. 사장이 순박한 게 눈매가 당신을 닮았시요. 진옥이, 진숙이에게 의지가 되줄 것 같아서 그만….

[노래]-〈카르멘〉 중에서

진옥	그때가 언제였나 기억 속의 어느 날 캄캄한 밤 눈보라 휘몰던 어느 날

엄마	당신은 내 손잡고 가장 멋진 목소리로 태양처럼 뜨겁게 살아가자 말했죠. 오래된 사진처럼 바래버린 기억들 생각난 건 한겨울 눈보라 소리 뿐 태양은 날 녹이고 별빛은 날 인도해 어둔 밤 견디게 하고 그리움만 더하네

[대사]

진옥	아버지, 진옥아 하고 한번만 불러주시라요. 한번만…. 한 번만….
엄마	여보. 진옥이… 많이… 힘들어 합니다… 하늘에서 우리 진옥이… 지켜주시라요, 여보!

[노래]

진옥	태양처럼 살고 싶다던
엄마	다시 돌아갈 수 있을까
진옥	태양처럼 살아가자던
엄마	별빛만이 위로해
진옥	아름다운 기억
엄마	지나간 추억
함께	태양처럼 (별빛처럼) 빛나는 우리의 추억
진옥	태양처럼 빛나는 우리들의 기억
엄마	별빛 속에 추억하는

8장 가출 후 거리

암전 상태에서 전화

진옥	여보세요? 언니? 나야 진옥이, 지금 뭐해? 바쁘지 않으면… 나 지금 언니네 아파트 놀이터인데 잠깐 볼 수 있어?
영실	응? 그래, 진옥아, 왜 들어오지 않고? 응? 그래, 언니 금방 내려 갈테니깐 조금만 기다려. 향순이도 오늘 언니네 놀러왔는데. 마침 잘 됐다. 같이 내려갈게.

무대 밝아지며, 영실과 향순. 놀이터에 힘없이 앉아있는 진옥이를 발견하자 반갑게 달려가며 진옥이를 부른다.

향순	진옥아.
진옥	향순아…
영실	진옥아.
진옥	(힘없이) 응. 갑자기 미안해.
향순	왜 이케 맥없어 보이니? 너 집에서 온 거 아니지?
진옥	집 나온 지 3일째야. 여기저기 다녀 봤지만 여기밖에 올 때가 없었어.
영실	진옥아, 무슨 일 있니?

진옥	… 근데, 향순이 너 학교 안 갔어?
영실	향순이는 학교 자퇴하고 검정고시 볼까 고민 중이래.
향순	응. 너무 학교생활이 적응이 안되더라. 애들도 괜히 무시하고 불쌍하게 여기는 것 같고, 선생님들은 또 무얼 그렇게 꼬치꼬치 묻는지. 모든 게 다 싫었어. 어떤 애가 남한에서 보낸 쌀 먹어봤냐며 그거 다 빼돌리는 거 아니냐는데 더 참을 수가 없더라구. 뛰쳐나오긴 했는데 걱정이다.
진옥	검정고시도 어렵잖아?
향순	어렵지만 학교 갈 일 없이 혼자 공부하면 좋을 거 같아.
진옥	그래도 이 사회에 잘 적응하려면 학교 생활 잘 해보는 게 나을 텐데… 잘 생각 해 봐…
향순	그래도 우릴 거지 취급하는 건 싫어. 서울역에 가봤더니 남한도 못사는 사람은 장난이 아니더구만. 잘 사는 사람과 못 사는 사람이 하늘 땅 차이야. 애들도 어떻게 돈 많이 벌까, 시집 잘 가면 땡이니까 몸매 관리나 하자며 돈 돈 돈 하는 걸 보면 정나미가 떨어져.
영실	같은 민족끼리 돕고 살아야 한다는 사람도 많고 열심히 일해서 살아가는 사람도 많잖네? 좋은 쪽으로 많이 생각해. 진옥아. 요즘 진숙이는 뭐하니?
진옥	언니 서울에서 대학교 다녀. 언니도 많이 힘든가봐. 사귀는 오빠 있는데 그 쪽 부모님이 싫어하신대. 특별한 이유도 없어. 우리 집이 너무 보잘 것 없어서 그러나봐.
향순	그래, 탈북자 집안 뭐 덕 볼 게 있냐는 거겠지. 여기는 돈 없고 빽 없으면 인간 취급 못받는다니까. 영실 언니도 결국 정착 자금 중간에 탈출 도와준 사람한테 다 주고 지금

	겨우 임대주택 하나 남았잖아. 외국인 노동자들 일하는 데서 일하며 죽을 맛이지 뭐.
영실	그래도 나는 말이라도 통하니까 괜찮아. 다른 외국인들 중 너무 불쌍한 사람 많아.
향순	오죽하면 여기 오기 전에 '때리지 마세요.'라는 말부터 배우겠네.
영실	목숨까지 걸고 남한 사회 와서 모두들 적응도 잘 하구 행복해야 할 텐데. 그런데 진옥이 너는 무슨 일야? 어서 말해봐. 왜 이케 어깨가 축 늘어졌니? 무슨 일이야?
진옥	언니! 나 요즘 너무 힘들어.
영실	무슨 얘기인데 그렇게 뜸을 들이니?
향순	그래, 진옥아. 어서 말해봐
진옥	글쎄, 우리 엄마가 다른 남자 생겼나봐. 아버지 생사조차 확실히 모르는 판국에 어쩌면 어머니가 이럴 수 있니? (울음 섞인 목소리로) 나는 도저히 이해 할 수가 없어. 어떻게 다른 사람에게 눈길을 줄 수가 있니? 응? 언니라면 어떻게 하겠니?
영실	(진옥을 다독이며) 그만 울어. 왜 이케 나약해졌니? 언니가 우리 진옥이 마음 다 알겠는데. 그래도 진옥이가 좀 더 마음을 크게 가지고 어머니 입장도 고려해봤으면 좋겠어. 너희 어머니도 많이 힘드실 거야. 우리 어머니, 7년 동안 혼자 우리 키우시다가 돌아가시고 생각해 보니까 어머니도 행복할 권리가 있는데 엄마는 다 참아야 하는 걸로 내가 잘못 생각한 거 같아.
진옥	언니….

향순	재혼도 다 너희들을 위해서 생각하신 걸 거야. 아버지 없이 위축된 너희 모습도 보기 싫으시고, 만약 어머니가 편찮거나 무슨 일 있으면 너희 돌봐줄 사람이 없으니까 더 그러셨을 거야. 여기에 일가친척 하나 없잖아.
진옥	….

이 때, 진옥의 핸드폰, 문자 왔음을 알리는 소리

진옥	(문자를 확인하고는 어쩔 줄 모른다) 말도 안돼. 세상에….
영실	진옥아, 무슨 일이니?
진옥	언니, 엄마가 교통사고로 위급하시대.
향순	어서 집에 가봐.
영실	무슨 일 있으면 꼭 연락해.
진옥	응. 알았어. (정신없이 달려간다. 영실과 향순 몇 발 쫓아가다 멈춘다)

9장 진옥의 집

진옥의 어머니 자리에 누워 있고, 그 옆에 진옥의 선생님이 앉아 있다. 그 때 진옥이 뛰어 들어온다.

진옥	어마이! (선생님 보고) 아, 선생님.
교사	쉿! 많이 다치시진 않으셨어. 지금 막 잠 드셨다.

진옥	벌써 퇴원해도 되는 겁니까?
교사	병원에서 의식 차리자마자 진옥이 집에 돌아올지 모른다고, 전화 올지 모른다고 막무가내로 그러셔서… 어쩔 수 없이….
진옥	(어머니 손잡고) 엄마….
교사	너무 걱정마. CT촬영 해봤는데 머리에 이상은 없으시대. 한 숨 푹 주무시고 나시면 괜찮으실거야.
진옥	선생님, 고맙습니다.
교사	고맙긴… 근데 진옥이는 어딜 갔었던 거야? 니가 집 나가고 어머님이 잠도 안자고 밥도 안드시며 너 찾으러 다니시다가 사고 당하셨다는데… 진옥아, 도대체 무슨 일이니?
진옥	그게… 어마이 재혼 얘기로 조금 말다툼이 있었습니다. 억울하게 돌아가신 아버지 생각에, 너무 화가 나서 제 분을 못 참고 집을 뛰쳐나갔습니다. 이제 어마이를 이해해 해드리려 했는데… 다 못난 제 탓입니다. 제가 어마이를 다치게 한 겁니다. 만약 어머니께 무슨 일 있으면 저도 그냥….
교사	마음 단단히 먹어. 그 분인가 보구나. 그 식당 사장님이 어머니 빨리 병원에 안 옮겼으면 정말 큰 일 날 뻔 했다. 어머니 깨어나실 때까지 옆에서 꼬박 간호하시다가, 옷 좀 갈아입고 온다고 조금 전에 나갔는데….
엄마	(신음처럼 중얼거리며) 진옥아. 진옥아….
진옥	어마이, 일어났니?
엄마	(벌떡 일어나며) 진옥아! 진옥이 들어 왔구나… 밥 먹어야지?

(일어나려 한다)

진옥   (말리며) 누워있어. 밥은 무슨 밥이니….

엄마   우리 진옥이 좋아하는 고기반찬이랑 과일이랑 냉장고 가 득 채워 놨는데…

진옥   누워 있으래두. 어마이 바보니? 내 같은 딸 머가 이쁘다고 이러니? 차라리 화 풀릴 만큼 혼내라. 분 풀릴 만큼 때리 라. 자기 멋대로고 미운 말만 하는 딸 뭐가 이쁘다고 그러 니? (사이) 내래 정말 미안하다. 나만 아니었어도…

엄마   진옥아, 이쁜 내 딸. 내래 진옥이 진숙이 있으면 어떻게든 살아갈 수 있다. 내래 재혼 그런 거 하나도 필요 없다. 왜 목숨까지 걸고 여기에 왔간? 다 너희들 하고 싶은 일 하며 잘 사는 거이 보려고 온 거 아니네?

진옥   어마이! 나도 어머니가 우리 걱정해서 재혼 생각한 거 다 안다. 미안하다. 괜히 속상하게 해서….

엄마   우리 진옥이는 어릴 때나 지금이나 와 이렇게 눈물이 많 니? (사이) 선생님, 걱정 끼쳐 드려서 죄송합니다.

교사   아닙니다. 크게 안다치셔서 정말 다행이에요. 진옥이도 무사히 돌아오고….

엄마   하늘에 있는 우리 진옥이 아바지가 지켜주셨나 봅니다.

교사   네. (사이) 진옥이, 이제 어머니 속썩이면 안돼! 또 그러면 내가 그냥 두지 않을 거야.

진옥   죄송합니다… 걱정 끼쳐 드려서….

이 때 아이들이 밖에서 진옥을 부르는 소리 들린다.

엄마	누가 찾아왔나 보다.
교사	반 아이들인가봐요. 아까 아이들한테 문자 왔었는데 소란 피울까봐 안된다고 했는데 아이들이 진옥이 왔다는 말 듣고 막무가내로 왔나 봅니다.
엄마	아닙니다. 사람 사는 데 사람이 찾아 줘야 사는 거지요. 어서 들어오너라.
아이들	안녕하세요~
엄마	어서들 와. 모두 진옥이 반 동무들이구나. 모두 하나같이 이쁘게 생겼네?
은수	어머니, 괜찮으세요?
엄마	조금 타박상 입은 거라 괜찮다.
유진	(음료 박스를 내밀며) 어머니, 이거 시원할 때 드세요. 빨리 건강하시구요.
엄마	아이, 아니다. 이렇게 와준거만으로도 내래 얼마나 감사한데… 진옥아, 일른 좀 대접해 와라.
진옥	응, 어마이 (일어선다)
민지	아니에요~ 괜찮아요.
교사	얘들아, 선생님 진옥이 어머님하고 애기 좀 나눌테니깐 나가서 너희는 진옥이랑 놀래?
아이들	네. 빨리 나으세요. 편히 쉬세요.
엄마	그래. 와줘서 고맙다.
진옥	어마이, 괜찮겠니?
엄마	걱정 말라. 어서 나가 보라우.

10장 진옥의 집 앞 골목

은수   언니, 실망 대실망이다. 어쩜, 우리 두고 그럴 수 있어?

민지   우리가 그렇게 문자 보내고 전화해도 어쩜 그렇게 싹 씹을 수 있어?

유진   애들아, 그만 해. 언니가 말 못할 사정이 있었겠지.

세리   언니 얼굴이 말이 아닌 거 안보이니? 언니, 밥은 먹었어?

진옥   내 할 말이 없다. 맨 날 도움만 받고 걱정까지 끼치고…. 다시는 이런 일 없을 테니 한 번만 용서해 줄래?

세리   뭔 일이 있으니까 그럴 거라 생각하면서도 내 전화도 안 받아서 너무 속상했어. 언니 안 오면 나도 학교 그만 두려고 했다니까.

진옥   미안하다. 사실 우리 국경 넘을 때 아버지가 우리 무사히 넘게 하시고 돌아가셨거든. 그런데도 꼭 살아서 돌아오실 것 같은 데 엄마 재혼 얘기가 나와서 그만… 엄마도 불쌍하고 아버지도 불쌍하고 나도….

유진   언니, 다음에 얘기해. 우린 언니 믿는다니까. 언니 없으니까 교실이 텅 빈 것 같더라니까.

민지   그래. 그럼 저번에 약속한대로 우리 같이 고무줄 해. 저번에 언니 북한에서 하던 거 배웠으니까 이번에는 우리 어릴 때 하던 거 가르쳐 줄게.

은수   세리랑 언니 줄 잡고 우리가 하는 거 잘 봐.

아이들 다 같이 고무줄하고, 어머니와 선생님 흐뭇한 미소로 지켜 보다

같이 어울린다. 몇 가지 놀이가 이어지는 사이, 은수, 민지, 세리는 2장의 북한 아이들처럼 빨간 스카프를 매고 같이 논다. 놀이 노래 짧게 2, 3곡 이어지며 배우 모두 즐겁게 뛰 논다. 굴렁쇠아이들의 〈조그만 꽃에도 저마다 빛깔이 있지요〉가 울려 퍼지며 암전. 다시 무대 밝아지며 몇 명씩 나와 간단한 놀이를 하다 인사한다.

사람은 무엇으로 사는 가?

원작 : 톨스토이   각색 : 백인식(인천광성고)

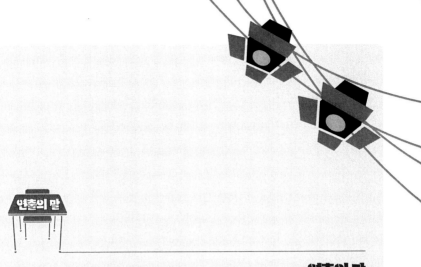

연출의 말

연출의 말

'사람은 무엇으로 사는가?'는 2주에 한 번, 2시간씩의 동아리 활동 시간을 활용하여 연극을 만들었다. 4, 5, 6월에는 연극놀이와 즉흥을 중심으로 활동하고, 9월부터 20시간 정도의 연습으로 작품을 만들었다. 소설을 함께 읽고, 주인공의 행동 중심으로 줄거리를 요약하여 장면을 정리하였다. 각 장면을 즉흥극으로 만들어 발표하고, 교사가 즉흥극의 내용을 토대로 대본으로 만들었다.

이 작품의 특징은 아래와 같다.

1) 남학교이므로 모든 역할을 남자로 만들었다.

2) 해설과 정지 동작을 여러 가지로 활용하였다.

3) 무대를 꾸미고 바뀌는 장면을 코러스가 연극적으로 처리하여 전부 관객에게 보여주었다.

4) 완전한 암전이 한 번도 없다.

천사	구두 만드는 남자	동생
손님	부자	비서
쌍둥이 아빠	쌍둥이 1, 2	마을 사람 1
아들	마을 사람 2	다른 천사

때 현재

곳 작은 도시의 구두방, 거리

※ 남학교에서 공연하느라 여자 역할을 전부 남자로 바꾸었습니다. (동생은 아내로, 쌍둥이 아빠는 엄마로, 그리고 마을 사람과 다른 천사 등은 여자의 역할로 바꾸는 것이 좋을 것입니다)

1장

음악이 흐른다. 두 사람씩 짝을 지어 천천히 움직인다. 사람들이 살아가는 여러 가지 장면을 정지 동작으로 만든다. 천사가 세상을 돌아다니며 사람들을 살핀다.

천사 　　　저는 천사입니다. 하느님의 심부름꾼이죠. 하늘에는 많은
　　　　　천사가 있습니다. 아이를 데려다 주는 천사, 비를 내리게
　　　　　하는 천사, 곡식을 돌보는 천사, …. 제가 하는 일은 사람
　　　　　들의 영혼을 하늘 나라로 데려가는 것입니다.

천사가 세상을 돌아다니며 사람들의 영혼을 데려간다.
장면 1, 2, 3은 한 장면이 실연될 때 다른 장면들은 정지동작으로 움직이지 않는다.

장면 1 : 대학에 진학하지 못한 학생이 자살을 한다.
장면 2 : 한 남자가 사채 업자에게 시달림을 당한다. 둘이 실랑이를 하다
　　　　실수로 사채업자가 머리를 다쳐 죽는다.
장면 3 : 학생 2명이 가스를 마시다가 그 중 한 명이 사고로 목숨을 잃
　　　　는다.

천사 　　　저는 지금까지 충실하게 저의 임무를 수행했습니다. 앞으
　　　　　로도 변함없이 이 일을 계속 하겠지요. 하지만 제가 맡은
　　　　　일을 못한 적이 한 번 있었습니다. 딱 한 번 있었지요. 제
　　　　　가 데려가야 했던 그 사람은 혼자서 쌍둥이인 두 아들을

키우고 있었습니다.

쌍둥이의 아빠가 달려온다. 천사에게 하소연을 한다.

쌍둥이 아빠   천사님! 지금 제가 죽으면 누가 저 아이들을 돌보나요? 저
아이들이 불쌍하지도 않으세요? 천사님! 제발 제 목숨을
구해 주세요. 네! 천사님. 제발! 살려주세요.

천사가 쌍둥이 아빠를 보내 준다.

천사   결국 저는 그 사람을 하늘로 데려가지 못했습니다. 그래
서 벌을 받아야 했습니다. 하느님은 제게 세 가지 질문을
하셨고, 저는 그 답을 찾아야 했습니다. 사람의 가슴에는
무엇이 있는가? 사람에게 없는 것은 무엇인가? 사람은 무
엇으로 사는가? 혹시 여러분들은 그 답을 아십니까?

다른 천사가 나와서 천사의 옷을 벗긴다. 천사가 거리에 떨어진다. 코러
스들은 다른 천사와 함께 퇴장한다. 천사는 몸을 웅크리고 누워 추위에
떨고 있다. 사람들이 천사의 곁을 지나친다. 행인 1, 2 옷으로 몸을 감싸
고, 바쁘게 지나간다. 마을 사람 1과 그의 아들이 손을 잡고 들어온다.

아들   아빠! 나 햄버거 먹을래!
마을 사람 1   안돼! 집에 가서 밥 먹어야지.
아들   (울면서 떼를 쓴다) 싫어. 나 햄버거 먹을래.
마을 사람 1   글쎄, 안 된다니까.

아들	싫어. 햄버거 사줘. 햄버거 안 사주면 집에 안 갈거야.
마을 사람 1	추운데서 오래 있으면 감기 걸린다니까.
아들	햄버거 안 사주면 나 감기 걸릴 꺼야. 햄버거 사줘.
마을 사람 1	그놈, 참….
아들	햄버거 사주는 거지?
마을 사람 1	알았다. 알았어. 햄버거 사줄게.
아들	앗싸!
마을 사람 1	가자!

둘이 걸어나가다가 천사를 발견한다.

아들	아빠! 저 사람 좀 봐요. 춥지도 않나? 외투를 벗고 있네.
마을 사람 1	미친 사람이야! 저런 사람들은 어렸을 때 엄마, 아빠 말을 잘 안 들어서 저렇게 된 거야. 너도 엄마, 아빠 말 안 들으면 커서 저렇게 된다.
아들	얼어죽으면 어떡해! 아빠! 우리가 도와줘요.
마을 사람 1	안돼. 저 사람은 미친 사람이라니까. 어서 가자.
아들	그래도….
마을 사람 1	저런 미친 사람은 도와 줄 필요가 없어. 감기 들겠다. 어서 가자.

아들을 끌고 나가려 한다. 정치인이 들어선다. 마을 사람 1에게 허리를 숙여 공손히 인사한다.

정치인	안녕하십니까?

마을 사람 1	안녕하십니까?
정치인	시민의, 시민에 의한, 시민을 위한 시의원이 되겠습니다. (아이가 천사 옆으로 가서 살펴본다) 이번 시의원 선거에 나온 사람입니다. 도움을 원하는 일이 있으면 언제든 불러 주십시오. 무슨 일이든지, 언제든지 제가 도와 드리겠습니다. 한 표 부탁드립니다.
마을 사람 1	수고하십시오.

마을 사람과 아들 나간다. 정치인은 허리를 숙여 인사를 한다.

아들	아빠! 우리가 도와줘요.
마을 사람 1	글쎄, 안 된다니까! 어서 가자.

정치인이 천사에게 다가간다. 천사에게 허리를 숙여 공손히 인사한다.

정치인	안녕하십니까? 시민의, 시민에 의한, 시민을 위한 시의원이 되겠습니다. 이번 시의원 선거에 나온 사람입니다. 도움을 원하는 일이 있으면 언제든 불러 주십시오. 무슨 일이든지, 언제든지 제가 도와 드리겠습니다. 한 표 부탁드립니다.

천사에게 허리를 숙여 인사를 하고 나간다. 마을 사람 2가 들어온다. 거만한 걸음으로 걷다가 천사를 발견한다.

마을 사람 2	(잔뜩 인상을 찌푸리고 혀를 찬다. 잠시 천사를 살펴본 뒤

에 다가간다. 지팡이로 건들이며) 이봐! 이보라구. 여기서
자면 어떡해? 당신 같은 거지들 때문에 동네 이미지가 나
빠지잖아. 빨리 다른 데로 가라구! (지팡이로 툭툭 친다)
내 조금 있다가 다시 올텐데 그때까지 있으면 아주 혼이
날줄 알아! 알아들었어? 에이 재수 없어.

구두 만드는 남자가 즐거운 듯 노래를 부르며 들어온다. 마을 사람 2를
보고 인사를 한다.

구두 만드는 남자 안녕하셨습니까?

마을 사람 2 팔자 좋구만. 술이나 마시고 말이야.

구두 만드는 남자 날이 추워서 한 잔 마신 것뿐입니다.

마을 사람 2 맨 날 술이나 마시고…. 그러니 가난할 수밖에 없지! 부자
되기가 그렇게 쉬운 줄 아나? 절약을 해야지. 절약을!

구두 만드는 남자 네! 잘 알겠습니다.

마을 사람 2 사람들이 돈 귀한 줄을 몰라. (나간다)

구두 만드는 남자 (마을 사람 2에게 인사한다) 겨우 술 한잔 마신 것을 가지
고 되게 뭐라시는구만. (걸음을 옮기다가 천사를 발견한
다) 아니 저 사람 좀 봐. 이렇게 추운 날 길거리에 누워 있
다니. (천사에게 다가간다) 이봐요. 이런데서 자면 큰일나
요. 집에 가서 자야지. (천사를 일으켜 세운다) 이런데서
자면 얼어죽어요. 어서 빨리 집에 가요. (뒤돌아서 몇 발
자국 간다. 다시 뒤돌아 서서) 이 사람이 얼어죽는다니까.
(가만히 쳐다본다. 천사의 몸에 손을 대본다. 자기의 옷
을 벗어 덮어 준다) 어이구, 몸이 꽁꽁 얼어붙었네. 이봐

요. 이런데서 누워 있으면 얼어죽는다 말이요. 그러니 이 옷을 입고 어서 집으로 가요. 나는 저 아래 사거리의 구두 가게에 사니까 옷은 나중에 가져다 줘요. 하나 밖에 없는 외투이니 꼭 돌려 줘요. 어서 빨리 집에 가요. (다시 뒤돌아서 간다. 멈춰 서서 천사를 한참 동안 쳐다본다. 다시 천사에게 간다. 천사의 옆에 앉는다) 이봐요! 젊은 양반. 집이 어디요? 내가 데려다 주리다. (천사는 아무 대답도 하지 않는다) 말도 못하는 거요? 아니면 집이 없는 거요? (천사는 아무 대답도 하지 않는다) 이거 큰일이구만. 이 추운 겨울에 여기 그대로 있다가는 얼어죽기 십상인데…. (사이) 우리 집에라도 데려가면 좋겠지만 집이 초라해서…. 동생이 뭐라 할지도 모르겠구…. 또 먹을 것도 넉넉하지 않거든. (사이) 정말 집이 없는가? (천사는 아무 대답도 하지 않는다) 참 딱하게 됐군. (사이) 하는 수 없지. 일단 우리 집으로 갑시다. 우리 집으로 가서 다음 일을 생각해 보자구. (천사를 부둥켜안고 나간다)

2장

구두 만드는 남자의 가게. 코러스들이 무대를 꾸민다. 손님은 의자에 앉아서 손목 시계를 보고 있고, 구두 만드는 남자의 동생은 안절부절하며 창 밖을 내다보고 있다. 잠시 뒤

손님   이봐요. 아직도 안 오는 거요?

동생	죄송합니다. 올 때가 다 되었는데….
손님	금방 온다고 한 게 벌써 한 시간이 지났잖아요?
동생	정말 죄송합니다. 조금만 더 기다리시면….
손님	내가 그렇게 한가한 사람인 줄 알아요.
동생	죄송합니다. 이런 일이 없었는데….
손님	에이 처음에 그냥 갔어야 하는 건데…. 당신은 내가 얼마나 바쁜 사람인 지 알아요. 나같이 바쁜 사람이 벌써 한 시간이나 허비했단 말이요. 이봐요. 당신은 시간이 얼마나 중요한 지 알기나 해요. 한 시간 동안 내가 일을 했으면 5만원은 벌었을 거요. 영어 공부를 했으면 단어를 20개는 외웠을 거고, 길을 걸어갔으면 10km는 더 걸어갔을 거요. 그런데 난 이렇게 앉아만 있었으니 시간을 낭비한 것이지. 암! 낭비한 것이고 말고! 내가 70년을 살면 70년은 25550일이고, 25550일은 613200시간이니 나는 지금 613200분의 1을 허비한 거란 말이요. 당신이 내 인생의 613200분의 1을 보상해 줄 수 있소?
동생	너무 어려워서 무슨 이야기인지 잘 모르겠는데요.
손님	이렇게 이야기하는 동안에도 내 인생이 아깝게 허비되고 있으니 어떻게 책임을 질 거냐 이 말이요?
동생	네?
손님	내 귀중한 시간을 한 시간이나 허비했으니, 배상을 하란 말이요.
동생	배상이라니요? 저희는 돈이 없는 대요.
손님	돈이 없다구? 그럼 좋아요. 내 구두를 만드는 값은 절반만 주겠소. 그것으로 내 인생의 613200분의 1을 보상받을 수

는 없지만 당신의 사정을 봐주는 것이니 고마운 줄 아시오. 내일 아침 9시에 다시 올테니 그때는 틀림없이 시간을 지켜야 해요. 알겠소?

동생 네! 틀림없이 그렇게 하겠습니다. 정말 죄송합니다.

손님 만약 또 시간을 어기면 또 다른 내 인생의 613200분의 1을 보상해야 될 거요. (나간다)

동생 안녕히 가십시오. (따라나가며) 안녕히 가세요. (구두 가게로 들어온다) 형님이 왜 이렇게 늦으실까? (구두 가게의 이곳 저곳을 정리한다. 잠시 뒤) 초라하고 작은 이 구두 가게지만 우리 형제에게는 소중한 곳입니다. 지금까지 우리 형제가 굶지 않고 지낼 수 있게 해 주었으니까요. 요즘 우리 가게는 형편이 아주 어렵습니다. 구두를 만들어 팔려면 가죽이 있어야 하는데, 가죽도 다 떨어졌습니다. 오늘 형님은 우리가 가지고 있는 돈을 탁탁 털어서 가죽을 사러 갔습니다. 그 돈에 외상값을 받아서 보태면 가죽을 살 수 있거든요. 그런데 저녁이 되어도 아직 돌아오시 잃고 있습니다. 무슨 일이 생긴 것인지 걱정이 됩니다. 무슨 일이 없어야 할텐데… (멀리서 '동생아!'하는 소리가 들린다) 아! 이제 오는 것 같습니다. 형님이 외상값을 받아 오면 저는 빵을 사러 가야 합니다. 내일 아침 먹을 빵이 없거든요. (문 좀 열어!' 하는 소리가 들린다) 예! 나가요. (밖에서 '아니 형님 무슨 일이예요? 이 사람은 누구예요?' 하는 소리가 들린다)

구두 만드는 남자와 동생이 천사를 데리고 들어온다.

구두 만드는 남자 (의자에 앉히며) 어서 따뜻한 물 좀 가지고 와! 이 사람 몸
　　　　　　　이 꽁꽁 얼어붙었어.
동생　　　　　네!

구두 만드는 남자는 천사의 몸을 주물러 준다. 동생이 물을 가지고 돌아
온다.

동생　　　　　여기 따뜻한 물이 있어요!

구두 만드는 남자가 천사에게 따뜻한 물을 먹이고, 동생은 곁에서 쳐다본
다.

구두 만드는 남자 자! 천천히 마셔요. 따뜻한 물을 마시면 몸이 녹을 테니
　　　　　　　까! 천천히…. 옳지. 옳지. (천사에게 잔을 건넨다) 자! 이
　　　　　　　제 혼자 마셔 봐요.
동생　　　　　형님! 어떻게 된 일이에요? 이 사람은 누구죠?
구두 만드는 남자 내가 집으로 돌아오는데, 교회 앞에 이 사람이 쓰러져 있
　　　　　　　잖아. 이 추운 겨울에 외투도 입지 않고. 그래서 내가 집
　　　　　　　으로 가라고 했는데, 아무 말도 하지 않더군. 그대로 두
　　　　　　　었다가는 얼어죽을 것 같아서 내가 데려 왔어. 우선 뭐 좀
　　　　　　　먹여야 돼. 먹을 것 좀 가져오게.
동생　　　　　예! 형님! (부엌으로 가다가 돌아선다) 그런데, 가죽은 어
　　　　　　　디 있죠?
구두 만드는 남자 가죽? 그게 말이야….
동생　　　　　가죽을 사러 가셨잖아요.

구두 만드는 남자	그랬지. 그런데 말이야….
동생	그런데요?
구두 만드는 남자	사실은 외상값을 받지 못했거든.
동생	외상값을 받지 못했다니요? 그 아저씨는 분명히 어제 월급을 받았단 말이에요.
구두 만드는 남자	그래 월급을 받기는 받았다고 하더구나. 하지만 급하게 써야 할 곳이 있어서 다 써 버렸다지 뭐니. 그 사람도 사정이 정말 딱하더구나!
동생	형님은 또 속은 거에요. 저번 달에도 그랬잖아요.
구두 만드는 남자	다음 주에는 틀림없이 주겠다고 약속했어. 가죽은 그때 사도록 하자.
동생	우리는 가죽도 떨어졌고, 내일 먹을 빵도 없다구요. 우린 망하고 말거에요. 가죽이 있어야 구두를 만들지요. (한 숨을 쉬며) 아까 가지고 나간 돈이나 주세요.
구두 만드는 남자	(머뭇거리며) 그게 말이야….
동생	(놀라서) 형님!
구두 만드는 남자	(천사가 입고 있는 외투에서 돈을 꺼낸다) 여기 있다.
동생	아니! 돈이 왜 이것 밖에 안 남았어요?
구두 만드는 남자	집으로 돌아오다가 대장간 아저씨를 만났지 뭐냐? 날씨도 춥고 해서 딱 한 잔씩 마셨어!
동생	(화가 나서) 그런데 왜 돈이 이것 밖에 안 남았냐구요?
구두 만드는 남자	아 글쎄, 대장간 아저씨 집에 먹을 거리가 떨어졌다지 뭐야. 그래서 빵 살 돈을 조금 빌려주었지. 동생! 미안해.
동생	정말 너무 하세요. 우리도 당장 내일 먹을 빵이 없는데, 다른 사람에게 돈을 빌려주다니 말이 되요?

구두 만드는 남자	우리는 돈이 조금 남았잖니?
동생	그럼 가죽은 무엇으로 사구요? 게다가 그 돈으로 술을 마셨다구요? 도대체 형님은 생각이 있는 사람이에요? 가죽 살 돈으로 술을 마시면 우리는 뭘 가지고 장사를 하냐구요? 맨 날 외상으로 구두를 만들어 주고, 돈도 받지 못하면 어떻게 살아요? 일단 우리부터 살구 남을 도와야 되는 것 아니에요? 그리고 저런 이상한 사람은 왜 데려 와요? 전에도 거지에게 하나뿐인 외투를 벗어 주었잖아요.
구두 만드는 남자	사람이 너무 불쌍해 보여서…
동생	관두세요. 그런 변명은 하지도 말아요. 도대체 한 두 번이어야 말이지요. 어떻게 자기 형편도 생각하지 않고, 무작정 남을 도와줘요? 형님이 늦게 오는 바람에 기다리던 손님도 화를 내면서 가 버리고, 그 사람에게 돈까지 물어줘야 한다구요. 이젠 정말 더 이상 못 참겠어요. 당장 저 사람을 데리고 나가요. 나가서 외상값을 받기 전에는 절대로 집에 돌아오지 말아요.
구두 만드는 남자	뭐라구? 그게 너의 진심은 아니겠지?
동생	정말이에요. 빨리 데리고 나가세요.
구두 만드는 남자	이 추운 날 갈 곳도 없는 사람을 어떻게 밖으로 나가라고 할 수 있니?
동생	상관없다구요. 어서 빨리 데리고 나가요.
구두 만드는 남자	애야! 그건….
동생	어서 빨리요! 빨리 데리고 나가요! (동생이 운다) 흑흑.

잠시 긴 사이. 천사가 옷을 벗고 일어나 밖으로 나가려 한다. 아주 힘든

걸음으로 문을 향해 걸어간다. 천사가 기침을 한다.

동생   이봐요! 잠깐 기다려요. (천사가 천천히 뒤돌아 선다. 사
                  이) 가더라도 저녁은 먹고 가요.

천사가 머뭇거린다.

동생   이리 와서 앉아요. (사이. 동생이 천사를 데리고 의자 곁
                  으로 온다) 앉아요.

천사가 의자에 앉는다. 동생이 안으로 들어간다.

구두 만드는 남자   이보게. 우리 동생이 원래 나쁜 사람은 아니네. 에이! 이
                  놈의 술 때문에…. (망치로 가죽을 두드린다)

동생이 먹을 것과 옷을 가지고 온다.

동생   (천사에게 옷을 입혀 준 뒤에 먹을 것을 주며) 어서 들어
                  요. (형에게 먹을 것을 주며) 형님도 식사하세요.
구두 만드는 남자   정말 미안하구나. 내 다시는 술을 마시지 않으마.
동생   어서 식사하세요.
구두 만드는 남자   동생은?
동생   저는 먼저 먹었으니 형님이나 드세요.
구두 만드는 남자   무슨 소리야? 동생이 먼저 먹었을 리가 없어? 식사도 두
                  사람이 먹을 것 밖에는 준비가 안 되었을텐데. 나는 술을

마셔서 배가 고프지 않으니 동생이나 먹게.

동생 정말이에요. 저는 먹었으니 형님이나 드세요.

구두 만드는 남자 아니야! 나는 배부르다니까!

동생 (강하게) 저는 괜찮아요.

구두 만드는 남자 그러면 우리 둘이서 같이 먹자꾸나! 동생이 안 먹으면 나도 먹을 수 없어!

동생 형님도 참! 그러면 같이 먹어요.

두 사람은 정지 동작. 천사는 가게 한쪽의 작업대에 가서 앉는다.

천사 두 형제를 처음 보았을 때, 이들의 얼굴에는 죽음의 그림자가 드리워져 있었습니다. 먹을 것과 입을 것에 대한 고민 때문이었죠. 형에게 욕을 퍼붓고, 저를 거리로 쫓아내려는 동생의 얼굴에는 더욱 강한 죽음의 그림자가 씌워져 있었습니다. 하지만 지금은 그렇지 않습니다. 자기들도 먹을 것이 부족한데, 저를 따뜻이 보살펴 준 형제를 보며 첫 번째 답을 찾았습니다. 저는 사람의 가슴에는 사랑이 있다는 것을 깨달았습니다. 전에는 사랑이라는 것을 알지 못했습니다. 하지만 제가 사랑을 받고 나서는 사랑이 무엇인지 알게 되었습니다. 사람의 가슴에는 따뜻한 사랑이 들어 있다는 것을 알게 되었습니다. 그러나 하느님이 저에게 질문하신 답의 전부는 알 수 없었습니다. 사람에게는 무엇이 없는가, 사람은 무엇으로 사는가 하는 것을 알 수 없었습니다. 이 집에 온 다음날부터 저는 구두 만드는 일을 배웠고, 가난한 형제에게 보답하기 위해 열심히 구두를 만들었습니다. 제가 만든 구두는 사람들이 아주 좋아했습니다. 그래서 많은 사람들이 구두를 만들기 위해 이 집에 찾아왔습니다.

3장

천사가 의자에 앉아 구두를 만들고 있다. 구두 만드는 남자는 진열대의 물건을 정리한다. 동생이 집 안에서 장부를 보며 들어온다.

동생 형님! 구두를 만들겠다고 예약한 사람이 10명도 넘어요.

구두 만드는 남자 그거 참 잘된 일이구나. 모두 다 저 사람 덕분이야. 평생 동안 구두를 만들어 온 나보다 구두 만드는 솜씨가 뛰어나다니 믿어지지가 않아!

동생 손님이 많아져서 우리는 좋지만 저 사람이 너무 힘든 것은 아닐까요?

구두 만드는 남자 그러게 말이다. 나도 그게 걱정이야. 벌써 함께 산지가 1년이 다 되가는데, 말을 하지 않으니 알 수가 있어야지. 힘드냐고 물으면 고개를 저을 뿐 한 번도 싫다는 표시를 안 하는구나. (천사에게) 이보게 계속 일만 하면 힘들지 않겠나? 좀 쉬었다 하게!

천사는 고개를 들어 슬쩍 웃어 보이고 계속 일을 한다.

구두 만드는 남자 글쎄 이렇다니까! 사람도 참!

동생	어디서 무엇을 하다가 온 사람인지는 모르겠지만, 앞으로도 우리랑 계속 살았으면 좋겠어요.
구두 만드는 남자	그건 나도 마찬가지야! 도대체 어디서 온 사람일까?

둘은 잠시 천사를 바라본다.

동생	(갑자기 생각나듯이) 아참! 형님! 저 건너 마을에 좀 다녀올께요.
구두 만드는 남자	무슨 일로?
동생	혼자 사시는 할아버지, 할머니의 신발을 고쳐 드릴 때가 되었거든요. 제가 가서 신발을 모아 와야지요.
구두 만드는 남자	그래! 그래 그렇게 하렴. 저 사람 덕분에 우리가 다른 사람들을 도울 수 있어 참 다행이구나.
동생	신발을 편하게 고쳐 드리니까 할아버지, 할머니들이 참 좋아하셔요.
구두 만드는 남자	참 잘된 일이야!

밖에서 누군가가 들어오는 소리가 들린다. 비서가 먼저 들어온다.

비서	여보게들! 나으리 오시네! 어서 들어오십시오.

부자가 들어오고 다른 천사가 뒤에 따라 들어온다. 구두 만드는 남자와 동생, 천사가 인사를 한다.

구두 만드는 남자	나으리 오셨습니까?

부자는 인사도 받지 않고, 인상을 찡그린 체 구두 방을 살펴본다.

부자   (비서에게) 구두 가게가 너무 작고, 지저분하구만. 이런 곳에서 내가 원하는 신발을 만들 수 있겠나?

천사와 다른 천사를 제외한 다른 사람들은 정지 동작. 다른 천사가 천사에게 다가간다. 천사와 다른 천사는 손을 잡고 쳐다보다가 서로 포옹한다. 다른 천사가 부자 곁을 지나, 가게 밖으로 나간다. 천사가 자리에 앉아 하던 일을 계속한다.

비서   나으리! 가게는 작고 좀 지저분하지만 구두는 아주 잘 만든다는 군요. 요즘 이 구두 가게 소문이 꽤 널리 났습니다. 그러니 한번 맡겨 보십시오. 큰 도시에 다녀오려면 시간이 부족합니다.

구두 만드는 남자   (의자를 가져다주며) 누추하지만 좀 앉으시지요.

부자는 의자를 힐끗 보고 앉지 않고 헛기침을 한다. 비서가 얼른 손수건을 깔아 준다.

부자   (헛기침을 하며) 주인이 누군가?

구두 만드는 남자   네! 접니다. 차 한잔 드릴까요?

부자   흠 흠. 내가 말이야, 얼마 전에 유럽의 여러 곳을 다녀왔지. 평소에도 사업 때문에 이 나라 저 나라를 돌아다닌단 말이야. 이번에는 휴가도 즐길 겸 해서 좀 쉬다 왔네. 그러다가 말이야 프랑스의 파리에서 아주 비싸고, 귀한 가죽을 사게 되었네. (비서에게) 이봐! 그 가죽을 보여줘 봐!

비서가 가방에서 가죽을 꺼내 구두 만드는 남자에게 보여준다. 구두 만드는 남자가 가죽을 만져 보려 하자, 비서가 구두 만드는 남자를 막는다.

비서   조심하게. 이게 얼마나 귀한 가죽인데, 그런 더러운 손으로 만지려 드나?

구두 만드는 남자   아이구! 죄송합니다.

부자   이 가죽의 가격을 알면 자네는 아마 기절하고 말걸세. 흠 흠. 이 가죽은 말이야. 프랑스 왕의 신발을 만들던 가죽이야. 그런 가죽 중에서도 가장 좋은 가죽이라는 것만 알아두게! 알겠나?

구두 만드는 남자   에! 잘 알겠습니다.

부자   자네는 이런 가죽을 한 번 본 것만으로도 큰 영광으로 알아야 할 것이야!

구두 만드는 남자   에!

부자   흠 흠. 내가 며칠 뒤에 아주 중요한 사업을 위해 미국에 가는데, 그 때 이 가죽으로 만든 신발을 신고 싶다 이 말이야. 시간이 넉넉하면 큰 도시에 가서 구두를 만들 생각이었지. 그렇지만 시간이 없어 자네에게 맡기려 하는데, 만들 자신이 있는가?

구두 만드는 남자   자신이라구요? 저희야 늘 만들던 대로 구두를 만들지만….

부자   흠 흠! 내가 신을 구두는 다른 사람들이 신는 구두와 달라야 하네!

구두 만드는 남자	달라야 한다구요?
부자	그럼 달라야지! 흠 흠.
비서	우리 나으리께서는 이런 구두를 신고 싶어하시네. 첫째, 이 가죽으로 만든 신발을 신으면 우리 나으리가 다른 사람과 다르게 보일 것!
구두 만드는 남자	다르게 보여야 한다?
비서	그뿐만이 아닐세. 둘째 10년을 신어도 닳지 않고, 그 모양이 그대로일 것. 알아듣겠나?
구두 만드는 남자	10년을 신어도 닳지 않고, 그 모양이 그대로이어야 한다구요?
부자	흠 흠. 만일 그런 신발을 만들기만 하면 돈은 충분히 주지! 자네들이 한번도 받아 보지 못한 큰 돈을 주겠네!

비서가 구두 만드는 남자에게 귓속말을 한다.

구두 만드는 남자	예? 그렇게나 많은 돈을 주신다구요. 아이구! 감사합니다.
부자	흠 흠. 하지만 말이야! 일이 잘못되어 내가 원하는 신발이 아니면 그때는 책임을 져야 하네.
구두 만드는 남자	책임이요?
부자	그렇다네. 많은 돈을 주고도 사지 못하는 귀한 가죽을 망친다면 자네는 아마 감옥에 갈지도 모르지.
구두 만드는 남자	아이쿠! 감옥이라니요?
부자	흠흠. 너무 걱정하지 말게. 그만큼 일을 조심하란 말이야. 정성을 다하지 못해서 가죽을 망치면 책임을 져야 하는

것은 당연한 일이지. 어때? 일을 맡을텐가?

구두 만드는 남자 하지만 저는 겁이 나서…. 동생 어떡하지?

동생 형님! 저 사람에게 한번 물어 봐요.

구두 만드는 남자 그래. 그러지. (천사에게) 이보게 나으리가 원하는 구두를 만들 수 있겠는가?

천사, 고개를 끄떡인다.

구두 만드는 남자 신으면 다른 사람과 달라 보이고, 10년이 넘어도 변하지 않는 신발을 만들 수 있단 말인가?

천사, 강하게 고개를 끄떡인다.

동생 나으리가 만족하지 않으면 감옥에 갈 수도 있다는데!

천사가 다시 고개를 끄떡인다.

구두 만드는 남자 (조심스럽게) 나으리! 이 사람이 만들 수 있다는 군요.

부자 흠 흠. 저렇게 젊은 사람이 구두를 제대로 만들 수 있겠는 가?

구두 만드는 남자 이 사람의 기술이 저보다 훨씬 뛰어 납니다.

동생 예! 정말입니다.

부자 흠 흠. 좋아! (비서에게) 이봐! 가죽을 주도록 해.

비서가 가방에 든 가죽을 구두 만드는 남자에게 준다. 구두 만드는 남자는 아주 조심스럽게 가죽을 받는다.

동생	나으리, 이제 나으리의 발 모양을 재야겠습니다.
비서	그럴 필요 없네. 이 발본대로 만들어 주게.

비서가 구두 만드는 사람에게 발본을 넘긴다.

부자	(일어서며) 흠 흠. 잘 명심하도록 해! 그 신발을 신으면 남과 달라 보여야 하고, 10년이 지나도 모양이 변하지 않아야 한다는 것을!
구두 만드는 남자	네! 잘 알겠습니다.
비서	일주일의 시간을 주겠네! 그 정도면 되겠지?
구두 만드는 남자	(천사를 쳐다본다. 천사가 고개를 끄덕인다) 네! 일주일 안에 만들도록 하겠습니다.
비시	일주일이야! (문을 열며) 나으리 가시죠!

부자와 비서가 나간다. 구두 만드는 남자와 동생이 따라나간다. 밖에서 '안녕히 가십시오!' 하는 소리가 들린다. 구두 만드는 남자와 동생이 들어온다.

구두 만드는 남자	(천사에게) 어보게! 틀림없이 나으리가 원하는 구두를 만들 수 있는가?
천사	(고개를 끄덕인다)
동생	정말 그렇단 말이지?
천사	(고개를 끄덕인다)

구두 만드는 남자   휴! 그렇다면 안심이 되는군.

동생   형님! 만약 나으리가 원하는 신발을 만들지 못하면 어떡하죠?

구두 만드는 남자   어허! 그런 소리는 하지도 마. 만일 그렇게 되었다가는 우리 모두 감옥에 간다지 않아?

동생   걱정이 되어서 하는 소리예요.

구두 만드는 남자   저 사람을 믿어야지. 한 번도 실수를 하거나 허튼 짓을 한 적이 없잖아!

동생   그렇기는 하지요.

구두 만드는 남자   이보게. 자네도 이번 일이 얼마나 중요한 지는 잘 알거야. 그러니 꼭 나으리가 원하는 신발을 만들어야 하네. 우리는 자네만 믿네.

천사   (고개를 끄덕이고, 일을 계속한다)

구두 만드는 남자   틀림없이 잘 해낼 거야. 참! 건너 마을에 다녀와야지. 어서 다녀오게.

동생   네! 형님. 갔다 올게요.

동생이 나가고 나면, 구두 만드는 남자는 가죽을 아주 조심스럽게 다시 관찰한다.

구두 만드는 남자   이게 그렇게 귀한 가죽이란 말이지? 내가 보기에는 다른 가죽과 크게 달라 보이지 않는데…. 아니야! 내가 이런 비싼 가죽을 보지 못했기 때문에 잘 모르는 걸꺼야!

부자의 발본과 가죽을 천사에게 준다.

구두 만드는 남자 실수 없이 잘 만들어야 하네.

천사가 가죽을 만지는 모습을 가만히 쳐다본다. 천사가 가죽을 옆에 놓고 하던 일을 계속한다.

구두 만드는 남자 사실 저는 나으리의 가죽을 맡고 싶지 않았습니다. 돈 욕심이 조금 나기는 했지요. 그렇지만 나으리가 원하는 구두를 만들지 못하면 감옥에 가야 한다는 것이 너무 두려웠습니다. 우리 형제는 저 사람을 믿고 일을 맡았습니다. 워낙 일을 잘하는 사람이라 나으리가 원하는 신발을 만들 수 있으리라 믿었지요. 하지만 다음 날 저는 깜짝 놀라고 말았습니다. 저 사람이 만드는 신발은 나으리가 원하는 구두가 아니라, 죽은 사람이 신는 신발이었거든요. 죽은 사람이 신는 신발을 보고 저는 거의 기절할 뻔 했습니다.

천사에게 가서 천사가 만든 신발을 들고 쳐다보며 소리지른다.

구두 만드는 남자 아니, 이게 뭐야. 어? 이게 뭐냐구? 이봐! 이게 뭐야? 이건 그 구두가 아니잖아? 이걸 어쩌면 좋아? 가죽을 완전히 망쳐 놓았어!
동생 (안에서 나오며) 형님! 왜 그러세요? 무슨 일이세요?
구두 만드는 남자 (바닥에 주저앉으며) 아이구! 이제 우린 큰 일 났어. 이젠 망했다.
동생 형님 도대체 왜 그러세요?
구두 만드는 남자 (신발을 바닥에 던지며) 이걸 좀 봐. 그 귀한 가죽을 이렇

	게 만들고 말았어. 가죽을 엉망으로 만들고 말았다구!
동생	예? 아이고, 이게 웬일이람?
구두 만드는 남자	이제 우리는 큰 일 났다.
동생	이게 뭐야? 이건 죽은 사람이 신는 신발이잖아요! 이봐, 도대체 왜 이런 신발을 만든 거야? 응? 이 가죽이 얼마나 귀한 것인지는 자네도 잘 알고 있잖아? 그런데 왜 이런 신발을 만든 거야?
구두 만드는 남자	우린 이제 감옥에 가게 생겼어! 한 번도 실수를 하지 않던 저 사람이 하필이면 가장 중요한 일에 실수를 하다니. 어떻게 하면 좋지?
동생	이거 정말 큰 일이군요.
구두 만드는 남자	암! 큰일이다 마다, 큰 일보다 더 큰일이라구.
동생	형님! 진정하세요. 하늘이 무너져도 살아날 구멍이 있다잖아요? 신발을 찾으러 오는 날짜가 며칠 남았으니 천천히 무슨 수를 생각해 봐요.
구두 만드는 남자	수는 무슨 수? 찢어진 가죽을 다시 붙일 수도 없고, 감옥에 가는 일 밖에 더 있겠니? 어휴! (사이) 이보게 동생! 동생은 어서 짐을 싸서 도망을 가!
동생	도망이요?
구두 만드는 남자	그래. 도망을 가라구. 감옥엘 가더라도 나 혼자 갈테니 동생은 어서 도망을 가라구.
동생	형님! 그게 무슨 말씀이세요. 제가 어떻게 형님을 두고 도망을 가요?
구두 만드는 남자	우리 둘 다 감옥에 가는 것보다는 나 혼자 가는 게 낫잖아!

동생	형님!

갑자기 문을 두드리는 소리가 난다. 두 사람은 화들짝 놀란다.

동생	(말을 더듬으며) 누구세요?
비서	날세!

둘이 다시 쳐다본다. 다시 문을 두드리는 소리

비서	어서 문을 열라구! (계속 문을 두드린다)
구두 만드는 남자	(화들짝 놀라며) 아니 저 목소리는 나으리의 비서가 아니냐?
동생	예! 맞아요.
구두 만드는 남자	아이구! 이게 웬 난리람!
동생	구두를 찾으러 오기로 한 날은 아직 며칠 남았는데….
구두 만드는 남자	엎친데 덮친다더니, 우리가 그 꼴이구나. 우선은 내가 신발을 감출테니, 동생은 밖에 나가봐!
동생	예! 형님!

구두 만드는 남자는 신발을 가지고 안으로 들어가고, 동생은 문을 열고 나간다. 잠시 뒤에 동생과 비서가 들어온다. 비서는 팔에 붕대를 감고 있다. 천사는 잠시 비서를 쳐다보고 다시 일을 계속한다.

동생	들어오세요.

구두 만드는 남자가 들어온다.

구두 만드는 남자 어서 오십시오. 이렇게 이른 아침에 웬일이십니까?

비서 급한 일이 있어서 이렇게 들렀지 뭔가?

구두 만드는 남자 (의자를 꺼내며) 이리 앉으시지요.

동생 차 한잔 드릴까요?

비서 아니야! 그럴 시간이 없네. 그보다는 말이야. 나으리가 부탁한 구두 말일세!

구두 만드는 남자, 구두요!

동생 구두요!

비서 그래! 구두 말이야! 왜 그렇게 놀라나?

구두 만드는 남자 (떨면서) 아닙니다. 놀라기는요.

동생 (떨면서) 구두를 찾으러 오시기로 한 날짜는 아직 며칠 남았는데요.

비서 물론 아직 며칠 남았지. 이봐 구두를 벌써 다 만든 것은 아니겠지?

구두 만드는 남자 그~ 그럼요. 아직 다 만들지 못했지요.

동생 아주 귀한 가죽이라서 조심스럽게 만드느라….

비서 자네들 왜 이렇게 떠는가? 무슨 죄라도 졌는가?

구두 만드는 남자 아닙니다.

동생 아닙니다.

구두 만드는 남자 죄라니요. 당치도 않으십니다. 그저 날씨가 추워서요.

동생 네! 날씨가 추워서요.

비서 그 신발 말일세.

동생 (말을 막으려고) 나으리! 술 한 잔 드릴까요?

구두 만드는 남자	그래 그게 좋겠다. 나으리 아주 귀한 술이 있는데, 한 잔 드시지요.
비서	아! 됐네. 다음에 마시도록 하지. 오늘은 내가 바빠서 말이야.
동생	한 잔 하시지요!
비서	됐다니까! 여보게 그 구두 말이야….
구두 만드는 남자	(무릎을 꿇으며) 나으리! 죽여주십시오.
동생	(무릎을 꿇으며) 나으리! 용서해 주십시오.
비서	어…. 왜들 이러는 거야?
구두 만드는 남자	나으리! 정말 죄송합니다.
동생	나으리! 정말 죄송합니다.
비서	(소리친다) 왜 이러냐니까!
구두 만드는 남자	나으리! 용서해주십시오.
동생	나으리! 용서해 주십시오.
비서	아니 이 사람들이…. 혹시 그 가죽을 잃어버리기라도 한 건가?
구두 만드는 남자	아닙니다! 절대 아닙니다.
비서	그러면? 불이라도 났는가?
동생	불이라뇨? 천만에요!
비서	그런데 도대체 왜 이러는 거야?
구두 만드는 남자	글쎄, 저 사람이…, 저 사람이 말이죠.
비서	답답하구만! 도대체 무슨 일인지 속 시원하게 어서 말해보게. 무슨일이야!
구두 만드는 남자	동생! (눈짓을 한다)

동생이 안으로 들어간다.

구두 만드는 남자 저 사람이…. 저 사람이 ….
비서 어허! 답답하구만, 답답해!
동생 (신발을 가지고 나오며) 이렇게 만들고 말았습니다.
비서 (놀라며) 아니 이게…. 이럴 수가!
구두 만드는 남자 나으리! 제발 용서해 주십시오. 저 사람이 한 번도 이런 실수를 한 적이 없었는데, 너무 귀한 가죽을 가지고 만들다 보니 정신이 나간 모양입니다. 제발 너그럽게 용서해 주십시오. 가죽 값은 저희가 어떻게든 꼭 마련하겠습니다.
동생 네! 가죽 값은 꼭 저희가 물어 드리겠습니다.
비서 조용히 하게! (천사에게 다가가며) 이보게 자네는 어떻게 이 신발이 필요할 것을 알았는가?
구두 만드는 남자 네?
동생 네?

천사는 잠시 비서를 쳐다본다.

비서 어떻게 이 신발이 필요할 것을 알았지?

천사가 아무 말도 하지 않는다.

구두 만드는 남자 나으리! 이 사람은 말을 하지 않습니다. 아니 말을 하지 못하는 것 같습니다.

비서	말을 하지 못한다구? 거 참, 신기한 일일세.
구두 만드는 남자	나으리, 무슨 일이세요?
비서	그날 구두를 맡긴 날 말이야. 집으로 돌아가는 길에 그만 교통사고가 났지 뭔가?
동생	교통 사고요?
비서	그래. 교통 사고가 났지. 그래서 나으리는 그만 돌아가시고 말았네!
구두 만드는 남자	돌아가셨다구요?
동생	돌아가셨다구요?
비서	응. 심하게 다쳐서 돌아가시고 말았지. 다행히 나는 가까스로 목숨을 구했어. 이제는 나으리가 부탁한 구두는 필요 없게 되었네.
구두 만드는 남자	(믿어지지 않는 듯) 정말입니까?
동생	나으리가 돌아 가셨다구요?
비서	그렇다네! 그래서 장례식에 쓸 죽은 사람이 신는 신발이 필요하거든. 그런데 저 사람은 어떻게 알았는 지 죽은 사람이 신는 신발을 만들어 놓았지 뭔가? 참 신기한 일이구만. 저 사람의 실수가 오히려 전화위복이 되었군.
구두 만드는 남자	그럼 가죽 값을 물어내지 않아도 된다 이 말씀이죠?
비서	필요한 신발을 만들었는데, 왜 가죽 값을 물어내는가?
구두 만드는 남자	동생!
동생	형님!

둘이 껴 앉는다.

비서	어쨌든 잘 되었네. 이 신발을 빨리 만들지 못하면 어떡하나 걱정을 했는데 말이야. (돈을 꺼내며) 자! 여기 신발을 만든 값일세.
구두 만드는 남자	아이고! 고맙습니다.
동생	고맙습니다!
비서	(나가다가 돌아서서) 아 참! 술은 잘 보관해 두게. 내 나중에 와서 마시겠네!
구두 만드는 남자	네! 네! 물론이죠. 그렇게 하겠습니다.

구두 만드는 남자와 동생, 비서는 정지.

천사	여러분들도 보셨듯이 부자가 이 가게에 왔을 때, 그 사람 곁에는 천사가 있었습니다. 저는 그 천사를 보고, 부자가 곧 죽을 운명이라는 것을 알게 되었지요. 하지만 그 사람은 자신이 언제 죽을지도 모르고, 10년도 넘게 신을 수 있는 신발을 만들어 달라고 했습니다. 저는 그 사람에게 오래 신을 신발이 필요 없다는 것을 알았기에 죽은 사람이 신는 신발을 만들었지요. 저는 부자의 모습을 보고 두 번째 답을 얻었습니다. 사람에게 없는 것, 허락되지 않은 것은 무엇인가? 그것은 자신의 앞날을 알 지 못한다는 것, 그래서 지금 자신의 몸에 무엇이 필요한지를 알 수가 없다는 것입니다. 이제 세 번째 질문이 남았습니다. 세 번째 답을 알기까지는 꽤 오랜 세월이 지났습니다. 저는 계속 일을 했고, 두 형제는 여기서 번 돈으로 어려운 사람들을 도와주었습니다. 그래서 저는 구두를 만드는 일이 참 즐

거웠습니다.

해설이 끝나면 자리로 돌아가 구두를 만든다.

4장

구두 만드는 남자와 천사는 일을 하고 있다. 동생이 들어온다.

동생	형님! 다녀왔어요.
구두 만드는 남자	그래 수고했다.
동생	할아버지께 구두를 가져다 드렸더니 얼마나 좋아하시는지….
구두 만드는 남자	그래, 참 다행이구나!
동생	저 사람 때문에 우리 가게도 잘되고, 다른 사람들을 도와드릴 수 있어서 얼마나 고마운지 몰라요.
구두 만드는 남자	그러게 말일세! 이게 다 하느님의 축복인 것 같아!
동생	참 신기해요. 지금까지 말 한 마디 하지 않고 지냈으니….
구두 만드는 남자	그래도 전혀 불편하지가 않아! 우리 마음을 전부 알고 있는 것 같고…, 나도 저 사람의 마음이 느껴지거든.
동생	저도 그래요. 형님! 참 좋은 사람이에요.
구두 만드는 남자	그래! 꼭 천사 같은 사람이야. 욕심이겠지만 우리가 죽을 때까지 늘 같이 있었으면 더 바랄게 없겠어!
동생	그래요!

밖에서 아이들이 떠드는 소리가 들린다.

쌍둥이 1   아빠! 빨리 오세요.
쌍둥이 2   아빠! 어서요!

아이 2명이 축구공을 가지고 뛰어 들어온다.

쌍둥이 1, 2   안녕하세요!
동생   그래! 어서 오거라.
구두 만드는 남자   어서 와라!

아빠가 들어온다.

쌍둥이 아빠   안녕하십니까?
구두 만드는 남자   어서 오십시오.
동생   어서 오십시오.
쌍둥이 1   아빠 어서 말씀하세요!
쌍둥이 아빠   그래 알았다. 그 녀석 참 급하기도 하지. 제 아이들 축구
              화를 만들려고 왔습니다. 축구화도 만들어 주시는지요?
구두 만드는 남자   물론이지요!

쌍둥이 1, 2 좋아한다.

쌍둥이 아빠   다행이군요. 이 두 아이의 축구화를 만들어 주십시오. 아
              주 튼튼하게 말입니다.

동생	이리 와서 앉으렴! 발을 좀 보자꾸나. 축구화를 만들려면 우선 발의 크기를 재야 하거든!
쌍둥이 1, 2	네!
쌍둥이 2	제 발을 재 주세요.
동생	그러자꾸나! (발의 크기를 잰다) 다 되었다. (아이 2를 보며) 이번에는 네 발을 재야 하니 이리 앉으렴.
쌍둥이 아빠	하하! 그러실 필요 없습니다.
동생	왜요? 한 아이만 축구화를 만들건가요?
쌍둥이 아빠	아닙니다. 두 아이 모두 축구화를 만들어 주세요.
구두 만드는 남자	그렇다면 둘 다 발을 재야지요.
쌍둥이 아빠	하하하! 한 아이만 발을 재도 된다니까요.

구두 만드는 남자와 동생은 어리둥절해서 서로를 쳐다본다.

쌍둥이 1	아빠! 밖에 나가서 동생이랑 축구하고 있을게요.
쌍둥이 아빠	그래라! 그 대신 차 조심해야 한다.
쌍둥이 1	네! 염려마세요. 아저씨! 저희 축구화 잘 만들어 주세요.
쌍둥이 2	잘 부탁드립니다.
쌍둥이 1, 2	(구두 만드는 남자와 동생에게 인사를 하고 나간다) 안녕히 계세요.
쌍둥이 아빠	왜 한 아이만 발을 재도 되는지 무척 궁금하실 겁니다.
구두 만드는 남자	두 아이가 쌍둥이인가요? 생김새는 약간 다르게 보이는데….
쌍둥이 아빠	네! 두 아이는 쌍둥이랍니다. 생김새는 다르지만 신기하게도 발 모양과 크기는 똑같지요!

동생	아~.
쌍둥이 아빠	그러니 두 켤레를 똑같이 만드시면 됩니다.
동생	참 신기한 일이군요.
쌍둥이 아빠	참 신기한 일이지요?
구두 만드는 남자	참 귀여운 아이들이군요. 저렇게 예의 바르고 씩씩한 아들이 둘이나 있어 참 행복하시겠습니다.
쌍둥이 아빠	고맙습니다. 요즘은 저 아이들이 없었으면 어떻게 살았을까 하는 생각을 한답니다.
동생	참 부럽군요. 엄마를 많이 닮았나 봐요?
쌍둥이 아빠	하하하! 다들 그런 이야기를 하지요. 하지만 저 아이들은 엄마도 닮지 않았답니다.
구두 만드는 남자	그게 무슨 말씀이세요? 아이들은 대부분 부모의 한쪽을 닮기 마련인데.
쌍둥이 아빠	사실 저 두 아이는 제 아내가 낳지 않았습니다.

천사가 일어나 아빠의 말에 귀를 기울인다.

구두 만드는 남자	네?
쌍둥이 아빠	우리가 낳은 게 아니고, 데려 온 아이들이지요.

천사가 창문으로 쌍둥이를 쳐다본다.

동생	어이구, 이거 실례를 했습니다.
쌍둥이 아빠	아닙니다. 실례는 뭘요. 사실인 걸요. 두 아이도 그 사실을 알고 있답니다.

구두 만드는 남자	아! 그렇군요.
동생	아! 그렇군요.
쌍둥이 아빠	안타깝게도 두 아이의 엄마는 아이들을 낳고 숨을 거두었답니다. 그리고 얼마 되지 않아서 아빠마저 사고로 목숨을 잃었지요. 그래서 두 아이를 제가 맡아 키우게 되었습니다. 하지만 우리 부부의 힘만으로 키운 것은 아니죠. 온 동네 분들이 도와주셨답니다. 젖을 먹여 주신 분도 있고, 옷을 보내 준 사람, 음식을 도와준 사람…. 모든 동네 사람들이 힘을 보태 도와주셨기 때문에 저렇게 훌륭하게 키울 수 있었답니다.
구두 만드는 남자	정말 훌륭한 일을 하셨군요.
쌍둥이 아빠	훌륭한 일이라니요. 당연히 해야 할 일을 한 것이지요.
구두 만드는 남자	우리도 돕고 싶군요. 저 두 아이의 축구화 값은 받지 않겠습니다. 동생! 그래도 되겠지?
동생	그렇고 말고요!
쌍둥이 아빠	그러실 것까지 없는데….
구두 만드는 남자	괜찮습니다.
동생	그렇게 하세요.
쌍둥이 아빠	허! 이거 괜한 이야기를 해서… 고맙습니다.

천사를 제외하고는 모두 정지.

천사	여러분은 저 쌍둥이의 친아버지가 누구인지 아시겠지요. 쌍둥이 형제의 친아버지는 제가 하늘로 데려가던 사람이었습니다. 쌍둥이 아버지의 영혼은 결국 다른 천사가

거두었고, 저는 벌을 받아 사람들이 사는 땅으로 내려오게 된 것이지요. 따뜻한 마음을 가진 이웃들이 쌍둥이를 훌륭하게 키웠습니다. 훌륭하게 자란 쌍둥이를 보고 저는 세 번째 질문의 답을 찾았습니다. 사람은 무엇으로 사는가? 사랑! 그것은 사랑입니다. 저는 사람들은 스스로를 보살핌으로써 살아가는 것이 아니라 사랑으로써 살아간다는 것을 깨달았습니다.

5장

음악이 흐른다. 둘씩 짝을 지어 천천히 움직인다.
1장과 같은 장면을 만드는데, 서로 아끼고 보살펴 주는 여러 가지 장면을 연출하고 정지 동작으로 멈춘다.
천사가 세상을 돌아다니며 사람들을 살핀다.

천사   저는 다시 하늘로 올라가 하느님의 심부름꾼이 되었습니다. 하지만 이제 제 마음은 전과 다릅니다. 제가 땅에 내려가 살기 전에는 알지 못했던 사랑을 알게 되었기 때문이죠. 여러분의 눈에는 다른 사람들의 사랑이 보이시나요?

천사가 다시 사람들 사이를 세상을 돌아다닌다. 천천히 암전.

끝.

꽃은 만발 마음은 살랑

원작 : 김유정　　각색 : 김찬영, 박성용, 전장곤

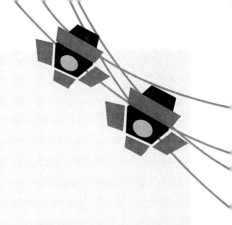

연출의 말

봄이 되면 순진한 처녀 총각의 마음은 살랑살랑. 모두의 관심사는 이성, 그래서 얼굴에 수줍음과 설렘을 달고 다닌다. 보기 좋은 그림이다. 그런 그림에 원색을 칠하기 보다는 순박한 무용과 노래를 양념삼아 발랄함을 표현하고자 하였다.

학생들은 이성에 대한 설렘의 현재 진행형으로 학교라는 공간을 아름다운 만남의 장소로 보기도 한다. 하지만 예전 어른들의 순박한 사랑은 산과 들에서 자연스런 표현으로 넘쳤었다. 그리고 관심을 주는 방법도 달랐고, 표현으로 인한 결과도 순박하였다.

그 때 그 시절 소년소녀의 마음을 봄날의 향기처럼 알싸하게 표현하고, 모두가 흐뭇한 미소와 발랄함을 느끼도록 상을 차려 보았다.

김찬영 선생님이 〈동백꽃〉을 각색한 작품에 박성용 선생님이 〈봄봄〉의 이야기를 보탠 작품을 다시 뮤지컬로 만들었다. 뮤지컬 넘버로 만들기 좋은 장면을 찾기 시작했고, 전반적으로 밝고 코믹한 노래를 찾아내었다. 곡은 뮤지컬 노래 전문 강사(오충수)가 직접 창작을 했고, 두 곡 정도는 학생들에게 직접 창작하도록 하여 뮤지컬 넘버 '불닭'과 '일났네'가 완성되었다. 완성한 곡 한 작품씩 8곡을 차근차근 배웠고, 의상은 특별히 고전풍으로 결정하여 아름다운 분위기를 더해갔다.

등장인물

삼식(김성)　　　점순(김지원)

삼닭(전명민)　　점닭(김예준)

삼식형(박태욱)　삼식형수(김지윤)

점순모(남윤희)　어른(강현우)

만득이(이호균)　이쁜이(김현아)

창식(윤요셉)　　소원(이도연)

삼닭코러스1, 2, 3

점닭코러스1, 2, 3

감자코러스1, 2, 3

1장 봄이 왔네

겨울이 끝나고 봄이 오는 모습의 동작들(자연, 동물, 사람)과 노래.

(모두) 열린다 열린다 새로운 내일을 시작해
또 열린다 열린다 새로운 내일을 시작해
(남) 바람이 분다 바람이 분다 살랑살랑 따뜻한 바람이 분다
하얗게 덮인 수북히 쌓인 들판위를 날리며 바람이 분다.
(여) 꽃들이 핀다 꽃들이 핀다 하늘하늘 어여쁜 꽃들이 핀다
싸늘한 채 뒤덮혀 꽁꽁 얼어붙은 들판위를 밟으며 꽃들이 핀다
(남) 시냇물은 졸졸졸 나들이 가고
(여) 들새들은 짹짹짹 노래를 한다.
(모두) 차갑던 손발은 강가를 향해 움추린 가슴은 하늘을 향해
열린다 새로운 내일을 시작해 또열린다 열린다 새로운 내일을 시작해
하늘을 향해 하늘을 향해 열린다 열린다 새로운 내일을 시작해

이쁜이	밤낮 일만 하다 말텐가!
만득이	그럼 어떡해?
이쁜이	어떡하긴 뭘 어떡해, 아부지한테 성례시켜 달라고 해야 지. 으그 등신~.
만득이	만득이가 장가간다!

남	시냇물은 졸졸졸 나들이 가고
여	들새들은 짹짹짹 노래를 한다.
모두	차갑던 손발은 강가를 향해 움추린 가슴은 하늘을 향해

열린다 새로운 내일을 시작해 또열린다 열린다 새로운 내일을 시작해

하늘을 향해 하늘을 향해 열린다 열린다 새로운 내일을 시작해

먼산 위로 보이는 하얀구름과 무지개 다정히 웃음 짓는 따뜻한 햇살

거리엔 알록달록 색동저고리 모두 나를 향해 손짓하네

소원은 징검다리에서 물을 쳐다보며 자기 얼굴을 확인하고 있고 창식은 소원이 비껴주기를 바라지만 비껴주지 않고 돌을 던진다. 던진 돌을 창식은 바라보며 소원을 쳐다본다. 만득이는 이쁜이 키만 재고, 이쁜이는 적극성을 표현한다.

점순   내마음은 작은 불씨가 되어 훨훨 날아올라
             저 작은 담장 너머로 하지만 그 사람은 새벽이 올 때까지
             아무것도 몰라 늘 쓴 웃음만

창식과 소원, 만득이와 이쁜이 아름다운 동작을 하고 삼식이는 의아한 표정과 자세, 점순이 노래 마무리하고 고개 숙인다. 조명 서시히 암전

2장 닭싸움

닭싸움 음악(붉은 조명) 나오고 점닭과 삼닭, 그리고 닭코러스 싸움 춤을

추며 힘을 과시하다가 삼닭이 쓰러지면 닭코러스 퇴장하고(전체 조명) 점
닭과 삼닭이 남는다.

삼닭   아이고, 아이고. 삼식이네 수탉 죽어요.

점닭   야, 삼닭. 또 덤빌래?

삼닭   더럽다, 더러워. 힘세다고 이렇게 인격, 아니 닭격을 무시
       하고 마구 해대도 되는 거야?

점닭   그래 인마, 니네는 소작농이고, 너는 별 것도 아닌 촌놈닭
       으로, 소작농 삼식이 수탉이잖아 인마.

삼닭   에이, 마름집 수탉놈이라고 드럽게 지랄하네. 그 마름이
       라는 놈들이 쪽바리놈들 보다 더 악독해서, 소작농 등쳐
       먹는 거는 조선이 다 아는 사실이어…

점닭   까불지마, 인마. 그 주둥이 함부로 놀리다가는, 내가 우리
       주인 찜순씨한테 일러바쳐서 소작 떨어지게 할 줄 알어,
       인마.

삼닭   에이 드러워. 친일해서 마름질로 사는 놈의 집 수탉놈이
       되게 잘난 체 하고 있네.

점닭   뭐라고! 이놈의 삼식이 같은 놈의 수탉 새끼가.

음악과 함께(붉은 조명) 몸부림하며 점닭이 삼닭을 다시 때리려고 할 때
삼식이가 등장한다.(전체 조명)

삼식   (길게 소리치며) 그만 둬! 야, 몽둥이맛을 봐야 그만 둘래?

점닭   어쭈! 팰려고? 그래유. 패려면 패 봐유.

삼식   아니, 이게 닭 주제에 사람한테 덤벼? 세상이 물구나무를

섰구나.

삼닭 주인님, 이 새끼 좀 패 주세요. 마름집이라고 소작농 닭격을 마구 무시하면서 지랄을 하는데 꼴 사나워 죽겄네유.

점닭 저 등신 같은 닭대가리. 까불지마 인마. 그리고 삼식 아자씨. 뭐 내가 싸우고 싶어서 싸웠는 줄 알아유? 나두 힘들다구요.

삼식 그래, 니 주인 납작코, 옥떨메, 짜리 몽땅, 배꼽밑에 점 세 개 있는 년 점순이가 일부러 싸움 시킨 거지?

점닭 그류~

삼식 이 년이 나를 골탕 먹이려고 지네 힘센 닭으로 우리 닭을 마구 패라고 시킨 거구나.

점닭 나도 싸우는 거는 별로여유. 싫은 거유.

삼식 그럼 왜 나만 보면 잡아 먹을 듯이 덤비는 거니?

점닭 시끄러 인마. 싸움도 못하는 주제에 입만 놀리고 있어.

삼식 조용해 이 닭 같은, 아니 닭 놈들아. (삼닭에게) 너는 집에 가서 상처 치료해. (점닭에게) 그라구 너 한 번만 더 우리 닭 공격했다가는 죽을 줄 알어.

점닭 증말로 나를 때려 죽일 작정인가 보네유?

삼식 힘 있는 놈들이 시키는 대로 하는, 너 같은 돌쇠정신의 소유자들은 한방에 확 죽는수가 있어.

점닭 우리 주인 점순이 땜에 제 명에 못살고 갈 거 같네.

삼식 시끄러 이 돌대가리 점닭아. 빨랑 들어가.

점닭 오늘은 내가 니 주인 땜에 여기서 물러간다마는, 너 빌빌이 삼닭, 다음에는 그냥 안 둔다. (거만하게 퇴장)

삼식 못된 마름집 닭 같으니라구. 에잇. 드러워서. 너 인마. 빨리 집에 가서 상처 치료해. 그 꼬라지를 해 가지고서는.
챙피하다, 챙피해.

삼닭   예. 주인님. (함께 들어간다)

3장 점순이네

(점순네 조명)
무대 한 편에서 점순모 빨래감을 들고 나와 자리 잡고 점순이를 부른다.

점순모   점순아! 이놈의 계집애가 어디 갔어?

점순   (문열고 들어오며) 뒷간 갔다 오는디 왜 그래요?

점순모   이리와서 엄마 일 도와. (빨래를 갠다)

점순   네.

점순모   (일을 하다) 네가 이렇게 다 컸으니까 하는 말인데….

점순   (딴생각을 하다가) 엄니는 아부지를 어떻게 만났대?

점순모   다 커서 만났지. 아니 그게 아니고. 그러니까 다 컸으니까….

점순   처음부터 아부지가 좋았어? 어디가 좋았어?

점순모   컸으니까.

점순   커? 뭐가 커? 아빠는 키도 작은데?

점순모   그러니까 네가 모르는 게 있는데, 아니 그건 알 것 없고.

점순   모르긴 뭘 몰라 다 아는디.

점순모   네가 그걸 어떻게 알아? 네가 그걸 어떻게 알어?

점순   왜 몰러? 아빠 눈 큰거야, 동네 사람들이 다 아는 건데?

점순모	아, 눈.
점순	그럼 뭐? 내가 또 알아야 하는게 있는 거여?
점순모	아니여. 그러니까 그러니까 아까 내가 어디까지 얘기했냐?
점순	모른다구.
점순모	그 전에.
점순	컸다구.
점순모	그래 너도 다 컸으니까 하는 말인데
점순	그 얘기는 아까 했잖아. 그려 나도 다 컸어. 빨래 다 갰네. 이제 놀러 가도 돼?
점순모	그러니까… (큰 목소리로) 이놈의 지지배가 한밤중에 어딜 놀러 간다구? 그러니까 엄마 말은 너도 다 컸으니까 봄바람 분다고 아무렇게나 천방지축 천둥벌거숭이마냥 막 하고 다니면 안 된다는 것이여. 매사 조심조심 알겠냐? 너도 곧 시집가야지. 시집!
점순	(몸을 꼬며) 시집? 몰러, 몰러. (엄마를 때린다)
점순모	어디서 몸을 배배 꼬고 난리여. 매사 조심조심, 알았어?
점순	몰러어. (나간다)
점순모	으이구, 언제 철들라나? (빨래감 들고 나간다)

4장 삼식이네

(전체 조명)
삼식이, 삼식형 밭을 갈고 있다.

삼식 형	삼식아, 여기 돌좀 날러.(삼식이 삼태기를 들고 돌을 나른다) 우리가 엄니 아부지 여의고 이 동네에 처음 왔을 때 생각나니?
삼식	응.
삼식 형	우리 네 식구 거지도 그런 상거지꼴이 없었지.
삼식	응.
삼식 형	점순네가 도와줬으니 망정이지 그 집 아니었으면 우리는 굶어 죽었어. 곡식 꾸어 줬지. 농사지으라고 땅 떼줬지.
삼식	우리 소작 준다고 저기 개똥이네는 일년 놀았잖어.
삼식 형	그거야 개똥이네가 농사를 못 지어서 그런 거구.
삼식	그게 아니구 개똥이네가 추석 때 닭 한 마리를 빌려주고 돌려달라고 했다가 그런 거라던디. 그냥 줘야하는디 다시 달라고 했다구 그런 거라구.
삼식형	야, 야. 세상일이란 게 다 그런거야.

삼식형수, 바구니 들고 등장.

삼식형수	도련님~ 새참 먹어유, 드시구 해유.(삼식에 다가가) 도련님.
삼식	왜유 형수님!
삼식형수	도련님 요새 소문이 이상해유.
삼식	무슨 소문인디유?
삼식형수	도련님이 점순이랑 가깝다면서유?
삼식	무슨 말씀이유? 난 그 년 보기도 싫어유. 그 년이 툭하면 나 일하는데 와서 시비를 붙고유, 지 말을 잘 안 들으면

	바구니로 등짝을 패고 도망가기도 해유. 왜 그러나 물러.
삼식형수	고것이 바람이 들은 거유. 치마 속에 봄바람이 들어간거라구유. 조심하서유. 그 년 잘못 건드렸다가는 우리 집은 망해유.
삼식	망하다뉴, 형수님?
삼식형수	소작 떨어진다는 거유, 소작. 그러면 뭘 먹고 살어유?
삼식	그게 그런가유?
삼식형수	그 집은 마름집이유. 지주놈보다 더 악랄하게 우리 소작농을 짜는 놈들이 그 마름이란 말유. 혹시라도 가까이 오면 얼렁 피해유. 멀찍이 달아나버려유.
삼식	그렇게까지 해야 되는규?
삼식형수	안 그라다 일 나면 우린 쫓겨난단 말이유.
삼식	알았슈. 조심할게유.
삼식형수	(삼식 형에게) 개똥이 아부지~
삼식 형	왜?
삼식형수	개똥이이 아부지~
삼식 형	왜?
삼식형수	저~기 나를 짐이 있는디.
삼식 형	동생 시켜.
삼식형수	(삼식형 옆구리를 찌르며) 저~기 옆집에서 복분자 술을 좀 가지고 왔는디
삼식 형	(삼식이의 눈치를 보고) 그려? (헛기침) 그럼 한 잔 하고 짐을 나를까나. 삼식아, 잠깐 다녀올팅께 일하고 있어.

삼식형, 형수 퇴장. 삼식이 혼자 있는다.

5장 봄바람이 분다

창식, 만득이 지나가다가 삼식에게 아는 체 한다. 서로 막걸리 주거니 받거니 한다.

창식	만득아, 이쁜이랑 결혼은 할 수 있는겨?
만득이	글쎄, 장인어른이 허락을 안하네
삼식	결혼이라니? 뭔 소리어?
창식	닌 알거 없구….
이쁜이	(화가 나서 들어오며 만득이에게) 등신아, 등신아.
만득이	(이쁜이를 보고 헤벌레 웃으며) 이쁜아~
이쁜이	뭐 좋다고 웃어? 이장님!
만득이	이장님한테 다녀왔지.
이쁜이	다녀오면 뭘 하누?
만득이	이쁜이 네가 작아서 안 된다는 걸 난 어쩌누?
이쁜이	그렇다고 그냥 와?
만득이	그럼 어떡해?
이쁜이	수염이라도 잡아채야지 그걸 그냥 둬, 이 바보야.
만득이	지금이라도 수염을 잡을까?
이쁜이	물러, 물러. (이쁜이 엉덩이 흔들며 사라진다)
만득이	(이쁜이 엉덩이를 보며 따라 들어간다) 이쁜아, 잠깐 우리 말 좀 더 혀. 수염을 잡으면 되는겨? 아예 가랑지를 잡아 버리면 어떨꺼나?

만득과 이쁜이 개별 연기. 소원 등장하며 한 켠에 선다. 창식, 소원을 발

견하고 소원에게 간다.

소원	저 산에 피어 있는 게 뭐니?
창식	동백꽃이여. 동백꽃.
소원	예쁘다. 가까이서 보고 싶은데.
창식	산이 험해서. 내가 같이 가줄까?
소원	꽃이 참 예쁘다. (소원 퇴장하고 창식이 따라 나간다)

삼식이는 계속 일을 하고 점순이 등장.
일하는 삼식이 옆에서 괜스리 돌을 던진다. 귀찮은 듯 일만 하는 삼식이.

점순이 독창　　"봄바람 불어와"를 부르며 춤을 춘다.

무대 한 편에는 소녀과 소녀가 징검다리를 건너고 무를 먹고 꽃향기를 맡
는다.
점순이 이어 웃으며 뛰다가 넘어지려한다.
삼식이 엉겁결에 점순이를 받게 되고 점순이 부끄러워 한다.
부끄러워 하는 점순이.

점순	(하늘을 보고) 비가 오겠다.
삼식	(하늘을 보고) 그러겠네.

삼식이 하늘을 보고 고개를 숙이다 점순이와 가까이서 눈이 마주친다.
점순이 두 손을 가슴에 모은 채 눈을 꼭 감는다.

삼식	(점순이 얼굴을 때리며) 정신 차려. 왜 눈을 감고 그랴. 비 오기 전에 어여 집에 가.

점순	부끄러워하며 '봄바람 불어와' 노래 시작하고 창식과 소원 비를 피하다 냇가에 이르러 창식, 소원을 업는다. 만득이, 이쁜이 "봄바람 불어와"를 함께 부른다. 창식과 소원 냇가를 건너고 소원 창식의 등에서 내려와 부끄러운 듯 퇴장하면 창식이 따라가고 이쁜이 퇴장하면 만득이 따라가고, 점순이 퇴장하면 삼식이 그냥 바라본다. (음악 끝)

삼식	나무나 하러 가자.(나간다)

6장 어르신의 가르침

(길 조명)

길거리에서 점순과 어른 만난다.

점순	안녕하세유?
어른	응. 점순이구나. 많이 컸네.
점순	네, 어르신.
어른	이제 시집가도 되겠다.
점순	(몸만 배배꼰다)
어른	거 동네의 건강한 청년들이 눈독을 들이지는 않대?
점순	부끄럽사옵니다.

어른	(헛기침) 그래, 그럴 만한 나이기도 하겠지. 그래, 맘에 있는 녀석이라도 있니?
점순	지가 찍은, 꼭 한 사람이 있긴 있슈.
어른	어허, 그래? 그게 누구여?
점순	말씀드리기가 조금….
어른	괜찮다. 중 제 머리 못 깎는다.
점순	그럼….
어른	그래 내 중매 서마.
점순	그러시면 말씀드리겠습니다.
어른	얼렁 말해봐라.

'삼식이 자랑' 노래 듀엣으로
몸이 커다란 장정입니다. (거 힘은 세겠구나) 일도 엄청 잘 합니다. (밥은 안 굶기겠어) 생긴 것도 훤칠합니다. (색시들이 줄 서겠구나) 성품도 순진합니다. (그려, 성질머리 나쁘면 신수가 고되지) 머리 회전이 조금 느립니다. (원래 사내들은 좀 늦되는 거여) 조금 띨빵~ 하옵니다. (그건 순진해서 그런 거) 근디. (근디?) 노는 물이 달라요. (어디서 노는 물인디) 이 동네 (그려, 근디 물이 얼마나 다르길래?) 신분상 급 차이가…. (에이 그런 건 차차루 극복하면 되는 거) 그럼 이름을 밝혀도 되겠습니까? (그래, 그게 누군지 속 시원하게 말해봐) (음악 끝)

점순	삼식이유. 삼식이.
어른	삼식이! 그 어리숙한 놈?
점순	야? 아! 그렇습니다.
어른	그놈은 적극적으로 몰아붙여야 혀.

점순	무슨 말씀이신지요?
어른	둔하다는 것이어. 그냥 니 맘대로 밀고 나가불어. 힘, 그럼 난 간다.
점순	예, 안녕히 가셔요. 어르신 고-맙-습-니-다.

어르신 나가고 점순 뭔가 생각난 듯 나간다.

7장 감자 주기

(삼식네 조명)

점순	(삼식이 곁에 조용히 다가가) 애! 너 혼자만 일하니?
삼식	….
점순	일 잘한다.
삼식	….
점순	울타리 손질은 힘든 건데 너 혼자만 하니?
삼식	(버럭) 그럼 혼자 하지 때루 하니?
점순	아이고 깜짝이야. 뭔 소리를 그렇게 버럭 지르는 거야.
삼식	일하는데 방해되니까 저리 비켜.

삼식, 울타리를 만지작 거린다.

점순	(삼식 주위를 서성거리다가 다가서며) 너 일하기 좋니?
삼식	일하기 좋은 놈이 어딨어!
점순	한여름이나 되거든 하지, 벌써 울타리를 하니?

삼식	여름에 하건 지금하건 뭔 상관이여.
점순	그래도 이파리 무성한 여름에 하지.
삼식	여름에는 더워서 못해.
점순	하긴.
삼식	이제 그만 가봐. 나 일해야 돼.

(점순이는 일하는 삼식이 주위를 빙빙 돌다가 주머니에서 감자를 꺼내서 어깨 너머로 들이민다)

점순	늬 집엔 이거 없지?

(화사한 조명)
점순, 감자코러스들과 춤, 노래를 한다. "늬 집에 이런 거 없지?" 있니? (뭐) 있어? (뭐) 늬 집엔 이거 없지? (뭐기 있냐는거) 있니?(뭐) 있어?(뭐가) 늬 집엔 이거 없지?(아 글쎄 뭐가 있냐는겨) 감자 감자 아 찐 감자 왕감자 아 맛있는 봄감자 여기서 얼른 먹어(저리 치워) 아무도 몰래먹어 어른 받아(싫어) 얼른 먹어 하 뜨끈한 찐 감자 호 불어서 (싫다니께) 여기서 얼른 먹어(싫어) 혼자만 실컷 먹어(싫다니께) 팔아파 얼른 받어

삼식	(손을 내치며) 이 손 저리 치워.

(삼식이는 삼식네 집 자리로 이동)

점순	(따라가며) 너 봄 감자가 맛있는 거란다.
삼식	너나 먹어.

점순	(속삭이듯) 여기서 얼른 먹어.
삼식	싫다니까.
점순	애, 남이 알면 큰일 나. 얼른 받어.
점순	너, 정말 나한테 이럴 수가 있어? 내 성의를 이렇게 무시해도 되는 겨?
삼식	니가 뭔데?
점순	너 진짜, 나를 쪽 팔리게 할 거야?
삼식	뭐가? 뭐가 쪽 팔러!
점순	감자 주는 이유를 몰라?
삼식	그려! 우리 집에 이런 거 없다고 유세 떠는 거 아녀?
점순	내 맘도 모르고 이 미련 꼴통아.
삼식	너는 옥떨메여.
점순	내가 그렇게 못나 보여?
삼식	이쁜 구석이 없어.
점순	내 속 맘을 까보여야 아니?
삼식	니 맘이 뭔디?
점순	몰라. 이 등신아! (씨근거리며 도망치듯 내뺀다)
삼식	뭐여, 등신? 너는 옥떨메여. 옥떨메. 옥상에서 떨어진 메주. 옥…이여. 옥? 하긴 점순이 눈깔이 옥같이 생기긴 했지. 뭐여, 뭔소리여. 얼른 일이나 하자. (나간다)

8장 암탉 괴롭히기

(점순네 조명)

창식이 힘없이 걸어나오다 주저앉으며 한숨을 내뱉고 있고 한 쪽에서 삼식, 만득이 등장한다.

삼식 쟈는 왜 저런다니?

만득 윤초시네 손녀가 서울 갔다고 저런다.

삼식 그게 왜?

만득 아 저번날에 산에 가서 꽃놀이도 하고 그랬잖여.

삼식 그게 왜?

만득 지 딴에는 그게 뭐라도 되는 줄 알았던 거지.

삼식 그게 뭐?

만득 그러니까 그게…(답답하다는 듯) 됐고. 나는 저 늄이랑 막 걸리나 한 사발 마시고 올테니께 그리 알어.

삼식 그랴.

(삼식네 조명)

만득과 창식 퇴장. 삼식이는 자기 집으로 이동하다가 어디선가 닭 소리. 점순이 닭을 들고 등장.

삼식 어디서 닭 멱 따는 소리여? (점순이 발견) 우리 닭 죽는 소리 아녀?

점순 이놈의 닭 뒈져라.(마구 팬다)

삼식 너, 지금 뭐하는 짓이여?

점순이 암탉을 들고 "죽어라" 노래
(전체 조명)

점순	죽어라 죽어라 죽어라 죽어라
	이놈의 닭 죽어라 죽어 죽어
삼식	이놈의 계집애 때려 죽일수도 없고
점순	빙신 때리지도 못하면서.
	이놈의 암탉아 니도 빙신이지
	죽어라 죽어라 죽어라 죽어라
삼식	이년아 남의 닭을 죽일 작정이니?
점순	이 바보 빙신아 너 배냇병신이지
삼식	말끝마다 바보빙신이래. 니 말 책임 누가져
점순	바보 느 아버지가 고자라지
삼식	뭐? 울 아버지가 고자라고?
점순	그래 이바보 빙신 등신 배냇고자
삼식	(몽둥이 휘두르며) 너~~~~~
점순	삼식이 고자~~~~(음악 끝)

삼식	(억울해 울먹거린다) 나 고자 아녀. 등신도 아녀. 에이 씨, 마름집 딸년이라고 함부로 유세를 부리고 지랄이야. 괜찮아 우리 닭. (나간다)

9장 불닭

(전체 조명)
코믹한 음악과 함께 삼닭 닭모이를 찾아 움직이다가 점닭을 만나 당하는 장면

점닭	(졸다 깨어나며) 어쭈, 이 빌빌이 삼닭, 신성한 내 식량을 건드려?
삼닭	아, 아니, 그게 아니고.
점닭	(일어나며) 감히 내 영역을 침범해, 간이 배 밖으로 나왔구만.
삼닭	아, 아니, 그게 아니고.
점닭	아니긴 뭐가 아니야. (목덜미를 잡으며) 잘 걸렸다. 이놈의 돌 닭대가리 놈아.
삼닭	아, 아니, 그게 아니고.
점닭	(엉덩이를 때리며) 니 주인 삼식이가 우리 주인 점순 씨의 순정을 몰라주는 거 알기나 하냐?
삼닭	순정이 뭐여? 나도 우리 주인 닮아 눈치 코치가 없어.
점닭	그러니까 더 맞는 거여. 인마.
삼닭	어쩌라고? 말을 해줘야 전하던지 할 게 아녀!
점닭	(엉덩이를 때리며) 말을 해야 아니? 척하면 삼천리. 쿵하면 호박 떨어지는 소리. 뿡하면 선달 방구 꾸는 소리. 근디 고런 것도 분간 못하는 니 주인은 빙신이여 인마. (엉덩이를 때린다)
삼닭	그러면 니네 주인하고 우리 주인하고 서로 좋아 하는 겨?
점닭	야, 인마. (엉덩이를 때리며)니 주인이 빙신 같아서 (엉덩이를 때리며)우리 주인의 (엉덩이를 때리며) 라브유를 못 알아 먹는 거여, 인마.
삼닭	우이씨~. 우리 주인 나무하러 갔는데 오면 말해 볼테니께 나 좀 그만 때려. 엉덩이에 불나서 불닭 되겠다.

(조명 변화)
(삼닭의 '불닭' 노래, 그리고 분노의 음악과 함께 삼식이 등장)
불닭 불닭 내 똥꼬 불나겠네
불닭 불닭 난 삼닭이란 말여
불닭 불닭 주인 잘못 만나가지고
불닭 불닭 나 다시 돌아갈래

난 수억마리 정자를 뚫고 태어난 고귀한 생명
내 어릴 적 노란 병아리 귀여움 받고 있었지

그러던 어느날 (어떤 빙신 고자 같은 놈이 날 데리고 갔어 그때부터 내인 생 꼬였지)
모이는 안주고 모래알을 줬어(모양이 똑같다고 속을 줄 알았냐? 나 닭이 어도 맛은 느낄 줄 안다구 식감이 있잖아 식감이)
그리고 어떤 돼지같은 년이 (이, 뼈다귀처럼 생긴 닭새끼를 데리고 와서 날 마구 팼어)
아, 죽여버리겠어(점닭을 패려고 슬로모션)

(그러나 음악 끝나고 삼닭은 계속 슬로우 모션, 점닭은 '너 뭐하냐?' '뒈질 래?')
이를 지켜 보던 삼식이 달려오며
(전체 조명)

삼식   (몽둥이 치켜들며) 이 요망한 점순닭 새끼. 단매에 쳐 죽
              일 테다.(몽둥이 휘두르자 점순닭 도망)

점닭	내 우리 주인에게 일러야지~~~.(도망간다)
삼식	넌 맨날 맞기만 하냐?
삼닭	지송해유, 주인님.
삼식	그렇게 심이 없냐?
식닭	아, 그놈은 맨날 영양식만 먹어서 상대가 안 되유.
삼식	그렇게 쎄냐?
삼닭	야. 그라구 온갖 말로 주인님을 욕하던데유.
삼식	무슨 욕을 하데?
삼닭	거, 뭐. 빙신, 등신, 고자. 배냇병신 같은 말로 지랄을 하데유.
삼식	점순이 그년이 다 시킨 거여. 무식은 그년이 최무식이여. 앞으로 그년이 나오라고 해도 절대 따라 가지마라.
삼닭	그라구 거 뭐더라. 점닭놈이 그러는디 지네 주인의 라브유를 주인님이 몰라준다고 하는 거 같던디유.
삼식	라브유? 그게 뭐여?
삼닭	모르지유. 우리 닭대가리들은 도통 알 수 없는 소리네유.
삼식	봄이 되니 아지랑이 같은 헛것이 보여서 그런 소릴 하는 걸거여.
삼닭	아이구, 아퍼 죽겠슈.
삼식	너 여기 있어 봐.
삼닭	왜유?
삼식	기다려봐 인마. 내 특식을 만들어 올 테니까(퇴장한다)
삼닭	무슨 삼이라도 한뿌리 멕여 줄라나? 난 크다란 지렁이가 좋은 디. 아니 땅개 같은 벌레가 좋은디. 그라구 옥수수알도 좋은 디. 어쨌든 먹을 거 준다니께 좋기만 하네.

삼식	(등장. 손에 무슨 병과 숟가락을 들고 있다) 이리 와 봐라.
삼닭	(비실거리며 간다) 뭘 줄라고 그래유? 그건 뭐유?
삼식	이런 거 보기나 했니? 아니, 먹어 봤니? 이게 추장이라는 거여.
삼닭	추장? 아파치 하는 그 추장유?
삼식	이런 무식하긴. 고하고 추장이란 말여!
삼닭	그럼 이걸 먹고 점닭이랑 싸우란 말이유?
삼식	그려, 이거 먹으면 심이 황소처럼 쎄지거든.
삼닭	그래유? 그럼, 어디 한번 먹어볼까유.(받아서 퍼먹는다)
삼식	어이구, 잘 먹네. 그래 먹고 힘 좀 써라. 조금 있으면 점닭이 나올 거여. 그 때, 인정사정 볼 거 없이 그냥 삭 쪼아버려라. 먹고 있으면 그 놈도 냄새 맡고 올 거여.(삼식 퇴장)

(붉은 조명)
점닭이 두리번거리며 냄새를 맡는 모습으로 들어온다. 먹던 걸 멈추고 그냥 달려 들어 점닭을 공격하는 삼닭. 닭싸움 음악과 춤. 결렬한 싸움. 점닭이 밀린다.

(전체 조명)

삼닭	에이 뒈져라. 내가 그 동안 너 한테 당한 걸 생각하면 분통이 터진다. 어디 오늘은 한번 죽어봐라.(공격한다)
점닭	아니, 이게 간이 배 밖으로 나왔나? (쪼인다) 아이구 아퍼.

아니 이놈이 갑자기 심이 세졌네! 아이구 아이구 (죽는 소리)

점순이 들어와 삼닭을 밀쳐낸다.

점순	어찌 된 거야, 챔피언 우리 닭아.
삼식	(등장하여) 이년아 빙신네 닭 맛 좀 한번 봐라.
점순	너 정말 이럴 수 있어?
삼식	뭐가?
점순	라브유를 이렇게 밖에 못 받아들여?
삼식	그거 묻고 싶던 말이다. 그 라브유가 뭐냐?
점순	공부 좀해라. 이 등신아.
삼식	또 등신이래. 옥떨메.
점순	이 등신아, 그래서 너를 고자라고 하는 거여.
삼식	야 이년아. 고자하구, 라브유랑 무슨 상관이 있어?
점순	가서 물어봐라 이 멍충아. 아이 챔피해. (점닭에게) 가자, 저런 칠푼이들에게 당하다니. 너 다음에 보자.(닭을 데리고 도망치듯 퇴장)
삼식	다음에 보자는 년 무서운 거 없다더라.
점순	으유, 저런 찌질이.
삼식	(삼닭에게) 잘했다. 다음에도 또 뎀비면 그땐 아주 죽어버려라.
삼닭	아이구 매워 죽겠슈. 물만 키고. 근디, 라브유는 아직 뭔 말인지 몰라유?
삼식	그려, 도무지 배운 게 있으야지. 됐어. 됐어. 이기면 된 거여.

10장 거시기가 거시긴거다

(길 조명)

지게를 지고 나무하러 가는 삼식이. 동네 어른을 만난다.

삼식	어르신 안녕하셔유?
어른	그렇지 잘 지내는가?
삼식	네. 어디 가셔유?
어른	응, 마실 간다.
삼식	그럼 살펴가셔유.
어른	그래.
삼식	근디유 어르신~
어른	그래.
삼식	라브유가 뭐래유?
어른	라브유라니?
삼식	네. 어떤 바람난 여자애가 라브유 라브유 하고 다니는데 그게 뭔말이래유?
어른	응 그건 말이다. 코쟁이 말인데 우리 말로 하면 내가 '참 거시기하다~'라는 뜻이다.
삼식	아, 그렇구나. 그럼 가셔유.
어른	그래.
삼식	어르신.
어른	그래.
삼식	근디 그 '참 거시기하다~'라는 게 뭐래요?

'참, 거시기하다' 노래 듀엣으로

어른	그러니까 참 거시기하다는 건 차암~ 거시기하다는 건데 거시기하니까 거시기한다고 하는 거란다.
삼식	아~ 그렇구먼유.
어른	그럼 나는 간다.
삼식	네. 근디유 어르신.
어른	그래.
삼식	내가 거시기하니까 거시기한다는 건 그러니까 거시기가 거시기해서 거시기하니까 거시기한다는 말인건가유?
어른	그렇지 고놈 똑똑하네.
삼식	그럼 거시기가 거시기해서 거시기한다는 말은 거시기가 거시기해서 거시기하다는 거잖아유. 그러니께유, 그러면 그 거시기하다는 게 도대체 뭐래유?
어른	뭐긴 뭐여. 거시기가 거시기지.
삼식	그러니께 거시기가 뭔지 알아야 거시기가 거시기한것도 알거 아니유?
어른	요 맹꽁이 같은 놈아. 거시기가 거시기지 뭐여, 이놈아. 거시기는 거시기여. 그러니께 거시기가 거시기한 것은 거시시가 거시기해서 거시기하니께 거시기하게 된 거여. 알겠냐?
삼식	거시기가 거시기해서… 거시기하니께…
어른	그 거시기라는 것은 시간이 지나면 차차 알게 될 것이다. 라브유도 그런 것이여.(퇴장)
삼식	라브유, 라브유, 거시기 거시기 아구 머리 다 빠지겠네.

(나무하러 간다)

11장 점닭을 죽이다

(붉은 조명)

점순이 등장하여 닭모이를 바닥에 뿌린다. 그리고 삼닭 등장하여 땅에 있는 모이를 먹다가 점닭을 만나고 점닭의 일방적인 공격. 닭싸움 음악. 다시 예전처럼 점닭한테 밀리는 삼닭. 나뭇짐을 지고 오는 삼식이는 점닭에게 당하는 삼닭을 보고 흥분하여 점닭을 때려 죽인다. 삼식이 점닭을 죽이는 장면은 슬로우로 처리. 닭들 퇴장. 밝아지고 삼식이는 멍한 표정으로

(전체 조명)

점순	너 지금 무슨 짓을 한 거여?
삼식	에이 씨, 보면 몰러, 이년아.
점순	너 지금 우리 닭 때려 죽인 거여?
삼식	그게 아니구. 그냥 슬쩍 때려 볼라구….
점순	그게 아니구가 무슨 말이여. 그런 말이 어딨어. 지금 이 닭 뒈진 거 안 보여?
삼식	그럴라구 한 게 아닌데.
점순	너 이 자식, 이 게 누 집 닭인데.

(삼식을 냅다 떠민다. 삼식 벌러덩 넘어진다. 쪼그리고 앉는 점순)

점순 '너 어쩔거야' 노래
너 이제 어쩔거여? 너 환장을 했니?
너 닭 값은 물론이고 소작도 떼일 줄 알어
그걸 모르고 함부로 몽둥이를 휘둘러?
이 등신아, 너 겉은 놈은 무슨 말을 해도
눈치를 모르는 놈이여. 눈치를 모르는 놈이여

삼식 '아이고 일났네' 노래, 점순 야릇한 미소로 대사를 받고
이제 어째야 하는지 난 몰라
이제 어째야 하는지 난 몰라
우리 집은 망했다. 엄니 말씀이 생각나네
소작 떼이면 우리집 뭘 묵고 산담
아이고 일났네. 큰 일이 났네

점순	너 그럼 이제부터 내말 들을래?
삼식	그 전에 이르지 않는다고 말해줘.
점순	그건 염려마. 닭 죽인 거 내 말 안 할게.
삼식	고맙구먼.
점순	소작도 안떼일테니 걱정마.
삼식	그건 더 고맙구.
점순	대신 담부터 안그런다고 말해.
삼식	뭐를 안그런다고 말을 해?
점순	내 말 잘 듣는다구. 내 하자는대로 한다구.
삼식	응, 니가 하자는대로 할겨. (벌떡 일어선다)

점순	그럼 이따 저녁 때 동백 바위 뒤로 나와.
삼식	왜? 거기루 나오라는 겨?
점순	묻지 말고 나오기만 해. 꼭 나와야 된다.
삼식	알었어.
점순	안 나오면 다 확 불어버린다.
삼식	응, 알았어. 내 꼭 나갈게.
점순	그라구, 라브유가 뭔지 알지?
삼식	그게, 알기는 대강 아는 거 같은디….
점순	이따가 확실히 알아갖구 와.

점순 퇴장. 삼식이 어쩔 줄 모른다.

삼식	라브유가 대체 뭐라는 겨? 거시기는 또 뭐구? 아이구 대가리가 작살나겠네.
삼닭	(거만한 자세로) 너 닭이냐?
삼식	아니. 닭은 너지.
삼닭	아니 근데 왜 닭대가리를 가지고 있는 거냐구?
삼식	이게 확 고놈의 주둥이를 확 비틀어 버린다.
삼닭	아니 그럼 왜 점순이 하는 말을 하나도 못 알아 들어?
삼식	넌 라브유가 뭔지 아는겨?
삼닭	당연하지. 그건 말이지, 거시기하다는 것이여.
삼식	거시기하다는 건 뭔디?
삼닭	라브유라는 것이지.
삼식	이걸 확 통닭을 만들어버린다.
삼닭	이런 닭대가리 주인아. 점순이가 너 좋다는 거 아녀.

삼식	점순이가?
삼닭	응.
삼식	나를?
삼닭	응.
삼식	왜?
삼닭	네가 좋으니까 그런 거지. 더군다나 봄이잖아. 봄. 꽃은 피지 마음은 살랑살랑거리지. 처녀 가슴이라고 가만히 있겠냐? 솟아나는 것이여. 가슴도 솟아오르고 네 거시기도 솟아오르고. 봄이니께. 뭐혀, 알았으면 바위로 가야지.

12장 꽃은 만발 마음은 살랑

(달밤 분위기) (동백 바위 조명)

만득이	그러니께 그게 이쁜이 네가 수염을 잡으라고 해서….
이쁜이	그렇다고 진짜 아부지 수염을 잡아댕기면 어쩌? 그리고 바짓가랑이는 왜 잡은거? 장인을 고자 만들려고 그랬남?
만득이	이쁜이 네가 보고 있으니께 내가 등신이 아니다 보여줄라고 하다 보니께. 화난겨?
이쁜이	그럼 아부지를 못살게 구는데 화가 안 나나?
만득이	잘못혔어. 그게 다 너랑 알콩달콩 살고 싶어서 그래서 그런 거 아닌감?
이쁜이	그렇긴 해도.
만득이	그래도 그렇게 하니께 올 가을엔 성례올려준다고 하시잖

여. 히히히.

창식이 무대로 나오며

창식	소원이가 보고 싶다. 언제 오는 걸까?
만득이	아까 보니께 윤초시네 손녀 딸이 몸 안 좋다고 서울서 내려왔다는디.
창식	뭐여?
이쁜이	엄니말로는 봄은 지나야 서울 갈 수 있다는디.
창식	그려?

삼식이 동백 바위 등장 (동백 바위 조명)

점순	왔나?
삼식	알았다.
점순	뭘?
삼식	라브유.
점순	그게 뭔디?
삼식	거시기였어.
점순	거시기라니.
삼식	그러니께 너랑 나랑 거시기하는 거였어.
점순	그게 뭔디?
삼식	그러니께 그게 (점순이에게 다가간다) 그러니께 그게…. (조명 점점 어두워진다)

전 출연자 나오며 '꽃은 만발 마음은 살랑' 노래 시작.
사람들, 달빛 아래 꽃이 되어 함께 노래와 춤.

막.

우상의 눈물

이인호 / 천안청수고 청연

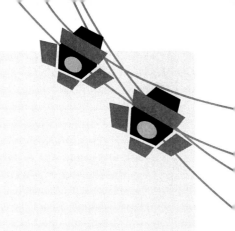

학생들과 공연할 때 적절한 대본이 없어 고민스러울 때가 있다. 창작의 경우, 극적 구성이나 뒷마무리, 작품의 완성도 등까지 만족하기 어려운 경우가 많다. 이럴 경우 문학작품이나 만화, 영화 등을 각색해 보는 것도 희곡을 만드는 좋은 방법이다. 전상국의 소설원작을 4-5개의 큰 장면으로 나누고 각 장면별로 3-4명의 학생들이 연극장면짜기를 만들어본 후에 이를 다시 연결하고 다듬어 연극대본을 만들었다. 교실장면이나 상담 장면 등에 새로운 인물을 추가하기도 하고 기표란 인물의 내면을 더 드러내기 위해 뒤에 편지를 삽입하였다. 개인의 물리적 폭력보다 거대한 사회적 폭력의 문제, 진정한 이웃사랑은 무엇일까를 고민했다. 프롤로그에서 작품 전체 내용을 형상화한 3분 정도의 압축된 춤, 각자의 입장에 갇힌 인물들의 갈등을 통해 묵직한 감동을 끌어낼 수 있을 것이다.

등장인물

이유대(18, 남)   최기표(19, 남)

임형우(18,남)   김혜숙(담임, 40대 중반)

학생부장(남, 40대 중반)

차범준(19, 남)   박철환(19, 남)

금예원(18, 여)   김해중(18, 남)

왕민정(18, 여)   유대모

기표모   여교사

철환모

프롤로그

무대 서서히 밝아지며 극 전체의 이야기를 춤으로 표현한다.
—암전

1장 새 학기의 교실

겨울방학 후 처음 모인 교실, 새 학기의 교실이 그러하듯 떠들썩하다. 교실 안의 아이들의 모습은 각양각색이다. 조용히 책을 읽고 있는 형우, 주위를 살피며 반을 파악하려하고 있는 유대, 그리고 구석자리에 앉아있지만 존재감이 확실한 기표, 기표 주위에 재수파 범준과 철환 두 명이 비스듬히 기대 호위하듯 서 있다. 금예원, 급작스럽게 들어오며 교실의 이목을 집중시킨다.

금예원	야, 야, 야! 니들 들었나?
아이들	응? 뭔데? 왜 그래?
금예원	우리 이번에 담임 말이다, 담임! 완전 재수 통통 튀는 꼰대라는데. (우스꽝스럽게 흉내내며) 요래요래, 몽둥이 휘이 휘이 들고 댕기믄서, 오만상은 있는대로 다 찌푸리고 다니는 거이 거 못봐줄 상이라칸다 아이가.
왕민정	아, 나도 들은 적 있어. 이름이 뭐였지?
금예원	(기다렸다는 듯이 깔깔거리며) 혜숙이, 혜숙이! 야 이름이 혜숙이가 뭐꼬! 김혜자 아줌마 동생인가? 폼은 있는대로 다 잡음서 이름은 완전 복부인 아이라 복부인!

금예원 말하는 와중에 등 뒤로 김선생 들어온다. 민정을 비롯한 주변의 친구들이 던지는 눈치를 알지 못한 채 계속 웃어대던 예원, 뒤늦게 이상한 분위기를 눈치 채고 김선생을 발견한다. 화들짝 놀라 허겁지겁 자리를 찾아 앉는다. 혜숙, 유쾌해보이진 않지만 별다른 반응 보이지 않으며 교탁을 향한다.

김선생　(출석부와 두께가 예사롭지 않은 몽둥이가 들고) 여러분의 새 담임을 맡은 김혜숙이다. 새학기, 1학기가 시작 되었다. 이제부터 서른 명이 운명을 함께하는 역사적 출항을 선언한다. 목적지에 이를 때까지 단 한사람의 낙오자나 이탈자가 없기를 진심으로 기원한다. 아울러 이 시간 분명히 밝혀둘 것은 우리들의 항해를 방해하는 자, 배의 순탄한 진로를 헷갈리게 하는 놈은 용서하지 않을 것이다. 우리가 나무를 전정할 때 역행가지를 잘라 버려야 하듯이, 여러분의 항해에 역행하는 놈은 여러분 스스로가 엄단 할 수 있어야 한다. 고삐는 여러분의 손에 쥐어져 있다. 여러분 스스로가 고삐를 잘 사용해 주길 바란다. 내가 가장 우려하는 일은 그 고삐를 내가 잡게 되는 것이다. 나는 자율이라는 단어를 매우 좋아한다.

이유대　(재미있다는 듯한 표정을 하곤 주위를 둘러보더니 손을 번쩍 들며) 그럼 우리가 탄 배의 선장은 누구입니까?

김선생　그 질문을 하는 사람의 번호와 이름은?

이유대　22번 이유댑니다. (일부러 큰소리로) 옥 유에 큰 대, 유 대 입니다.

김선생　좋아, 커다란 옥군? 오늘부터 커다란 옥군이 우리가 탄 배의 임시선장이다. 어떤가?

아이들, 와하하 웃음을 터뜨린다.

이유대   (당황하며) 예? 선생님, 저는….
김선생   (유대 말 자르며) 오늘 이 시간부터 일주일간 커다란 옥,
         이유대군이 우리가 탄 배의 임시선장을 맡는다. 물론 그
         후에 정식 선장을 선출하도록 하겠다. 하지만 잊지 말기
         를 바란다. 여러분 모두가 이 배의 주인이다. 이상 조례
         끝.

김선생, 만족스러운 얼굴로 몽둥이를 교탁에 한번 탁 치고 퇴장.

금예원   (김선생이 나갑기가 무섭게 자리에서 일어나며 우스꽝스
         럽게 유대를 흉내낸다) 옥 유에 큰 대, 유 대입니다.

예원의 익살에 깔깔거리던 아이들, 일어나는 범준과 철환의 험악한 분위
기에 눌려 순식간에 고요해진다.

차범준   (이유대에게 다가가) 커다란 옥? 너 첫 날부터 깝칠래?
박철환   아직도 반장인 줄 아나보네? 올해도 눈에 띄어 담탱이 똥
         개 노릇하려고?
차범준   조용히 따라와.

기표, 조용히 일어나 교실을 한 바퀴 돌아보고 퇴장한다. 교실, 다시 떠들

썩해진다.

금예원	일났다 일났어. 이유대 어쩌면 좋나?
김해중	너도 나대지마라. 무사히 일 년 마치고 싶으면.
임형우	(책을 소리 나게 덮으며) 첫 날부터 분위기가 뭐 이래? (퇴장)

─암전

2장 쓰레기 소각장

이유대는 벽에 기대어 쓰러져있고 범준과 철환은 가쁜 숨을 몰아쉰다. 주위에는 각목들이 놓여있고 범준의 손에 혁띠가 들려있다.

이유대	(멱살을 잡힌 채) 악! 콜록콜록.
차범준	(뺨을 톡톡건드리다, 옆구리를 걷어차며) 아오, 이 씨방노 무지슥아, 소리 내지 마라앙?
이유대	(숨막히듯 헛구역질과 기침을 하며) 그만, 그만하자.

한 켠에서 조용히 앉아서 바라만 보던 최기표, 일어난다. 범준과 철환, 이유대의 겨드랑이쪽을 양쪽으로 잡고 일으킨다.

차범준	닌,도대체 뭘 쳐먹고 그리 간땡이가 부었냐? 어?
차범준	(바닥에 드러누워 구르며) 아악~
최기표	똑바로 잡아.

차범준, 최기표 한마디에 바로 일어나 이유대를 다시 잡는다. 기표, 가슴과 배를 가격하고 주머니에서 커터칼을 꺼낸다. 톡톡톡톡, 커터 칼을 빼는 소름끼치는 소리가 들리고, 최기표, 스스로 자기 팔뚝을 긋는다. 피가 샘솟는다.

최기표   (팔뚝을 유대 얼굴 앞에 들이대며) 핥어!

이유대   (공포감에 휩싸여 멍하니 최기표의 팔과 그의 얼굴을 번
         갈아 바라보며) 하라는대로 할게. 이 것만은…

최기표   (한 손으로 이유대의 멱살을 움켜쥐고 낮은 목소리로) 두
         번 말하게 하지마라. 핥어

이유대   (결국 피를 핥는다. 혀에 피가 닿자마자 고개를 돌리며 헛
         구역질을 하며) 왜? 왜 이러는 건데?

최기표   메스꺼운 새끼. 너, 담임이 감투 하나 씌워주면 또 스파이
         노릇할 거지?

순간 정적이 흐르고 기표퇴장. 범준, 기표눈치를 보곤 따라 나간다. 철환, 유대를 노려보고 한 번 더 발길질 한 후 따라나간다.

이유대   (치욕감에 몸을 떨며) 메스꺼운 새끼? 스파이?

—암전

3장 학교상담실

학교 상담실, 그 가운데에 김선생이 앉아 유대를 기다리고 있다.

이유대	(공손하게) 부르셨습니까?
김선생	(의자를 툭 밀어주며) 앉아라. 이따가 어머님이 오신다더구나.
이유대	(시계를 보며) 예, 이제 도착하실 시간이 다 되었는데요?
김선생	어때, 약 일주일 간 반장을 하면서 느낀 우리 반에 대한 소감은?
이유대	(무표정하게) 좋은 아이들입니다.
김선생	유대가 그대로 반장을 맡는 게 어때?
이유대	(단호히) 아닙니다. 전 그런 일이 적성에 맞지 않습니다.
김선생	단호하구나. (막대기로 책상을 툭툭 내려치며) 그럼 임형우, 걔가 반장으론 어때?
이유대	(잠시 고민한다. 하지만 분명히 대답한다) 형우라면 틀림없을 겁니다.

유대엄마 등장한다. 김선생, 벌떡 일어나서 공손히 유대 엄마를 맞는다.

김선생	(손수 의자 빼주며) 아이고, 안녕하세요? 유대 어머니.
유대모	안녕하세요, 유대 담임선생님이시군요? 유대가 좋은 담임선생님을 만났다고 집에서 얼마나 자랑을 하는지 몰라요.
김선생	(유대가 엄마를 쿡찌르는 걸 보며) 일단 앉으시죠. 유대한

	테 반장자리를 권했더니 단호히 거절하더군요.
유대모	그러게요 앤 죽어두 싫다는 군요. 중학교 때는 곧잘 하더니만….
김선생	에, 사실 유대는 그런 일 보다는 공부에 신경쓰는 게 좋을 겁니다. 그래서 반장자리에 형우를 추천했습니다.
유대모	형우라고라잉? (유대보면서) 워매!이게 뭔 일이다냐잉? 니 또 갸랑 한반이 되부렀냐? 오매오매….(잠깐 당황하더니 이내 아까의 표정으로 돌아가 고상한 서울말로) 형우랑 애는 중학교때부터 친구랍니다. 걔하고 늘 전교 일이 등을 다퉜는걸요. 우리 유대가 항상 앞선 편이긴 했지만요. 아니 저번엔 글쎄 형우랑 유대성적이…
이유대	(황급히) 형우라면 잘 해낼 겁니다. 어머니 말씀대로 형우랑 오래 봤어요. 그 애라면 분명히 훌륭히 해낼 겁니다.
김선생	그래, 그럼… 우리 반에 크게 문제 될 애는 없겠지?
이유대	(모르는 체하며) 예?
김선생	(조심스럽게) 최기표, 그 놈 괜찮을까?
이유대	(지그시 김선생 바라보며) 그걸 왜 저에게 물으시는 겁니까?
유대모	(둘의 눈치를 보며) 최기표라면 그 한 해 묵었다는 애 말이군요?
김선생	(단호하게) 네, 그렇습니다. 그 놈은 유급한 것도 문제지만 왜, 한눈에 봐도 이건 범죄형이다! 느껴지는 그런 얼굴 있지 않아요? 걔가 바로 딱 그런 범죄형 얼굴이라니깐요. 음침하고, 포악스럽고…
유대모	(아는 체 할 수 있는 얘기라 기쁨을 감추지 못하며) 네, 학

	부모모임에서 들었어요. 여간 사고를 치는 게 아니라던 데, 교칙도 엄한 학교에서 용케도 퇴학을 피했네요?
김선생	바로 그겁니다. 이노무 짜식이 얼마나 교활하고 지능적인지, 도대체 제적을 당할만한 일에는 직접 앞에 나타나질 않고 뒤로 쏙 빠진다, 이 말씀입니다. (유대의 시선을 의식하고) 엉뚱한 놈이 당하곤 하지요.
유대모	저도 다 들어서 아는데….
이유대	(맞장구치려는 어머니의 말을 자르며) 하실 말씀 더 없으시면 저는 이만 가보겠습니다.
김선생	(웃으며) 그래, 유대 넌 그만 가봐라.
유대모	(기다렸다는 듯이) 어머 그래? 마침 잘됐다. 엄마가 네 담임선생님과 단 둘이 할 얘기가 있었는데.

유대, 퇴상하면서 뒤돌아본다. 유대 엄마, 가방에서 흰봉투 꺼내 인사하며 김선생에게 건넨다. 김선생, 일어나서 봉투 받고 서로 웃는다. 유대, 서둘러 퇴장. —암전

4장 축제를 앞둔 교실

반 학생들 축제 때 발표할 퍼포먼스 연습이 한창이다.

김선생	(손에는 반티를 들고 등장하며) 이게 우리 반 퍼포먼스구나? 그래, 준비 잘 하고 있지? 자, 얼마 안 있으면 축제와 체육대회. 우리반이 중간고사 1등을 했다. 공부만 아니

라 축제와 체육대회에서도 단결된 모습을 보여 줄 것을
기대한다. 패자는 할 말이 없다. 축제 때 우리 반 전체가
준비하는 퍼포먼스도 최우수상을 받아야 한다. 우리 학교
이사장님도 참석하신다. 모두 반티는 준비했겠지?

아이들   네.

김선생   (반티를 들고 기표와 재수파들의 책상위에 한 벌 씩 툭툭
올려 놓으며) 세 사람 때문에 반의 일사불란한 결속이 깨
질 수 없다. 너희가 반티를 안산 걸로 알고 있다. 받아주
면 고맙겠다.

최기표, 김선생이 퇴장하자마자 책상 위의 반티를 집어던지고 발로 밟아
뭉개더니 쓰레기통에 버린다. 재수파 범준과 철환도 자신들의 책상위에
놓여있던 반티를 기표가 했던 것처럼 밟고 뭉갠다.

최기표   (숨소리하나 변하지 않고 해중에게 다가가) 내가 실수로
반티를 쓰레기통 속에 빠뜨렸다. 저것 좀 가져다줄래.

최기표   (해중이 쓰레기통에서 추리닝 꺼내오자) 그것 네가 입고
네 거 내가 입자.

차범준   내 것도 세탁 좀 부탁한다.

김해중   (자기 옷을 기표에게 주고 범준, 철환의 반티를 꺼내오며)
알았어.

최기표   (퇴장하며) 니들 잘 해 봐라.

기표를 따라 범준과 철환 퇴장. 임형우, 몇 발 따라가다 멈춘다.
- 암전

암전 사이에 방송 나온다.

학생부장　　(화를 억누르는 목소리로) 최기표, 차범준, 박철환, 학생
　　　　　　부로 온다. 다시 한 번 말한다.(결국 화를 내며) 최기표,
　　　　　　차범준, 박철환, 세 놈 당장 학생부로 튀어 와!

5장 학생부, 오토바이 절도사건

잠시 간주 음악 나오다 퍽, 퍽 하는 둔탁한 소리와 비명소리, 때리느라 숨
찬 소리들이 들려온다. 아파죽겠다고 난리 피우던 차범준의 차례가 끝나
고 이제 최기표 차례다.

차범준　　　(소리) 아악. 선생님 살려주세요. 잘못했습니다.
학생부장　　(소리) 다음, 최기표, (더 세게 치는 듯 하지만 간간이 억
　　　　　　누른 신음소리만 내는 최기표를 때리다 끝내 발로 밀어
　　　　　　넘어뜨리며) 독한새끼. 신음소리 하나 안내는군. 넷 다 똑
　　　　　　바로 일어서!

무대 밝아지며 차범준, 박철환 맞은 엉덩이가 쑤시는지 제대로 서지 못하
지만 최기표, 무표정하게 똑바로 선다.

학생부장　　이 짐승 같은 새끼들아, 때리는 내가 실신하겠다. (몽둥이
　　　　　　로 아이들 쿡쿡 찌른다) 바른대로 못 불어? 누구야? 누구
　　　　　　냐고! (아이들, 약속이나 한 듯 입을 꼭 다물고 기표의 눈

치만 보자) 이 새끼들이 짜고서 나를 놀리는 구나, 그러게 캠핑을 나갔으면 물장구나 치다 올 일이지 남의 오토바이는 왜 타고 오느냐, 이 말이야, 내말은. (한숨을 쉬며) 하기사 니들같은 새끼들이 캠핑은 얼어 죽을…

여교사 (들어오며) 박철환이라는 학생 학부모님 오셨는데요.

학생부장 다른 부모들은 그나마 안오는군. 부모들도 팽개친 새끼를 학교서 어떻게 하라고…

박철환모 안내하고 여교사 퇴장.

학생부장 오셨습니까?

철환모 철환이 에밉니다.

학생부장 (어쩔 줄 몰라하는 철환의 낌새를 알아채곤) 박철환과 최기표만 남고 차범준은 나가있어라.

학생부장 (범준, 기표의 눈치를 보며 나가지 않자 빽 소리를 지르며) 이 쌍노무 새끼들! 선생 말이 말 같지 않냐? 다 그냥 경찰서로 넘겨버린다.

범준, 어쩔 줄 모르며 있다가 기표가 턱짓으로 나가라는 시늉을 하자 나간다.

철환모 (손으로 정확하게 기표를 가리키며 이를 꽉 깨물고) 저 녀석이에요. 저놈! 저놈이 우리 철환일 맨날 불러냈지. 안 그러냐? 네놈이 허구헌 날 우리 철환일 밖으로 불러내서는…. (차분하게 시작했지만 점점 격해지며) 이놈아! 우리 착한 철환이가 너를 만나고부터 내 지갑에 손을 대더니 이제 오토바이절도범까지 되게 생겼다! (학생부장에게) 우리 철환이를 망치는게 저놈이에요! 우리 애도 피해 자라고요. (최기표에게) 어디 뚫린 주둥이로 말을 좀 해봐라. 이 나쁜 것아! (최기표 아무 말이 없자, 철환이를 잡아채며) 이 녀석아, 니가 말해라. 바른대로 선생님께 얘기해. 그날 저놈이랑 캠핑인가 뭔가를 간다하질 않았어! 어서 말해!

학생부장	(다 알만하다는 듯이) 어머니, 진정하시죠.
철환모	(철환을 때리며) 말해라. 여기서 저딴 놈과 연을 끊게 말하란 말이야!
최기표	(철환이를 내려치던 철환모의 손이 멈출 정도로 낮고 압도하는 목소리로) 그래, 말해. (철환, 기표의 말에 화들짝 놀라선 아무 말도 못한다) 이 새끼야 말을 해보란 말야, 내가 느네 엄마 말대로 오토바이 훔치랬냐? (위압적인 목소리로) 말해!
학생부장	(큰목소리로) 최기표! 너 이새끼 주둥이 못닥쳐?
최기표	(학주보다 큰목소리로) 말해! 이 새끼야!
박철환	(힘없이 털썩 주저앉아 머리를 감싸며) 으아아아악! (말을 더듬으며 떨리는 목소리로) 어, 엄마 쟤 아니에요. 전 쟤랑 논 적 없다구요! 쟤는 우리 집도 몰라! 그 일은 내가 그랬어! 다른 학교 애들이랑 그랬다고! 최기표랑 차범준은 아무 상관없어요!

—암전

6장 시험 날, 교실

무대 위엔 시험대형으로 맞춰진 책상들이 나란히 있고, 좀 떨어진 복도에 아이들이 모여 있다.

임형우   (사뭇 진지한 표정으로) 우리가 두 사람을 조금씩 도와주는 게 어때? 담임선생님께서 말씀하시는데 이번에 시험을 잘 못 보면 낙제할 수도 있다고 하더라고. 나쁜 낙제제도 때문에 그들이 낙제하도록 놔두는 것은 옳지 못한 일인 것 같다.

왕민정   (불만스레) 공부를 못하는 건 걔들 탓인데 우리가 왜 도와야 하는 거지?

임형우   물론 공부를 못하는 것은 그들의 책임이지만, 그 책임으로 그들을 추궁하기에는 그들이 너무 한심한 상태라고 생각한다.

금예원   긍까 결국 금마들 동정하잔 거 아이가?

임형우   동정과는 다르다고 생각해. 커닝이 교칙에 위반될 거 같아서 하기 싫은 사람은 하지 않아도 좋다. 나는 그저 너희에게 부탁하는 거야.

이유대   만약 걸렸을 때는?

임형우   모든 책임은 내가 질 거다. 부탁이다. 도와주면 좋겠다.

금예원   (잠시 흐르는 침묵을 깨며) 알았다, 알았어. 근데 어케 도와줄 긴데? 섬은 오늘 당장 아이가? 갸들이 싫다면 우얄 낀데?

임형우   (웃으며) 절대 거절하지는 않을 거야. 내가 지난 쪽지시험

	때 철환이랑 범준이에게 한번 해보았거든.
왕민정	(궁금해 하듯이) 근데 넌 누구를 위해서 이렇게까지 하는 건데?
임형우	나중에 얘기하자. 미리 말하지 못한 건 미안하다. 말이 새어나갈까 봐 그런 거다. 그럼, 모두 수락한 것으로 알고 마지막….
이유대	(형우의 말을 끊으며) 대답하지? 나도 궁금하다. 대답 못 할 것도 없잖아.
임형우	그렇게 하는 것이 옳다고 판단했기 때문이다. 왜 옳은가는 너 자신이 생각해라.
이유대	이해한다. 하려던 말이나 계속해라.
임형우	고맙다 . 마지막으로 부탁하는데 이 일이 내가 계획한 것이라는 것을 기표가 모르게 해줬으면 좋겠다.

이 때 수업종 친다. 무대 잠시 어두워 지며 아이들 교실로 들어가 자리에 앉는다. 잠시 후 기표와 재수파 아이들도 들어와 앉는다. 여교사 암전 속에서 시험지 나눠준다.

시험시작, 최기표 옆에 민정 앉아있다. 관객석에서 보면 맨 앞이다. 민정, 누가 봐도 알아 챌 수 있을 만큼 답안지를 기표 쪽으로 밀어 놓는다. 최기표, 눈치 못 챌 리가 없다. 한번 노려봐 주곤 묵묵히 자기 시험지를 응시한다. 물론 펜을 들어 푼다거나 하지는 않는다.

여교사	일교시는 수학입니다. 이상한 짓 할 생각 말아요. (뒤 쪽으로 돌아다니며) 다들 자기 시험지 봐. 눈 돌아가는 소리 들린다?

초조해진 민정이 뒤를 흘끔거리며 형우를 쳐다본다. 이제 어쩌냐는 눈빛
이다. 임형우, 예상했다는 듯이 책상 속에서 컨닝 페이퍼를 꺼내 기표 쪽
으로 전달한다.

최기표   (화가 난듯 일어서며) 선생님. 어떤 새끼가 나한테 이걸
           전해왔습니다.
여교사   (당황한 목소리로) 이게 다 무슨 일이죠? 누가 이런 걸 보
           냈죠? (말이 없자 언성을 높이며) 누구야? 빨리 자수 안
           해?
최기표   (윽박지르듯이) 어떤 개새끼야?
임형우   (조용히 일어나며) 죄송합니다. 선생님.
왕민정   (일어서며) 아니에요. 제가 그러자고 그랬어요.
금예원   아입니다. 접니다.
이유대   (눈치 살피고 의자를 뒤로 뺀다. 드르륵 소리. 하지만 고
           민하는 듯하더니 일어나지 않는다)
여교사   (당황하며) 이게 다 무슨 일이죠?
임형우   제가 제안했습니다. 죄송합니다. 유급이라는 나쁜 제도에
           묶여 있는 저희 반 친구들을 도와주고 싶었습니다. 어리
           석은 짓이지만, 그래도 도와서 같이 3학년에 올라가고 싶
           었습니다. 죄송합니다.
여교사   (잠시 생각하다 정중하게 고개를 숙인 형우를 보고 고개
           를 끄덕이며) 오늘 일은 우리들만의 비밀로 간직해두기로
           하죠. 기표 학생이 컨닝페이퍼를 본 것도 아니고, 친구를
           생각하는 마음에 나도 감동 받았습니다. 아름다운 반이군
           요. 모두 다시 앉아 시험 보도록 하세요.

최기표	(앉으면서 형우를 노려보며 씹어 뱉듯 말한다) 임형우 너 이새끼…

−암전
임형우 린치장면, 암전 속에서 소리만 들린다.

박철환	(걷어차며) 임형우, 깝치지 말라고 경고했지?
차범준	너도 이유대처럼 한번 당해 볼래?
최기표	임형우 이새끼, 누가 너더러 커닝시켜 달랬냐?
임형우	기분 상했다면 미안하다. 나는 다만….
최기표	(말을 끊으며) 닥쳐. 너 따위가 감히 나를 도울 수 있다고 생각해? (카터칼로 손바닥을 그으며) 핥어. 핥어, 새꺄.

7-1장 병원

형우가 입원해있는 병원이다. 환자복을 입고 침대로 보이는 길쭉하게 배치되어 있는 큐빅에 형우가 앉아 있고 그 옆엔 이유대가 있다. 칸막이 커튼이 놓여있다.

이유대	넌 알고 있었어.
임형우	(시치미를 떼며) 갑자기 무슨 뚱딴지 같은 소리야?
이유대	못 알아듣는 척 마라, 넌 최기표가 우리 도움을 죽어도 받지 않을 거란 걸 알고 있었단 말이다.
임형우	그건 너도 마찬가지였어.

이유대	뭐라고?
임형우	넌 내가 시험전 복도에서 그들을 도와주자고 했을 때, 아니 내가 우리반 애들 불러 복도서 만나자고 했을 때부터 알고 있었겠지.
이유대	(당황하며) 그건…그건….
임형우	창피해 할 것 없다. 네 심정을 이해한다. 널 비판하진 않겠어, 그러니 날 좀 도와줘야겠다.
이유대	도와주다니?

학생부장과 김선생 황급히 등장한다.

김선생	임형우! 이게 무슨 일이야?
임형우	선생님 오셨어요.
김선생	(고갯짓으로 공손한 유대의 인사를 받곤 형우에게) 최기표, 그놈 짓이지?
임형우	아닙니다.
학생부장	선생 속이려 들지 마라, 다 알고 왔다 이런 말이야!
임형우	아닙니다.
김선생	됐다, 너희 집 전화번호나 대라. 부모님껜 알려야지.
임형우	이 일은 제 잘못입니다. 제가 덤벙대다 계단에서 굴러 떨어진 겁니다.
학생부장	웃기는 소리 마라. 너는 학교 뒷마당서 반송장으로 실려왔다. 어서 전화 번호 못 대? (임형우, 말이 없자) 옳아, 말을 안하겠다? (유대 보곤) 이유대, 너는 알지? 임형우네 집 번호를 대. 어서!

이유대	예? 아…(형우 눈치를 본다. 임형우,고개를 젓는다)
학생부장	(이유대가 임형우 눈치를 보자 소리를 빽지르며) 어서 말 못해?
김선생	그만 하시죠. 이런다고 말들을 애들이 아닙니다. (임형우 바라보며) 임형우, 무슨 생각이냐? 부모님께도 안 알릴 셈인 거야?
임형우	저는 계단에서 굴러 떨어진 겁니다.
김선생	최기표 일당에게 당한 것 알고 있다.
임형우	저는 계단에서 굴러 떨어졌습니다. 덤벙댔죠.
학생부장	하! 이 녀석이 무슨 꿍꿍이야? 최기표 일당이 두려운 거냐?
김선생	(임형우와 짧게 귓속말을 하고 고개를 끄덕이고) 부장님, 일단 학교로 가시죠. 교감선생님께 보고 해야 할 것 같습니다. (담임과 학생부장 퇴장)
이유대	무슨 꿍꿍이냐? 왜 거짓말을 한 거야?
임형우	너도 말하지 않았잖아.
이유대	그게 무슨 말이냐?
임형우	너도 부모님이나 학교에 알리지 않았잖아. 사실 피를 핥으라는 건 충격이었다.
이유대	(진저리를 친다. 사이) 이걸로 최기표를 무너뜨릴 수 있다고 생각하니?
임형우	곧 그렇게 될거다. 담임선생님과 학생부장이 돕겠지.
이유대	뭐라고? 그건 또 무슨 말이야? 알아듣게 말해.
임형우	(주위를 살펴보고선 은근하게) 앞으로 최기표도 순한 양이 될 거다.

-암전

7-2장 학교 상담실

암전과 동시에 상담실에 조명 켜진다. 김선생과 차범준이 마주보고 앉아
있다.

김선생	너희 집 형편을 알고 있다. 아버님이 뇌물건으로 구속되신 거 말이다. 내 생각에 1년만 있으면 나오시고, 충분히 재기하시리라 믿는다. 네가 충격이 컸겠더라.
차범준	(어쩔 줄을 몰라하며) 아니, 뭐, 그냥….
김선생	그런데 이걸 어쩐다? 성적표를 보니 총점 40점이 모자라는구나, 이렇게 되면 또 유급이다. (어깨에 손을 올리고 토닥이며) 이를 어쩌냐? 2학기 땐 만회를 해야 될 텐데 말이다. (사이) 내 사실 너를 많이 아끼고 지켜봐왔다. 본성은 착한 네가 모진 것들과 몰려다니며 얼마나 맘고생이 심했을까 생각하면 내 맘이 많이 아프다. (은근하게 아픈 곳을 건드리 듯) 그리고 그 정도 어머니 속 썩였으면 너도 이제 어린애 같은 반항 접을 때도 됐다.
차범준	(불안하게 주위를 살피며) 기표가 선생님하고 이렇게 얘기하는 거 알면….
김선생	최기표 그 놈은 여기 없다. 앞으로도 니 주위에 지금의 최기표는 없을 것이다. 무슨 말인지 차차 알게 될 거다.
차범준	(계속 주위를 살피다 고개를 끄덕이며) 알겠습니다.

김선생	니가 주변 정리하고 새 길을 가겠다는데 담임으로서 그깟 총점 40점, 어렵지 않다.
차범준	예.
김선생	그래, 잘 알아 들은 모양이구나. 고만 나가봐라.
차범준	그런데 철환이는…?
김선생	걱정마라. 학생부장선생님하고 얘기 끝났을 거다.

—암전

7-3장 다시 병원

다시 병실. 형우만 홀로 침대에 앉아서 책을 보고 있다. 예원, 소란스럽게 등장.

금예원	반장! 몸 괜찮나? 내 듣고 이리 병문안 왔다 아이가? 괜찮나?
임형우	(다시 책을 덮고 멋쩍게 웃으며) 예원이구나. 좀 조용히 하지? 여긴 병원이다.
금예원	(급히 입을 막으며 눈을 동그랗게 떴다가 베시시 웃으며 손 내린다) 미안타. 나도 참 북적스럽게…맞제? 것보다 몸은? 몸은 좀 괜찮나?
임형우	(웃으며) 괜찮아. 이렇게 병문안 와 줘서 고맙다. 반에 별 일은 없고?
금예원	(탐탁치 않다는 듯이) 별일? 문제가 있을 리가 있나? 느가

맞고 나서 아무도 지명 안해 가지고. 학생부장이 차마 부르지도 못하고 계속 속만 들들 끓이는 거 아이겠나. 니도 참. (어이없다는 듯이) 왜 그짓말 하는데? 니 때린 거 딱 봐도 갸들 아이가? 그 무서분 애들 말이다. 다 아는 걸 니는 왜 숨길라 카는데?

임형우   (엄중한 표정으로) 날 때린 건 재수파가 아니다. 그러니까 근거 없는 얘기, 더 이상 입 밖에 내지 않았으면 좋겠다.

금예원   (잠시 인상을 쓰다 이내 어깨 으쓱하며) 느가 와 일케까지 하는 긴진 모르겠는데, 니가 정말 멋진 사람이라는 건 알겠다.

범준과 철환 등장

금예원   (당황하며) 아차차, 이거 병문안 선물인데 시간 날 때 마시라. 몸조리 잘 하고. (음료수 선물 상자를 건네며)

임형우   (받아 들며) 아, 뭘 이런 걸 다… 아무튼 고맙다. 잘 마실게. (웃으며)

금예원   (잠시 바라보다 이내 웃으며) 나도 이제 가께. 니도 쉬어야제. (퇴장)

차범준   (잠시 뜸들이며) 몸은 괜찮나?

임형우   (얼핏 탐탁치 않은 표정이 흐르다 이내 웃음을 머금고는) 그럼 괜찮아.

차범준   (멋쩍게) 그래?

임형우   응.

차범준   (정적이 흐르다 이내) 형우야, 미안하다.

임형우	(놀란 듯한 표정으로) 뭐? 그게 무슨?
차범준	다 들었다. 네가 우리들을 지명하지 않았다는 것을. 계단에서 굴러 떨어졌다고 그랬다며?
임형우	(잠시 정적) 그게 이것과 무슨 상관이냐? 난 너에게 사과받을 만한 이유없다. 너희는 날 때리지 않았어. 난 계단에서 굴러 떨어진 게 맞다.
차범준	그게 무슨…
임형우	네가 날 진심으로 때리려고 한 것은 아니라는 말이다. 물론 내가 너희에게 맞기는 하였다. 그치만 너는 너의 생각으로 그런 것이 아니었다. 그러니까 너는 날 때린 게 아니라는 거다.
차범준	(감동하며) 고맙다. 형우야. 내가 너 같은 녀석을 내가 때리다니….
임형우	(말을 끊으며) 넌 날 때리지 않았어. 너희들은 그지 기표가 두려웠겠지
박철환	(잠시 사이,나지막히) 고맙다. 기표는, 정말 나쁜 새끼다. 너 같은 애를 건들다니. 미안하다. 그 새끼는—흡혈귀다. (픽 웃으며) 생각해 보니 정말 그렇군, 그 새끼 때문에 피까지 뺐으니,
임형우	그게 무슨 소리냐?
박철환	너도 알거다. 기표집 사정이 아주 안 좋다는 걸. 우리는 언제부터인가 기표를 위해서 생활비를 보태줬다. 누가 하자고 말한 것도 아니고 최기표가 시킨 것도 아니지만, 그래야 될 것 같았지. 우리는 매달 조금씩 모아 기표에게 돈을 주었다. 어떤 날은 집에서 돈을 모아 낼 수 없어서 혈

액은행에 가 피까지 팔아 돈을 마련했다. (사이) 이제는 내가 미쳤었다는 걸 알았다. 그 새끼는 우리들 피를 뽑아 먹고 사는 흡혈귀일 뿐이다.

임형우   (잠시 곰곰이 생각하다) 그런 일이 정말 있었던 거야? 지금 니가 하고 있는 말들도 모두 진심이고?

차범준   진짜다. 그건 나도 보증한다.

임형우   암튼 고맙다. 잘 해보자.

형우가 내미는 손을 범준과 철환 차례로 잡는다.

—암전

8장 형우의 퇴원 후 교실

교실, 변함없이 아이들은 제각각 시끌시끌하다. 얼핏 보면 맨 처음 새 학기의 교실과 비슷하다. 다만 기표주위에 있었던 재수파들은 다른 아이들 주위에 비스듬히 기대서 이야기를 나눈다. 웃기도 한다. 기표는 그저 자리에 앉아 창밖을 보고 있다. 금예원 등장한다.

금예원   (뛰어 들어오며) 얘들아! 느네 그거 아나?

김해중   응? 뭔데, 뭔데?

금예원   형우가! 임형우가 퇴원했단다! 오늘 학교 나온단다!

아이들   알아.

금예원   뭐라꼬? 알아? 다? 전부 다 알아?

김해중   앤 맨날 남들 다~아는거 혼자 젤 먼저 알아온 것처럼 그

러더라

왕민정   (그럴 듯하게 예원을 흉내내며) 그러니까 얘가 '얘들아! 느
         네 그거 아나?' 하면서 뛰어들어와도 '응? 뭔데 뭔데?' 하
         고 물어보지를 말란 말야.

아이들 와하하 웃고 예원도 멋쩍은 듯 머리를 만지며 웃는다. 임형우 등
장, 기표 한번 쳐다보곤 시선을 돌린다.

금예원   (호들갑스럽게) 형우야! 왔나?

아이들, 임형우 주위로 몰려든다. 임형우, 기표를 의식하지만 티내지는
않는다.

왕민정   잘 지냈어?
김해중   (민정 툭치며) 야 너는 입원했다가 온 애한테 '잘 지냈어?'
         가 뭐냐?
임형우   아니다. 잘 지냈어. (웃는다)
차범준   몸은 괜찮냐?
임형우   괜찮다.

박철환, 아무 말 없이 임형우 어깨를 한번 친다. 임형우, 눈짓으로 인사
한다.

금예원   우리 정의의 사도님 오셨는데, 이 그기 뭐지? 그 막 하늘
         로 사람 막 떤지는거~ .아 그거 뭐더라? 행거?

왕민정	행주? 아, (짜증내 듯) 행가래~ 무슨 행거야? 너 식탁 닦을 거냐?
금예원	아, 맞아! 행가래, 그거 해야 되잖아.
임형우	(은근 분위기를 즐기면서) 잠깐잠깐, 행거건 행가래건 그걸 왜 해?
차범준	왜긴 왜야. 이미 학교에 소문 쫙 났어.
김해중	(무대 앞으로 나오며 신파조로) 아~ 눈물 없이는 볼 수 없는 이 뜨거운 우정의 드라마!
왕민정	친구들을 지키기 위해 침묵을 지킨 의리의 싸나이, 임~형~우~
임형우	됐어! 진짜 이러면 나 다시 병원으로 갈거야!

김선생 등장한다. 아이들 우르르 자리에 앉는다.

김선생	임형우, 퇴원했구나. 고생했다.
임형우	(일어나선 목례하며) 걱정해 주셔서 감사합니다.
김선생	최기표, 교무실 가서 우리 반 출석통계 좀 내라. 따라와라. 하는 법 알려주마.(퇴장)

김선생 나가고 기표, 아무 말도 없이 일어나 따라 퇴장한다.

금예원	(옆에 앉은 형우를 치며) 아~점마 요즘 쫌 이상하지 않나?
임형우	왜?
금예원	요즘 들어가 담임쌤이 뭐 일만 생겼다하믄 다 그 아를 시키는기라. 근데 또 시키면 암말 않고 한다? 이상하제?

임형우	그래? 좀 달라졌네.
금예원	(뒤에 범준, 철환을 보며) 글고 나는 점마들도 싫어라 했었거든? 근데 재네 들이 엄청 좋은 애들이었단거 아이가?
임형우	(모르는 척하며) 그건 또 무슨 소리야?
금예원	니 없는 동안에 우리학교에 소문 쫙 났잖아. 최기표네 집이 그래 어렵다매? 그래가 재네들이 생활비도 걷어 보태주고 돈 없으면 피까지 뽑아 도와줬다 아이가.
김선생	(다시 등장하여) 주목, 30명이 탄 우리 배는 순풍을 맞아 참으로 순탄한 항해를 하고 있다. 다 여러분의 노력에 의한 것이라고 생각한다. 하지만 오늘 한 가지 알려 줄 것이 있다. 여러분의 한 친구가 매우 어려운 상황에 놓여있다. 자세한 얘기는 반장이 해줄 거다. 임형우, 나와라.
임형우	(교탁 앞으로 나가, 몇번 목을 가다듬고) 여러분도 짐작은 하겠지만, 최기표에 관한 이야기입니다. 우리기 늦었지만 친구를 도와줘야 한다고 생각합니다. 기표네 아버지는 지금 중풍에 걸려 누워 계십니다. 거의 식물인간과 다름없는 상태라고 들었습니다. 기표 어머니는 심장병으로 고생하면서 노점을 하며 겨우 라면으로 끼니를 때우며 지내고 있다고 합니다. 기표의 여동생까지 편의점 야간 알바를 한다고 합니다. 하지만 이러한 상황에서도 기표는 묵묵히 학교에 나왔습니다. 저는 얼마 전 기표가 아르바이트를 하던 여동생을 몹시 때린 일을 알고 있습니다. 그 여동생은 학교를 그만 두겠다고 했다는 겁니다. 우리는 기표와 그 여동생이 적어도 고등학교까지는 공부에 전념할 수 있도록, 우리 불쌍한 친구를 위해 마음을 모아야 한다고 생

각합니다.

김해중   (감동 받은 목소리로) 소문은 들었는데 기표네 집이 그렇
         게 어려웠단 말야?

왕민정   (울먹이며) 그러게. 난 그런 상황이면 학교도 때려칠 것
         같아.

금예원   이래 구경만 하지 말고 구체적으로 도와야 하지 않겠나?

임형우   좋은 의견입니다. (주머니에서 지갑을 꺼내며) 전 한달치
         용돈을 기표를 위해 내놓겠습니다.

김선생   (주머니에서 봉투 꺼내 놓으며) 어렵고 열악한 환경 속에
         서 꿋꿋하게 사는 제자를 위해 나도 동참하겠다. 여러분
         들도 도와주길 바란다.

금예원   이번 주말까지 최대한 모아보면 어떻겠나? 난 지금은 조
         금 밖에 없거든.

김해중   우리가 먼저 모범을 보이고 전교생을 대상으로 모금활동
         을 하면 좋겠네.

아이들 저마다 박수치고 호응한다.
—암전

9장 기표 돕기 운동 후의 교실

교실, 아이들 앉아있다. 이젠 그 누구도 기표를 무서워하지 않는다. 등교
하면서 기표를 툭툭 치며 인사하는 아이도 있다. 기표는 그저 어설픈 미
소를 지으며 앉아 있다. 김선생 등장한다. 한손에는 신문과 종이가방을

들고 있다.

임형우	차렷 경례,
김선생	(아주 기뻐하며) 우리 반이 교육부에서 공모한 전국최우수 〈폭력 없는 아름다운 반〉으로 선정되었다. 우리가 기표를 도운 일이 이렇게 신문에도 났다. (아이들 박수친다) 이건 내 입으로 말하긴 좀 쑥스럽지만 내가 대한민국교육자대상을 받게 됐다. 내일 시상식 때문에 학교에 못나오게 됐는데, 우리 반은 자율적으로 잘 하니까 반장을 중심으로 잘 해주기 바란다. 또 더 기쁜 소식이 있다., 우리 반의 이야기가 영화로 만들어 진다. 오늘 천일영화사에서 연락이 올 거다.
금예원	지도 한마디 할 수 있게 샘이 힘 좀….
김해중	(예원 말 끊으며) 우리 반에서 직접 영화촬영하면 저는 주연급 엑스트라 안되겠습니까? (예원 본다) 너는 사투리 땜에 격 떨어진다.
금예원	(갑자기 진지한 표정으로 표준어를 흉내낸다) 어머나, 해중아. 그게 도대체 무슨 말인지 나는 도무지 이해할 수가 없다고 말하지 아니할 수 없구나.
김선생	(아이들의 환호와 박수를 은근 즐기다가) 최기표!
최기표	(얼굴이 벌개져서 기어드는 목소리로) 예.
김선생	낼모레 쯤 방송 인터뷰도 잡힐 것 같으니까 때 빼고 광 좀 내라.

아이들 와하하 웃는다. 최기표, 어쩔 줄 모른다.

김선생	(기표가 고개를 숙이자) 또 한 가지 최기표. (등장할 때 손에 들고 있던 봉투 뭉치를 꺼내며) 너에게 온 후원금과 팬레터들이다. 아까 잠깐 살펴보니 여학생들에게 온 것도 여러 개 더구나. 자, 이리 나와라.
최기표	(고개를 숙인 채) 감사합니다. (재빠르게 다시 자리에 앉는다. 앉자마자 뭉치채로 책상 속에 넣고 눈을 내리깐다)

이 때 전화벨이 울린다.

김선생	여보세요? 제가 김혜숙인데요. (일부러 더 크게) 아, 천일 영화사 장 감독님이시라고요?

아이들 환호하며 책상을 두드린다. 김선생, 손 흔들며 전화 받으면서 퇴장. 아이들 기표주위로 몰려가서 어깨를 툭툭 쳐주기도 하고 말도 건다. 이유대, 맘에 들지 않는 듯 자리에 앉아있다. 임형우, 만족스러운 표정으로 기표에게 가서 악수를 청한다.

－암전

10장 기표 가출 후의 교실

민정, 해중은 앉아서 공부 중이다. 형우는 책을 읽고 있지만 집중하지는 못한다. 유대, 기표의 빈자리만 가끔 쳐다본다. 범준, 철환도 공부모드다.

금예원	(조용한 분위기에 놀라) 뭐고? 너네 공부하나? 수업 시작한 줄 알고 완전 쫄았잖아~.
왕민정	뭐고?가 아니라 시험 얼마 안 남았어.
금예원	아, 맞나? (최기표 자리가 비어있음을 확인하고 유대와 눈 마주치자 유대 옆으로가 조용히) 금마 또 안왔나? 오늘이 도대체 몇 일째고?
이유대	(형우 들으라는 듯) 저번 주 화요일부터 안 나왔으니까 오늘이 꼭 일주일 째네.
금예원	(가방 벗어서 내려놓으며) 접대 천일 영화사랑 인터뷰도 파토 내가지고 담임 완전 돌아뿌리기 일보 직전 아니었나? 오늘까지 안나오면 멘탈붕괴 되는 거 아이가?
김해중	맨붕끼리 잘해봐라.

김선생 초췌한 모습으로 등장한다.

김선생	(들어와서 기표 빈자리 확인하곤 출석부를 교탁 위로 내던지며) 최기표 이 자식 안왔어? 다된 밥에 코를 빠뜨려도 정도가 있지. 이번 주에 최기표 격려금 들고 교육부장관님 오신다는데, 완전 담임 엿먹이네. 하여간에 없는 것들은 잘해주면 이렇게 뒤통수를 친다니까. 여기서 최기표 집 아는 사람 있나? (아이들 말이 없자)뭐야? 같은 반 친구 집을 마무도 모른단 말야?
이유대	(짜증이 치밀어 올라) 대한민국교육자대상을 받으신 담임 선생님은 모르십니까?
김선생	(화를 내려다 말을 돌린다) 차범준, 박철환 몰라?

차범준	예.
김선생	다른 애들이라면 몰라도 느이 자식들은 항상 몰려다니지를 않았나? 모른다는 게 말이 돼?
차범준	집 얘기만 하면 워낙 기표가 화를 내서… 대충 동네는 아는데…. 저어기 우상동 옆에 산동네….
김선생	(말을 자르며) 됐어 됐어. 오늘 종례는 없다. (김선생 퇴장한다)
금예원	뭐고? 이러다가 각하까지 오신다는 거 아이가?
이유대	(일어나서 차범준 앞으로 가서) 대충 어디야? 그 동네.
박철환	(옆에서 잠자코 있다가 입 연다) 왜? 갈 생각이냐?
이유대	뭐 꼭 그렇다기 보단… 알려 줘. 그래도.
차범준	어? 그래. 저기 사거리 나가다 보면 우상동 있잖아? 그 윗길로 쭉 올라가면 비닐하우스촌이 있는데, 기표엄마가 그 마을 입구에서 노점상을 한다고 들었어. 내가 대충 약도 그려줄게.

—암전

11장 거리

이유대, 약도를 보며 길을 찾고 있다. 어둡고 초라하다. 아무리 찾아도 모르겠다. 무대 한 쪽에서 나물 몇 바구니를 내어놓고 앉아있는 아주머니가 보인다.

이유대	혹시 최기표라는 학생 아세요?
기표모	최기표? (앉아서 나물 담다가 놀라 일어서며) 기표? 우리 기표! 기표한테 무슨 연락 왔는가? 교복을 보니 기표 댕기던 학교 학생인 거 같은디….
이유대	기표를 아세요?
기표모	나가 기표에미여.
이유대	아, 처음 뵙겠습니다. 전 같은 반 이유대라고 합니다. 집에도…. 연락 없었나요?
기표모	나갈 때 제 책상에 편지 한 장 달랑 남기고….
이유대	편지요?
기표모	그려. 지 여동생은 불쌍한 불우이웃돕기 대상이 안되게 하겠다. 무섭다. 무서워서 살 수가 없다… 그런디 나가 무식해서 그런 것인지, 통 그게 무슨 소린지. (훌쩍이며) 어릴 땐 참 착했는디, 부모 잘못 만나가지고…
이유대	(메모를 건네며) 혹 연락 오면 그 번호로 꼭 전화 부탁한다고 해주세요. 저도 또 찾아뵐게요. (서둘러 뒤돌아선다)
기표모	잠깐만 학상!
이유대	(뒤돌아보며) 예?
기표모	갸 친구가 찾아온 것은 처음이여. (주머니에서 주섬주섬 기표가 남겼다는 편지 꺼낸다) 이거 기표가 남기고 간 것인디. 한번 읽어 볼텨?
이유대	(잠시 머뭇거리다가 두 손으로 편지 받아든다)

—잠시 어두워진다

잠시 후 빗소리 들리고 무대 밝아진다. 이유대 등장한다. 한손에는 아까 기표모에게 받은 종이가 들려 있다. 무대 오른 쪽 의자에 유대, 가서 앉는다. 편지를 잠시 읽어보더니 두 손으로 이마를 감싸고 고개를 숙인다. 유대, 전화를 건다.

빗소리, 무대 오른쪽에서 금예원 등장하며 전화를 받는다. 빗소리 줄어든다.

금예원   근데 참 유대야, 우리가 정말 최기표, 금마 도운거 맞나? 마지막 남은 자존심을 우리가 뭉개뿐게 아이고, 우리가 진짜 진심으로 그 아를 도와준 게 맞나 이 말이다. (사이) 내는 금마가 진짜 싫었거든? 근데 요샌 말이다. 금마가 불쌍해 보이는 게 더 싫었다. (가방끈 만지작거리다가 멈춘다)

유대 다시 전화를 건다. 김 선생, 상담실이다.

김선생   이유대? 넌 어떻게 생각할 지 몰라도 나는 내 위치에서 최선을 다했을 뿐이다. 재수파 놈들을 우리 배의 당당한 선원으로 만들고 싶었다. 그 동안 솔직히 가정도 포기하고 밤낮으로 학교와 학생들 위해 살았다. 교감 승진? 최기표 건으로 한참 메스컴 타고 상 받을 때 이사장이 그런 말 하더라. 그러더니 오늘 경고 처분 받았다. 이 정도로 최기표가 조용히 사라져준 것도 대를 위해선 나쁜 것이 아니라고 생각한다.

무대 왼 쪽에서 김해중 유대의 전화를 받는다.

김해중   사실 양심에 찔리는 짓도 했지만 기표에게 뜯긴 것보다 누린 게 많은 것 같기도 해. 중학교 때 당하며 학교 다닌 거 생각하면 사실 그게 더 끔찍하니까. 최기표는 무서운 자식이었다. 함께 있으면 다른 사람에게 공포심을 주는 애였지. 하지만 최기표를 방패로 난 맘 편하게 학교를 다 녔거든. 오토바이 절도? 솔직히 경찰서에 끌려가는 것보 다 최기표 무리에서 버림 받아 중학교 때처럼 왕따, 빵셔 틀 노릇하는 게 더 무서웠다.

임형우, 여전히 자신감 있는 모습으로 무대 오른 쪽에서 전화를 받는다.

임형우   그 양아치 같은 놈들, 믿을 게 주먹 밖에 없고 조금 강한 힘 앞에서는 한 없이 비열해지는 그런 녀석들을, 선량한 다수 중의 하나로 만들고 싶었을 뿐이다. 유능한 반장이 란 소리 듣고 싶어서 담임과 일 꾸민 건 아니다. 원원 게 임을 하고 싶었는데, 최기표 그 자식이 생각보다 약했다. 처음에 그 자식이 없어졌을 때 심장이 철렁했다. 눈물이 날 만큼 아까웠지. 여태까지 공들인 탑이 한순간에 무너 져버렸으니 (사이) 약해빠진 새끼였어.

전화 끊겨 뚜뚜하는 소리. 이유대가 고개 들자, 빗소리 서서히 사라지며 금예원, 김선생, 김해중, 임형우 모두 퇴장한다. 효과음도 서서히 줄어들 어 완전히 없어졌을 때, 최기표 등장한다. 최기표 아무런 표정 없이 걸어

와 무대 중앙에 앉는다. 잠시 동안 정적이 흐른다. 최기표, 편지를 쓰고
있다. 유대, 기표의 편지를 읽는다.

어머니!
이 편지를 읽을 실 때 쯤 저는 집에 없을 겁니다.
아버지의 약 냄새도,
야간 알바를 하고 피곤에 찔어 돌아오는 기숙이도,
채소 판 돈을 세고 또 세다 한숨 쉬시는 어머니도,
당분간 잊고 지내려 합니다.

초등학교 때 아버지 쓰러지시고
빚더미에 밀려 비닐 하우스촌으로 이사온 후
저의 어린 시절은 끝났습니다.
어머니가 주신 꼬깃꼬깃 한 돈을 불량배에게 빼앗기고
독하게 살아야 한다고 다짐한 뒤로
힘 있고 지독하게 보이는 것만이 살 길이라 여겼습니다.
제 팔에 자해를 하고, 건드리는 놈들에게는 끝까지 달라붙었습니다.

그러던 제가 어느 순간 가장 불쌍한 놈이 되어버렸습니다.
제 얘기가 신문에 나고 영화로도 만들어 진답니다.
방송국에서도 우리 집에 직접 카메라를 들고 온답니다.
저는 개과천선한 불쌍한 놈이 되어버렸습니다.
알량한 도움을 주며 불쌍한 듯 보는 게 무섭습니다.
제 자존심 따위는 안중에도 없는 세상이 무섭고, 무서워서 살 수가 없습
니다.

기숙이만은 불쌍한 불우이웃돕기 대상이 되지 않게 하겠습니다.
제 걱정은 마시고 어머니 건강이나 잘 챙기시길 바랍니다.

음악 고조 되며 무대 잠시 어두워졌다 무대 밝아지면 최기표는 없다. 이
유대, 기표를 찾는 듯 자리에서 일어나 주위를 두리번거리다가 힘없이 고
개를 숙인다. 그리곤 잠시 후 무대 앞으로 걸어 나온다.

이유대   몸뚱이 하나로라도 존재감을 갖고 싶었던 최기표! 불우이
         웃돕기라면 박스 옆에 세워 놓고 박수를 치던 우리가 그
         를 벼랑에서 떠민 것은 아니었을까? 모든 언어들이 포장
         되고 빛깔을 잃어가고 있다. 최기표는 지금 어디 있을까?
         내가 처음 보았던 모습으로, 최기표가 세상과 당당히 맞
         섰으면 좋겠다는 내 마음은 대체 무엇일까?

—암전

에필로그

방학 전 교실, 잠시 후 김 선생이 등장한다.

김선생   이제 여름방학이다. 곧 2학기가 시작될 거다. 서른 명으
         로 출발했던 1학기였다. (교탁앞쪽으로 나와 어슬렁거리
         며 관객을 응시한다) 하지만 이젠 스물 아홉 명이 배에 남
         았다. 하나의 빈자리는 스물아홉의 존재에 비하면 아무

것도 아니다. 특히 그 하나가 우리의 항해에 거슬렸던 자리였다면 더더욱. 그러니 괜한 일에 마음 쓰며 해야 할 일에 소홀해지지 않길 바란다. 다시 한 번 강조하지만, 나는 자율이라는 단어를 매우 좋아한다.

　　　　　　　　　　　－암전

끝

가덕현   충남 태안중 국어교사. 느린 듯하면서도 섬세한, 학생들과 교사들을 꾸준하게 연극으로 품어내며 함께 즐기는 연극쟁이

강병용   부산 교사극단 '조명이 있는 교실'에서 연출과 배우로 활동하며 50대에도 10대 고교생 연기가 가능한, 대본 창작 능력자

김남임   충남 태안에서 연극교사를 배출하는 저수지 역할을 20년 넘게 해 온 국어교사. 넉넉한 품과 배움을 게을리하지 않는 전국교사연극모임 부회장

김종호   천안 교사극단 '초록칠판'의 간판스타이자 중학생들과 연극하는 학생부장. 철저한 준비로 다른 배우와 학생들이 편하게 공연할 수 있게 해 주는 베테랑

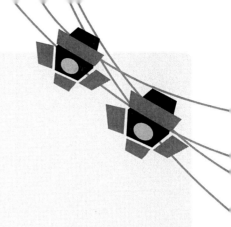

김창태 충남 금산여고 국어교사. 환갑을 바라보는 나이에도 웃음과 열정을 잃지 않고 연극으로 학생을 만나는 참교육 실천자

김현정 경남 교사극단 '연놀'을 이끌어 온 맏언니. 결혼마저 후배 단원과 한 연극 가족. '쇼 머스트 고 온'을 외치며 출산 휴가 중에도 연극을 놓지 않는 열정의 소유자

박영실 부산 교사극단 '조명이 있는 교실'에서 이제 제자와 함께 무대에 서는 젊은 중견교사. 학교 연극반 학생들과 학교 공연도 하는 글쓰기, 여행 전문가

백인식 인천 '나무를 심는 사람'을 20년 이상 함께하며 전국을 연극연수 강사로 누비는 전교연 대표. 실천과 배려의 손발이 머리보다 먼저 작동하는 인천 광성고 수학교사

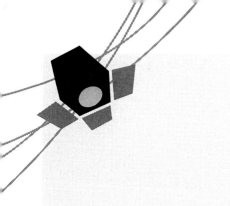

서우정   서울 교사극단 '징검다리' 2기를 재건하고 공연까지 올린 열정과 추진력을 가진 따뜻한 교사. 선사고 연극 동아리 학생들과 공연을 하고 대한민국 학교의 혁신을 위해 즐겁게 분투 중

서호필   국어교육의 다양한 실천으로 알려진 담양한빛고 국어교사. 교실과 학교 현장에서 낭독극을 포함하여 연극을 여러 형태로 만들며 배움과 가르침을 게을리하지 않는 자유인

이인호   30년 넘게 학생들과 연극을 해 오며 '초록칠판'과 '전교연'에서 연극 가족들을 만나면서 늘 눈가에 웃음 주름이 가득한 국어교사

전장곤   무대 설치와 연기를 즐기는 연극과 연애하는 배우. '초록칠판'과 '아산연극교사협의회' 대표이며, 졸업한 연극반

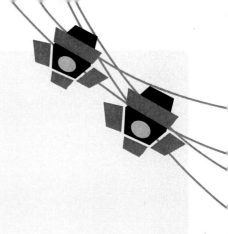

제자들과 세 번째 공연을 올린 연극 스승

허만웅　전교연을 만들고 10년 가까이 회장을 하며 전국적 모임으로 이끈 큰 형님. 명예퇴직 후 또 다른 길을 열어가면서도 전교연 후배들의 정신적 지주로 우뚝 살아 있는 전설